约瑟夫·罗特（Joseph Roth，1894–1939）

国家社会科学基金项目：约瑟夫·罗特与奥地利文学中的“哈布斯堡神话”研究
（项目编号：18BWW068）

主编 刘炜

JOSEPH

罗特小说集

4 ·无尽的逃亡·

[奥地利] 约瑟夫 · 罗特 著 周新建 刘炜 译

ROTH

漓江出版社
桂 林

图书在版编目(CIP)数据

罗特小说集 4 / (奥地利)约瑟夫·罗特 著;周新建 译;刘炜 编. —桂林:漓江出版社, 2018.10
ISBN 978-7-5407-8476-8

Ⅰ. ①罗… Ⅱ. ①约… ②周… ③刘… Ⅲ. ①长篇小说-小说集-奥地利-现代 Ⅳ. ①I521.45

中国版本图书馆 CIP 数据核字(2018)第 168625 号

罗特小说集 4(Luote Xiaoshuo Ji 4)

作者:(奥地利)约瑟夫·罗特　译者:周新建　刘炜

出 版 人:刘迪才
出 品 人:吴晓妮
责任编辑:张玉琴
助理编辑:赵黎君
装帧设计:李诗彤
责任监印:陈娅妮

漓江出版社有限公司出版发行
社址:广西桂林市南环路 22 号　邮政编码:541002
网址:http://www.lijiangbook.com
发行电话:010-85893190　0773-2583322
传　　真:010-85890870-814　0773-2582200
邮购热线:0773-2583322
电子信箱:ljcbs@163.com

北京汇瑞嘉合文化发展有限公司
(北京市经济技术开发区荣华南路 10 号院　邮政编码:100176)
开本:880mm×1 230mm　1/32
印张:6.75　字数:114 千字
版次:2018 年 10 月第 1 版
印次:2018 年 10 月第 1 次印刷
定价:45.00 元

目　录

无尽的逃亡

周新建 译

前　言

下面我要讲的是我的朋友、战友和志同道合者弗兰茨·佟达的故事。

我的故事,部分依据他的笔记,部分依据他的讲述。

我没有虚构任何东西,没有编造任何东西。这里进行的不再是“创作”,最为重要的部分出于观察所得。

约瑟夫·罗特

1927年3月于巴黎

一

1916年8月,奥地利军队的中尉弗兰茨·佟达被俄国人俘虏。他被关进设在伊尔库茨克东北数俄里①的一座战俘营里,随后在一个西伯利亚波兰人的帮助下成功地逃离。在波兰人偏远、孤寂、贫苦的农庄里,在泰加林地带的边缘,这位军官一直待到1919年春天。

在森林里游走的人,即猎熊人和皮货商,会在这个波兰人家里投宿。佟达无须担心被追捕,没有人认识他。他是一位奥地利少校和一个波兰犹太女人的儿子,出生在他父亲的驻防地——加利西亚的一座小城里。他说波兰语,曾在一个加利西亚团里服役,因而冒充波兰人的弟弟对他而言是轻而易举之事。这个波兰人名叫巴拉诺维奇,佟达也使用了这个名字。

他得到了一份伪造证件,上面的名字为巴拉诺维奇,出生在罗兹②,1917年因某种无法治愈的传染性眼疾从俄军退役,职业为皮货商人,居住地是上乌金斯克③。

① 俄里,俄制长度单位,1俄里约为1.0668千米。编注。
② 罗兹,波兰中部城市。译者注。如无特别注明,本书脚注皆为译者注。
③ 上乌金斯克,西伯利亚地名。

波兰人说起话来犹如一粒一粒地数珍珠，黑色胡须赋予了他沉默寡言的义务。三十年前他来到西伯利亚，当时是一个服刑的犯人。后来他志愿留在当地，成为研究泰加林地带科学考察队的一个雇员，五年间穿过了一片又一片森林，后来他娶了一个中国女人，改信了佛教，留在一个中国人聚居的村子里当医生和草药专家，生了两个孩子。由于一场瘟疫，他失去了两个孩子和妻子，于是又重新回到森林，以打猎和做皮货生意为生。他学会了在最茂盛的草丛中辨认老虎的踪迹，能够凭借惊飞的鸟群辨认暴风的先兆，知道如何区分下冰雹的云和下雪的云，也会辨别下雨的云和下雪的云。他熟悉游走于林中的人、强盗和无恶意的徒步旅行者的各种习惯，像对待兄弟一样喜爱自己的两条狗，崇拜蛇和老虎。他志愿入伍参战，不过在兵营里，他好像令战友和军官们感到恐惧，因此他们将他当作精神病患者遣送回森林。每年三月他进一趟城，在那里用兽角、兽皮和鹿角换取弹药、茶叶、烟草和烧酒。他还顺便带上一些报纸以了解最新消息，不过他既不相信那些消息也不相信那些文章，甚至连广告都怀疑。多年来他总是固定去一家妓院找一个红头发妓女，她的名字叫做叶卡特琳娜·帕夫洛芙娜。若姑娘那里有别的人，巴拉诺维奇就等着，像是一个有耐心的倾慕者。姑娘老了，头发染上了灰白色，牙齿掉了一颗又一颗，甚至连那副假牙都掉了。于是巴拉诺维奇等待的时间一年比一年短，到最后他是唯一还去找叶卡特琳娜的人。她开始爱上他，思念的烈焰整年都在燃烧——暮年情人暮年的思念。她的柔情一年浓似一年，她的激情一年烈似一年，她已是一个老妪，用皱褶的肌肤享受着自己一生中的第一次爱情。巴拉诺维奇每年都给她带去相同的中国珍珠项链，带去自己亲手削制的小笛子，他用它们模仿各种鸟鸣。

1918 年 2 月，由于锯木头时没有当心，巴拉诺维奇失去了左手的大拇指，伤口六个星期才好。4 月，符拉迪沃斯托克的猎人又要来，这一年他没能进城。叶卡特琳娜空等了一场。巴拉诺维奇给她写了信，让一个猎人捎去安慰她。这次他没送中国珍珠，而是带给她一张貂皮、一张蛇皮和一张做床前地毯用的熊皮。于是在这古今历史上最为重要的一年里，佟达没有看到报纸。直到 1919 年春天他才从返回的巴拉诺维奇那里听到战争已经结束的消息。

那是一个星期五，佟达正在厨房里洗餐具，巴拉诺维奇走到门口，能听见犬吠声。挂在他那黑胡须上的冰碴发出碰击声，窗台上落着一只乌鸦。“和平了，革命了！”巴拉诺维奇说。

此刻厨房里一片寂静，隔壁房间里的钟洪亮地敲击了三下。弗兰茨·佟达小心翼翼地将盘子轻轻放在案子上。他不想打破这种寂静,可能他也担心打碎盘子。他的双手在颤抖。

巴拉诺维奇说:“一路上我都在想该不该告诉你。你要回家了,毕竟我觉得很遗憾。看样子我们不会再相见,你也不会给我写信。”

“我不会忘记你。”佟达说。

“什么都别承诺!”巴拉诺维奇说。

这就是道别。

二

佟达打算去乌克兰,从自己被俘的日梅林卡前往奥地利边境车站波多罗奇斯克,然后再去维也纳。他没有明确的计划,他面前的路并不安全,十分曲折。他知道将会耗费很多时日。他只有一个原则:既不靠近白军也不靠近红军,不去管它什么革不革命。奥匈帝国已经瓦解,他已不再有故乡。他父亲死时是上校,母亲已故去多时,他有一个哥哥在德国一个中等城市里当乐队指挥。

他的未婚妻在维也纳等着他,她是铅笔工厂主哈特曼的女儿。中尉只知道她漂亮、聪明、富有,有一头金发,其余的则一无所知。就是这四个特点使她能够成为他的未婚妻。

她给战场上的他写信,寄猪肝酱,有时也寄一个圣十字修道院的压花。每个星期他都用弄湿的水笔在深蓝色的军用信笺上写几封短信寄给她,还有简短的局势报道和各类消息。

逃出战俘营后,佟达再没有听到任何关于她的消息。她一直忠实于他并在等他,对此他毫不怀疑。

她在等他,要一直等到他归来,对此他毫不怀疑。然而一旦他归来站在她面前,她或许就会停止爱他,对此佟达也同样觉得确定无疑。因为他们订婚时他已是一名军官。那时普天下的巨大哀伤美化了他,死神的临近拔高了他,一种被安葬者的庄严环绕着这位生者,胸前那枚十字勋章让人想到一座墓上的十字架。若说还期待着能有一个美满的结局,那就是常胜之师踏过环城大道凯旋归来后有少校的金领等在那里,有高等军校敞开着大门,还有将军头衔等在那里,《拉德茨基进行曲》柔和的鼓点声裹挟着这一切四处飘舞。

然而现在弗兰茨·佟达是一个没有名字、没有意义、没有军衔、没有官职、没有钱、没有职业、没有故乡、没有权利的年轻人。

他将自己过去的证件和未婚妻的一张照片缝在了外衣

里。他觉得使用别人的名字穿越俄国更为有利，那个名字和自己的名字一样熟悉。他打算等到了边境的另一边再使用自己过去的证件。

佟达的胸脯感受到了印着自己漂亮未婚妻照片的硬纸封面的硬度，也感受到了安慰。那张照片出自宫廷摄影师之手，他为各家时装杂志提供社交界女士的照片。作为英勇的弗兰茨·佟达中尉的未婚妻，哈特曼小姐也被选入“我们英雄的未婚妻”系列。被俘前一个星期，那份杂志到了他手里。

若是想看看自己的未婚妻，佟达从外衣口袋里取出那张剪裁下来的照片也不是件费劲的事。还没有看见她，他已在为她哀叹。他的爱是双重的：既作为一个目标又作为一个失去的人。他喜欢自己越过重重危险长途跋涉的英雄气概，喜欢为到达未婚妻身边而必须作出的牺牲以及这种牺牲的徒劳无益。与他此时的敢作敢为相比，他觉得自己在战争岁月里的所有英雄气概都是幼稚可笑的。与自己的绝望一起增强的还有一种希望，即单凭这次艰险的归乡他将再次成为一个值得追求的人。整个途中他都很高兴。若要问他是希望还是悲哀让他感到高兴，他大概不知道答案。在有些人心里，悲哀比欢乐更能引发欢呼。在所有强忍住的泪水中，最为珍贵的是那些为自己痛哭的眼泪。

佟达成功地躲开了白军和红军的部队。在几个月的时间里,他或乘火车,或骑马,或步行横穿了西伯利亚和大半个欧洲疆域里的俄国。他进入了乌克兰。他不关心革命的胜利或失败,将"革命"一词的发音与关于街垒以及军校历史课老师霍尔瓦特少校的模糊想象联系在一起。在他的想象中,"街垒"就是摞在一起的腿朝上的黑色课桌,"乌合之众"差不多就是濯足节举行阅兵式时拥堵在战时后备军警戒线后的一帮人,只能看见这些人汗淋淋的脸和破损的帽子,他们手里可能拿着石块。

有时佟达也会想起断头机。霍尔瓦特少校读 Guillotine(断头机)时总是读成 Guillotin,没有词尾音,就像他把 Paris(巴黎)读成 Pari 一样。少校非常熟悉断头机的结构并且对其赞赏有加,此时它可能就立在施特凡广场[①]上,马车和汽车不准通行(就像除夕夜时一样),帝国最显赫的家族成员的一颗颗头颅径直滚到彼得教堂,滚到雅索米戈特大街。彼得堡和柏林的情形也是如此。一场没有断头机的革命就像没有旗帜一样,其可能性微乎其微。人们唱着《国际歌》,一首军校学生莫尔曾在那些星期天下午唱的歌曲。皇宫空了,从窗口望下去,空荡荡且寂静无声,那些大方石之间杂草的生长声都清晰可闻。——被截掉的或者说仿佛是被它

① 施特凡广场以及下文提到的彼得教堂和雅索米戈特大街均在维也纳。

自己切掉了词尾“e”的 Guillotin(断头机)是某种具有英雄气概的东西,是某种钢蓝色的东西,是某种滴淌着鲜血的东西。若纯粹将其看作工具,佟达觉得它比机关枪更具有英雄气概。

佟达本人无党无派,只要将自己摆在外国人的位置,他就没有尽职的义务,而且还很高兴,没有什么规定强迫他站在某一方。他是一个奥地利人,正在前往维也纳。

9 月,他到达日梅林卡。晚上在城里四处转了转,从最后几枚银币中拿出一枚买了昂贵的面包,尽力避免谈及政治。他不想暴露自己不了解形势,不想让人知道自己从远方来。

他决定连夜赶路。

夜清气爽,凉意侵衣,近似冬日,大地还未上冻,但天已显露冻意。将近午夜佟达突然听见枪声,一颗子弹打落了他手中的拐杖。他扑倒在地,脊背上挨了一马掌,有人抓住他提起来横撂在一个马鞍上,他就像一件衣物晾在绳子上似的被搭在马背上。他背部发痛,在马的疾驰中渐渐失去知觉,血涌满头部,似乎马上就要从双眼里喷射而出。他从昏厥中苏醒过来,立刻又睡着了——他依旧被横搭在马背上。第二天早上人们给他松了绑,他还昏睡未醒,有人给他闻了醋,他睁开双眼,发现自己躺在一间小屋里的一个麻袋上，一个军官坐在一张桌子后面。房前响起响亮而令人感到安慰的战马嘶鸣声，窗台上卧着一只猫。他们认为佟达是一个布尔什维克密探。赤狗子！那个军官这样叫他。中尉很快就明白了，说俄语不是好事。他讲述了实情，说自己名叫弗兰茨·佟达，承认自己在返乡途中，所持的是一个伪造证件。他们不相信他的话。他的手已移向胸口，打算出示自己的真实证件。然而他感受到那张照片的压力，仿佛是一种警告，或者是一种提醒。他没有证实自己的身份，再说那样做恐怕也毫无用处。他被捆绑起来关进一个牲口圈，透过一个缺口他看着白日的光线，看着一小片星星，它们散落在那里犹如白色的罂粟籽——佟达想起了新烘出的糕饼，他是一个奥地利人。两次看到星星后，他再次昏厥过去。在一片阳光海洋中他苏醒过来，得到了水、面包和烧酒，红军战士站在他的四周，他们当中有一个穿裤子的姑娘，他揣想那两个装满文件的上衣大口袋后面是她的乳房。

“您是什么人？”姑娘问。

她记下了佟达所说的一切。

她向他伸出了手。红军战士们出去了，让门大敞着，他突然感到阳光灼人，尽管那是白色的，而且没有兴趣燃烧。姑娘很强壮，想把佟达拉起来，自己却跪了下去。

在明亮的阳光里他睡着了。后来佟达留在了那些红军当中。

三

伊蕾妮确实等了很久很久。在哈特曼小姐所属的社会阶层里,有一种出自习惯的忠实,有一种源于行事得体的爱情,有一种因缺乏选择和过于讲究品位造成的贞洁。在伊蕾妮的父亲成为一个工厂主的那个时代,一个人的正直诚实是依照其产品信誉的百分比计算的,他失去自己的工厂以及伊蕾妮差一点献出自己的一生,都是源自同一类想法。他不可能作出使用劣质铅的决定,尽管消费者根本就不讲究。他对自己产品的质量有着一种神秘的令人感动的共存感,而产品的纯正反过来又对生产者的品行产生着作用。一种对产品的忠实,对于那些让自己的生存依赖于自己祖国的伟大、美丽和强盛的人来说,它基本上就等于爱国主义。这类工厂主有时与最低级别的办事员共同拥有这种爱国主义,就像王侯与军士共同拥有崇高的爱国主义一样。

在老先生所属的那个时代里,决定质量的是一种意志,人们挣钱时心里还装着伦理道德。他为战争提供军用品,但却没有真正的战时生活观念。因此他为我们在战场上的战士提供了数百万质量最优的铅笔，而这些铅笔对我们战士的帮助和其他军用品供货人的极劣质产品一样微乎其微。一个经理建议他降低对自己产品的要求，这位工厂主将他赶出了门。其他人都将好材料存储起来等待更好的时机。

和平到来时，老人手里只有价格已经跌落的劣质材料。他卖掉了那些材料，连同自己的工厂，退而隐居在一个乡村，有时还短距离地散散步，他最后一次长距离散步是前往中央墓园。

和大多数变穷了的工厂主的女儿一样，伊蕾妮留在了一个乡间寓所里，陪伴她的还有一条狗和一位贵夫人，这位夫人接待前来吊唁的客人，真诚地为老人哀叹，不过原因不是她与逝者关系更亲近，而是因为还未来得及建立亲近的关系，老人就这么撒手去了。这一去便断了她从管家变为女主人的路。现在她掌握着那些不属于她的柜子的钥匙，并通过细细观察悲痛的伊蕾妮寻求自我安慰。

另外，这位贵夫人还曾是伊蕾妮与佟达订婚的间接原因。因为订婚是为了证明自己的独立，订婚几乎就等于成年，一个上了战场的现役军官的未婚妻甚至就是事实上的成年。如果佟达真的回来了，那么在这一基础上生发的爱或许维系不到法定的成年，或许维系不到战争结束，或许维系不到革命爆发。可是失踪者具有一种不可抗拒的吸引力。可以欺骗一个在身边的人，可以欺骗一个健康的人，也可以欺骗一个病人，甚或可以欺骗一个死者，然而人们会等一个谜一般的失踪者，能等多久就会等多久。

女人的爱有各种各样的原因，就连等待也是其中之一。女人喜欢让自己的渴望具有独特之处，喜欢让自己投入的时间具有巨大的份量。如果不爱自己等待的男人，大概任何一个女人都会鄙视自己。然而伊蕾妮为何等待？因为跟前的男人远远不如失踪的男人。

另外她品位很高。她属于不抱幻想、出身大资产阶级的那一代姑娘，战争已经毁掉了她们自然浪漫的天性。这一代姑娘是在战争期间上的中学、女子中学和所谓的女儿学校。在安宁平定的年代，这些地方本是各种幻想、理想和热恋的温床。

战争期间人们忽略了教育。所有社会等级的姑娘都得以牺牲抑扬格诗为代价，去学习伤员护理，去学习现实英雄精神和战事报道。这一代女性对人对事持怀疑态度，而一般来说只有在爱情方面有过非常经历的女性才会如此。她们觉得男人迟钝、浅薄、粗野的本性乏味无聊，男人求爱一成不变的笨拙方法，她们事先全都知道。

战争结束后，伊蕾妮接受了一个办事员的职位，因为那时人们已经开始为不工作感到羞愧。她属于那类素质较高的办事员,有事时老板常常亲自来叫,而不是通过秘书找。因此,那时人们以为世界发生了翻天覆地的变化,彻底实现了人人平等。这是一个什么样的时代,尊贵的十八区的那些工厂主的女儿必须对此作出回答才能穿上更好的袜子!这个时代"全乱了套"。

伊蕾妮(和成千上万的女性一样)每天早上、中午和傍晚都要等那个邮差。有时他会送来一封公证员无关紧要的信。在此期间她被那位贵夫人的唉声叹气紧紧围定,她的同情像是一种幸灾乐祸。

伊蕾妮与一个祖籍特里斯特[①]的家庭关系很好,常有来往。那是一个古老的家族,数十年来靠制作瓷砖壁炉和古典石膏像为生,站在桃花心木底座上扣着玻璃罩的掷铁饼者石膏像大都是这个家族的产品。这个特里斯特家族的一支——可能是出于生意方面的原因——信奉民族统一主义,将自己的商号统统迁往了米兰,与忠于哈布斯堡王朝的家族支脉分道扬镳,两个阵营间仅有婚礼电报来往。爱国主义竟能产生如此影响深刻的结果。

战争结束后家族之间逐渐恢复了联系。因为胜利方有表现出宽容大度的义务,所以家族的意大利支脉首先向奥

① 特里斯特,意大利海港城市。

地利支脉伸出了手。从米兰前来维也纳的是一个侄子——他便是伊蕾妮最终嫁的那个男人。

他通过献殷勤征服了她。在那些年岁里，在德意志男人身上很少能见到这一特性——今天还依然如此。他是个小人物，敏捷灵活，善做生意，已在挣钱，具有很强的交际能力，既吝啬抠门同时又会给一个女人送上珍贵而令人意外的礼物。他的个人爱好与他的职业情趣之间差异惊人，家里没有摆设一座自己生产的石膏像。

离开父亲留下的乡间寓所，同时也是十五岁之后第一次离开那个贵族夫人，伊蕾妮非常高兴。

因为那条狗也跟着夫妻俩离去，所以女管家接管了它的一项职责：恶声恶气地呵斥那个邮差。

伊蕾妮没有忘记佟达。她的第一个孩子是个女孩，她违背自己的高品位给孩子取名为：弗兰齐丝卡。

四

我已经讲过佟达如何开始为革命战斗。那是一个偶然。

他并没有忘记自己的未婚妻，但脚下走的不再是回她身边的路，而是已经到了基辅附近，在向高加索开进。他戴着一颗红五星，脚上那双靴子已经破裂。他还不知道自己是否爱上了那位女战友，但却依照传统习俗向她发誓将保持忠诚。他遇到的是她对所有诗意的抗拒，感受到的是永恒法则的破灭。

“我将永不离开你。”弗兰茨·佟达说。

“我会甩掉你！”姑娘回答说。

人们叫她娜塔莎·亚历山大诺娃。她是一个钟表匠和一个农妇的女儿，很早就和一个法国化妆品工厂主结了婚，一年后又离了婚。她现在二十三岁，脸色时而有变化，隆起的额头布着许多细小的皱纹，两道短短的浓眉紧紧挤向一起，鼻部柔嫩的皮肤紧绷在鼻梁骨上，使两个鼻孔变得细窄。总是丰满且半张着的嘴唇紧闭在一起时就像两个仇敌，脖子前伸，犹如一只探寻的动物。她那双圆圆的褐色眼珠有着一圈圈淡淡的金黄，眼睑耷下来时变成了绿色的细窄椭圆形，犹如鞘中的利刀。关于自己的美，她什么都不想知道，她在反叛自己，认为自己的女性举止是资产阶级世界观的复发，认为整个女性是一种被挫败的、正在苟延残喘的、在世界中没有存在资格的残余。她比与其共同战斗的所有男人都勇敢。她不知道，勇敢是女人的品德，而胆怯是男人的智慧。她也不知道，所有男人只是因为爱她才是她的好战友。她不知道男人羞涩，羞于泄露自己的心声。她没有要过他们当中的任何一个人，没有觉察到一点爱意，因为她实际比自己能够向自己承认的还要资产阶级。

她这个排的男人都是水兵、工人和农民，没有受过教育，像动物一样单纯无邪。佟达是第一个具有资产阶级本性的男人，她立刻要了他。她没有预感到这是明显的资产阶级思想的复发。她承认他在性爱方面能力对等，嘲笑他的资产阶级眼界，打算把这块材料变成一个革命者。她不知道，自己之所以能够成功，仅仅是因为两人虽然与其他人在一起，但却像生活在一个旁人难以接近的孤岛之上，尽管彼此信念各异，但相互理解却最快。

娜塔莎·亚历山大诺娃爱上了佟达，按照被她否定的旧世界里所有她抗拒的爱之法则，这是正常的。因此她说"我会甩掉你"时并不知道自己在说谎，佟达起初发誓永远爱她时带着所有肤浅男人的那种自信——许多聪明女人已归这类男人所有。让他坠入爱河的首先是这个女人纲领性的、不真实的但却令人惊异的抗拒，是她断然表示不需要男人任何诱惑性的甜蜜，这种充满自我意识的表示让佟达感到那么不同寻常——这在他的一生中还是第一次。

直到此时，未婚妻才在佟达的心中消失，与此一起消失的还有自己以往的全部生活。他的以往就像人们在那里度过了无关紧要的岁月后最终离弃的土地。未婚妻的那张照片成为一件纪念品,就像人们曾经住过的某条街道的明信片。他真实证件上过去的名字就像警察局的一张废旧居留申报单,仅仅是因为制度的缘故才作废了。

一次娜塔莎看见了他未婚妻的照片,尽管心生妒意,但手上还是做出无动于衷的动作将照片还回去并说:“一个不赖的资产阶级分子!”

似乎伊蕾妮被看作是一把手枪,样式虽老,但在造它的那个年代还是属于有模有样之列;而在今天已被远远超越,不可能用于现代革命战争。

娜塔莎很善于分配自己一天的时间,很善于将战友情谊与享受爱情结合在一起,很善于将享受爱情与战斗责任兼顾起来!

“十一点三十分我们向前推进,”她对佟达说,“现在九点。我们吃饭吃到九点半,你给安德烈·帕夫洛维奇画张图,十点钟画完,我们可以一起睡到十一点三十分,如果你不担心事后身子乏。我没有一点问题!”她略带嘲讽地补充说,坚信她再一次证明了自己的阳刚优势。

她一直醒着,监视着自己的享受,就像一个哨兵监视着黑夜的响动。肌肤之亲是一种本性的需求。娜塔莎将这种爱几乎提升为一种革命义务,从此她便心地坦然。佟达一直都是这样想象着女兵。这个女人犹如从书中走出来的文学形象，让佟达以一个男人的赞赏钦佩和谦恭忠诚听命于她，他按照错误的传说认为一个坚毅的女人是一个特例而不是常例。他在成为一个革命者，他爱娜塔莎和革命。

娜塔莎将一天中的很多时间用于对他和手下进行“政治教育”，特别是给佟达补课，因为他懂的革命道理比工人和水兵少。

过了很长时间，他才改掉了一听到“无产阶级”一词便想起濯足节的习惯。他已投身革命，却还惦念着那些街垒。有一次手下的人——因为现在由他指挥他们——唱起了《国际歌》，他怀着一个叛徒的愧疚感站起身来，带着一个外人的尴尬高喊着乌拉，就像一个不期而至的客人不得不随众欢度节庆。过了很长时间，他才习惯了在战友们称他为同志时不再发颤。他自己宁愿叫他们的名字，这让他在最初一段日子里还受到怀疑。

“我们现在处在世界革命的第一阶段。”每次补课时娜塔莎都这样说，“像你这样的人还属于旧世界，但可以很好地为我们服务。我们会带上你。你要背叛你所属的资产阶级，我们欢迎你。你能够成为一个革命者，但你依然还是个资产阶级分子。你曾当过军官，曾是统治阶级手中最有杀伤力的工具，你曾榨取过无产阶级的血汗，本该被枪毙。可你看看无产阶级的宽宏大量！他们承认你懂得一些战术，他们原谅你,甚至让你领导他们。"

"只是为了你我才领导他们——因为我爱你。"观念陈旧的佟达说。

"爱！爱!"娜塔莎高声喊道。"这一套你尽可以讲给你那位未婚妻听！我鄙视你的爱情。那是什么？你根本解释不清楚。你听来的一个词,在你们那些谎话连篇的书里、诗里读来的一个词,在你们那些家庭杂志中读来的一个词!爱情！你们把这些倒是安排得无比出色:你们在那边有住房,在那边有工厂或水果美味店,对面有兵营,旁边有妓院,中间有园亭。你们装模作样把它当作你们那个世界里最重要的东西,把你们心目中所有高贵、崇高和甜美的东西都堆在它的里面,而四周都是堆放你们卑鄙龌龊的场地。你们的作家都是瞎子或都被收买了,他们相信你们的建筑术,他们写情感而不写交易,写心灵而不写金钱,他们描绘挂在墙上的绘画珍品而不描述银行里的账户。"

"我只看过侦探小说。"佟达怯生生地插话说。

"是啊,侦探小说！在那里面警察大获全胜,入室窃贼被擒获,或者是某个入室窃贼大获全胜,仅仅因为他是个绅士,仅仅因为他讨女人喜欢,仅仅因为他穿着燕尾服。如果你只是为了我才待在我们中间,我就毙了你。"娜塔莎说。

"是的,只是为了你。"佟达说。

她长叹了一口气，留了他一条命。

一个人成为革命者，是通过读物、思考、经历还是由于爱情，倒也无关紧要。有一天他们开进了萨马拉行政区的一个村子。一个教区牧师和五个农民被带到佟达面前，他们被指控刑讯红军战士致死。佟达下令将那个牧师和五个农民捆在一起枪毙，还下令将他们的尸体放在那里以示威慑。对那些死人他也心怀仇视，对他们进行个人报复。大家都认为这理所应当，部队里没人对此感到惊讶。

一个人在不想杀人时也能杀人，这难道不让他们感到意外？

“你是为了我这么做的。”娜塔莎轻蔑地说。

然而这是佟达第一次并非为了娜塔莎做了某件事。她指责他时，他才记起自己当时根本没有想到她。不过他没有承认。

“当然是为了你。”他撒谎说。

她既感到高兴又鄙视他。

但愿他能以革命的名义枪毙他所有的军校同学和团里的所有战友。有一天他们部队里分来了一个政治委员，一个自称名叫尼鲁诺夫的犹太人，一个制作快捷小报和呼吁书的作家。发起进攻前他能慷慨激昂地讲话，谈话时笨嘴笨舌，鼓动人的技能十分熟练。这个丑陋、目光短浅、愚笨的男人爱上了娜塔莎,而她则把他看作一个在政治方面能力相当的人。佟达想能像政委那样讲话,他在努力赶上他。他学会了政治家的表达技巧,凭借一个热恋中情人的才智背诵讲稿。有一天政委负了伤,人们不得不把他留下,从此政治演讲由佟达来作,呼吁书由佟达来写。

他在乌克兰境内和伏尔加河边作战,他进入高加索山区,退回乌拉尔山边。他的部队在减员,他为它补充兵员,他征召农民,枪毙叛徒、投敌者和密探,悄悄潜到敌人背后,花费几天时间进入一座被白军占领的城市,被逮捕,又逃脱。他像一个骑士一样爱革命和娜塔莎,他走过沼泽地,发过高烧,染上过霍乱,忍受过饥饿,得过伤寒,住过没有药品的棚屋,知道霉变面包的滋味。他用鲜血止过渴,他领教过冻疮的疼痛和灼热,在无情的寒夜挨过冻,在炎热的白天吃过苦头。他在喀山听过一次托洛茨基的演讲,那是真实而强硬的革命语言,他爱人民。有时他也回想起自己的旧世界,就像回想起旧衣服,他的名字叫巴拉诺维奇,他是一个革命者。他仇视富农,仇视那些帮助白军的外国军队,仇视那些与红军作战的将军。他的战友们开始喜欢他。

五

佟达在经历革命的胜利。

各个城市里一座座房子挂出红旗，女人们戴上红色头巾，像活罂粟似的四处走着。在那些贫苦的乞丐和无家可归者的上方，在那些被毁的街道上方，在那些被枪弹打得稀烂的房子上方，在那些空地上的瓦砾上方，在那些冒着烧焦气味的废墟上方，在那些躺着病人的房间上方，在那些不停地挖着和埋上墓穴的墓园上方，在那些不得不唉声叹气地铲着雪、清扫着人行道的资产者上方……飘着那片还不熟悉的红色。最后的枪声带着微弱的回声渐渐消失在森林里。最后的火光在夜幕下的地平线上掠过。一座座教堂沉闷而急速的钟声不停地响着。一台台排字机和印刷机开始转动起自己的轮子，它们是革命的磨坊。在成千上万个广场上演讲者在向民众讲话。衣衫褴褛、靴子破裂的红军战士在行进、在唱歌。瓦砾废墟也在唱歌。新生儿高兴地从母亲怀里探出身子。

佟达来到莫斯科。在那些漫天掉官职的日子里，只需去报个到，就可以得到一张办公桌和一把椅子，可他没有那样做。他去听所有的演讲,去所有的俱乐部,与所有的人交谈,去看所有的博物馆,读所有能搞到的书。当时他靠给报刊杂志写文章生活。有一类是抗议和呼吁的套话,另有一类是随笔和回忆的套话,再有一类是愤怒和控诉的套话。他的思想观念比这种现成语言更革命。他只选用手工工具。但凡作家都是通过语言工具经历一切,他们没有不表述出来的经历。佟达在寻找经久的、经受过多次考验的、可靠的表述,以免沉没在经历中。他像一个快被淹死的人张开双臂抓向最近的礁石。1914 年佟达出征,为的是几个月后踏着《拉德茨基进行曲》的鼓点声走过维也纳的环城大道。此时他随意穿着一身红军战士的破衣烂衫,步履蹒跚地在莫斯科的一条条街上转悠。除了变来变去的《国际歌》歌词之外,没有为他的激动心情找到任何别的表达词语。现在是身处各个民族、各个阶级、各种人的生活之中的时刻,是与唱一首圣歌时的庄重相比圣歌的空洞贫乏已无关紧要的时刻。即使是职业作家也无力胜任描述俄国革命的胜利。所有的人都在毫不费劲地借用,将陈旧的词语写进这个时代。佟达丝毫没有感到这些词语的空洞贫乏,他觉得它们和自己所生活的时代一样了不起,和他赢得的胜利一样了不起。

他只在夜里与娜塔莎相聚。

他们住在三户人家共用的一个房间里的一张床上，用一个酒精炉弄吃的，燃料用煤油。一块用三件蓝白条围裙缝在一起制成的挂帘既是一面墙，又是一道门，还是一扇窗户。和所有男人一样，佟达也是一个习惯的奴隶（人们对爱情的称谓），他双倍违反了娜塔莎订立的法规，因为他起了猜忌心。他大声指责娜塔莎，话语间并无恶意，但却像那些天真幼稚的男人一样以为看不见也就听不见。不过那些邻居在这狭窄的空间里已渐渐失去了好奇心，差不多就像被终身监禁者失去了视力。他们根本不关心佟达充满醋意的警告和抱怨的内容，而是只在意他高声说话打扰了他们。

佟达想知道娜塔莎一个白天直至深夜都做了些什么。尽管她的原则或许允许她说，但她不可能一一道来，因为事情太多了。她组织妇女之家，教产妇卫生知识，照管无家可归的孩子，去工厂作报告。厂里停了工，以便她能不受干扰地讲解马克思主义。她筹备在剧院里演出革命剧目，领农妇参观博物馆，一心扑在文化宣传工作上，却没有用一件裙子换下她打仗时穿的那件肥大的马裤。在一定程度上她依然是一个前线女战士。

她不接受佟达的指责，甚至用其他对这个伟大时代来说更为重要的事将指责堵了回去。

“你为什么不工作？”她训斥说，“你躺在自己荣誉的桂冠上睡大觉。我们还没有胜利,还会有战争,它每一天都可能重新开始。内战时期过去了,更加重要的扫除文盲的战争刚刚开始。我们今天在进行一场神圣的战争,为了对我们的大众进行宣传教育,为了国家实现电气化,为了不再出现无人照管的孩子,为了劳动阶级的卫生。对我们来说,为了革命奉献任何牺牲都是值得的。"娜塔莎说。她在战场上讲话越来越独特,升职做公众工作以来不再会用别的方式说话。

"你刚才说到了牺牲。"幼稚的佟达回答说,有时他习惯以自己的方式思考历史事件,"以前我就常常想问你,你是不是也认为我将资本主义时代想象为献祭牺牲的时代。自有历史以来人类就献祭牺牲。最初是献祭孩子和牛以祈求胜利,后来为了阻止父亲的毁灭献祭女儿,为了给母亲一个愉快的晚年献祭儿子,虔诚的人献上蜡烛以求死者灵魂得救,士兵为皇帝献上自己的生命。现在我们也应该为革命献祭吗?我觉得人不献祭的时代现在终于可以开始了。我们一无所有,我们已经废除了财产,对吧?就连我们的生命也不再属于我们自己。我们一无牵累。我们所拥有的尽数属于所有的人,每个人都在从我们这里取走他觉得正是自己急需的东西。我们不是牺牲,我们不为革命献祭任何牺牲。我们自己就是革命。"

“一种资产阶级思想。”娜塔莎说，“你用这一套能引起哪个工人的兴趣？你说的是古里古怪的废话，我真纳闷，你这是从哪里鼓捣来的。你这么说话，好似你至少学了六个学期的哲学。幸好你的文章没有这么写。有几篇非常好。”

娜塔莎对爱表现出的兴趣越来越少。爱属于内战时期的习俗，属于战场上的习俗，它可能会对和平时期的文化宣传造成不利。娜塔莎半夜才回家，他们的讨论持续到两点，七点她必须起床。爱会导致她推迟一个小时开始自己一天的工作。

佟达也让她感到厌烦——一个没有活力的男人，单单是他那更加强烈的爱情决心就清楚表明了他的资产阶级思想意识的复发。尼基塔·柯罗钦，一个乌克兰共产党人，在为乌克兰的民族自治奋斗，他鄙视大俄罗斯人，因为他们一句乌克兰方言也听不懂。近些日子他与娜塔莎就乌克兰民族的处境谈了好多个小时，他利用这一机会证明自己远远高出一个奥地利军官。娜塔莎想起自己就是从基辅来到了这个世界，也就是说她本来就是乌克兰人，她的岗位在基辅，不在其他任何地方。她和尼基塔奔赴乌克兰——在那里能有另一番作为？

她学了一些最重要的乌克兰词语表达，跑了一个又一个村子，提醒那些农民记住自己的民族责任，与尼基塔在哈尔科夫再次会合，从此以后那里就叫哈尔基辅，那里的朋友在家里为她和尼基塔准备好了一个小房间。

不幸的是，娜塔莎没有及时告知佟达自己将在乌克兰逗留一段较长的时间，由此引发的就是佟达首先心生猜忌，以为娜塔沙因为一个或几个男人而夜不归宿。他去所有的俱乐部、所有的协会、所有的编辑部和所有的办公室寻找她。随后他哀伤起来，这是醒悟的第一步。他忘了写文章，忘了给接下来的几天挣够生活必需的钱，差一点饿肚子。他向几个熟识的同志讲起娜塔莎不在的事，大家漠然看着他——在这几个月里他们当中的每一位都有相同的经历。不过可以确定的是，这个世界必将重新整理，小小的个人悲痛微不足道。

伊万·阿列克谢耶维奇，人称残暴者伊万，因为内战期间他将那些抓来的教区牧师的长发编成辫子，又将几个人的辫子捆在一起，然后命令他们各自向不同的方向跑。伊万·阿列克谢耶维奇，现在还在骑兵部队服役，其实是个好心人，他干那些残暴的事只是由于想象力过于丰富。只有伊万参与了一次关于爱的长时间交谈。

"爱嘛，"伊万这么说，"和革命根本就没有依从关系。战争期间你和娜塔莎睡觉，她是个士兵，你是个士兵。无论是有革命还是没有革命，不管是资本主义还是社会主义，爱只有在门当户对的情况下能持续上几年。现在娜塔莎不再是士兵，她是一个政治家，而你是……我不知道你现在是什么。放在从前，要是老婆不回家就揍她。你想揍这个打起仗来像二十个男人的女人吗？她现在不仅仅拥有相同的权利，她的权利比你多。因此我压根儿就不回我的村子，我老婆带着五个孩子住在那里（如果她没再添几个的话，不过头五个是我的）。参加红军前我都打过，五个孩子和老婆；现在我思想开通了，要是回到家我肯定会自己说：现在不兴打人了。可这违背我的本性，我心里总是痒痒的，想把家里的这一个或那一个揍一顿，而我不能那么做。由此就会生出矛盾，如果我必须时时克制自己，家里的日子就没法好好过。”

就连娜塔莎的归来也没有给佟达带来安慰。几个星期之后她回来了，不得不去找医生看病，既不再为佟达着想，也不去考虑乌克兰民族的事。她在床上躺了八天，佟达操持着那个酒精炉。凡是做过这种事的人就会知道，若想将伤感型的男人培养得也具有批判性，没有比它更合适的了。在这八天里，佟达完全厌倦了他那已经转成了烧火做饭的爱。

在战时共产主义时期的几位老朋友的帮助下，他寻得了一张办公桌，坐在一个新建立的学院的办公室里。学院的任务是为高加索的几个小民族制定新字母，编写初级课本和简单报刊，创造新的理性文化。分配给佟达的任务是带着试刊、杂志和宣传材料去高加索，去捷列克河。河岸边住着一个小民族，根据过去的统计资料有一万两千人。

他在一个家境较好的库梅克人的家里住了几个星期，出于宗教原因主人热情好客，友好地款待这位令人生厌的外来人。

留给佟达做的事不多，几个年轻人已经夺占了文化阵地，建立了俱乐部，编写好了墙报。

事实表明那里的人学得不够快，只好利用电影给他们辅导。佟达成为一家电影院的领导，当然一星期只能放三次电影。

他的常客中有一个名叫阿尔雅的姑娘，是一个格鲁吉亚男人和一个鞑靼女人的女儿。

姑娘住在她叔父家，他是一个在露天劳作的制陶匠。由于某种诱因，不过也是由于单调的生活，这人已经变得有些痴呆，理解不了语言，只使用一些似乎是用手指慢慢从自己脑子里抠出来的残词断句与人交流。

姑娘漂亮而安静，静悄无声地走来又走去，如同行走在云雾里。有些动物营造出一片宁静之地，然后就在那里面过着自己的日子，仿佛已立誓效力于一个更高的秘密目标。

姑娘沉默寡言,一双大大的褐色瞳孔浮在深蓝色的眼白中,走路时她身子挺得直直的,就像头上顶着一个罐子,她那双手总是放在腹前,放在围裙后面。

这个姑娘是佟达的第二次爱。

六

由于工作需要,佟达时常去莫斯科。他每天夜里都去红场。红场一片寂静,所有的大门都紧闭着,克里姆林宫各入口的哨兵穿着长大衣站在那里活似木头削出来的。列宁墓黑乎乎的,右面屋顶上那面红旗冲着夜空舞动,下面打有灯光。这里是唯一还能感受到革命的地方,午夜是唯一还能感受到革命的时分。

佟达回想着那场红色战争,回想着那些人们只知道死亡的岁月,那时生活、太阳、月亮、大地、天空只是死亡的画框或背景。死神,日日夜夜行进在大地之上,伴着雄壮的进行曲,伴着洪亮的鼓点,那声音听上去就像疾驰的马蹄踏过钢铁和打碎的玻璃,死神双手抛撒着碎片,人们听到的枪炮声犹如在远方行进的人潮发出的呐喊。

现如今,当下的秩序制服了巨大的死神,使它成为一个完全普通的死神,犹如一个乞丐悄无声息地走向一家一户,像是取走施舍似的领走它的死者。人们葬下红色棺木中的死者,歌咏队在墓边唱起一段段歌,生者各自返回,重又坐在办公室里,填写登记表,写下统计数字,为新成员填写登记表,给被开除者写评语。

没有办公桌、书写笔、石膏塑像、革命化橱窗、纪念碑、带倍倍尔头像把手的吸墨器,可能就建立不起一个新世界。这样想绝不是一种安慰,这样想毫无用处。

"然而一场革命不会半途而废。"库德林斯基说,他是一个水兵,被开除出党,曾在一年的时间里指挥过一艘战舰,现在正徒劳地寻找一份工作。

一天夜里他在红场遇见了佟达。估计库德林斯基来这里也是为了看那面红旗,那面在克里姆林宫屋顶上飘舞的红旗。

"一场革命不会半途而废。"库德林斯基说,"它根本没有止境。大洋没有止境,而燎原大火——某个地方肯定有这样一种火,那样巨大,犹如大洋那样无边无际,也许在地下,不过也许在天上——燎原大火,没有止境。革命就是如此。它没有形体,如果革命是火,则其形体就是燃烧;如果革命是水,则其形体就是洪流。我们自己是水中的水滴或火中的火星,我们根本没有可能出来。"

娜塔莎住在一家被没收的旅店里。晚上六点她开始行爱之事，那颗属于大众的心当然不参与其中的性爱，这是绝对无可指责、讲卫生的爱。从妇女权利平等的观点看，对此无可指责。战友情谊在她心目中是神圣的。因为佟达已不再被看作男人，所以鄙视他也是多余的。他几乎仅仅是一个地位平等的同志。她是那么热心地尽力帮助他！她尽力用那么严肃的态度与他讨论问题。然而当离得很近地站在她面前时，佟达看她就像看一面模糊的镜子。他去她那里犹如去一个自己曾度过青春岁月的地方。她不再是她自己，仿佛只是她自己从前生活的那个地方。娜塔莎曾在这里生活——佟达对自己说——当他看着她时。她穿着一件蓝色长衫，让他联想起一个女护理员，联想起一个女看守员，联想起一个女乘务员，唯独联想不起一个爱人，也联想不起一个革命士兵。尽管需要爱，尽管受尽了爱的折磨，可她身上表现出一种贞洁，一种难以理解的不含水分的贞洁，这种贞洁在被遗弃的姑娘和凭理智讲原则施爱的女人身上都是特有的。她住在一间狭窄、照明很差的旅店房间里，站在一把扶手椅和床之间，就像站在一个指挥舰楼上或一个演讲台上。扶手椅上放着一些翻烂了的小册子，床上是她实现性权利平等的地方。她的头发从额头梳向后面，嘴唇紧闭在一起，而原先吻佟达时它们是半张的。

佟达对她说："你作的报告我无法再听下去，打住吧！我在回想我曾那么爱过你，曾那么敬佩你。我曾因你感到非常自豪！在战争期间你的语言是鲜活的，你的嘴唇是鲜活的，我们躺在夜色中的森林里，与死神相距就半个小时，我们的爱比危险更强大有力。我简直不敢相信我能学得那么快。你一直比我高大坚强，突然间变得渺小软弱。你非常可怜，娜塔莎！没有战争你没法活下去。在那些烈焰燃烧的夜里你真漂亮。"

"你永远也摆脱不了你那些资产阶级的想法。"娜塔莎说，"你就这样想象一个女人！在烈焰燃烧的夜里！多么浪漫！我是一个像你一样的人，凑巧具有另一种性别。领导一个医院比在烈焰燃烧的夜里谈情说爱重要得多。我们从未彼此理解过，佟达同志。就算如你所说我们曾经相爱过，那今天也没有给你胆怯地为我的变化哭泣的权利。你最好还是去申请入党。我没时间了！我在等安娜·尼科拉耶夫娜，我们得写一份报告。"

这是佟达最后一次见娜塔莎。

她从自己的公文包中取出一个镜子照着自己的脸。她看见两滴泪水从自己眼中滚出，以相同的速度缓缓流向嘴角。她很惊讶，自己的眼睛在哭，她自己竟然一点儿没有感觉到。她看着镜子里一个陌生女人在哭。安娜·尼科拉耶夫娜进来时，她才想起用手抹干自己的脸。她迅速思索着，不隐藏泪水是更聪明的做法。她用自己挂着泪痕的脸迎向安娜，像是一种威胁，像是一面盾牌，像是一种自豪的承认。

“你为什么哭？”安娜问。

“我哭是因为一切都是那么无济于事，都是那么徒劳无功。”娜塔莎说，好像是在抱怨什么非常普遍的事情，安娜·尼科拉耶夫娜永远都不会明白的事情。

七

前面我已经讲到，佟达喜欢那个安静的名叫阿尔雅的高加索姑娘，那个痴呆制陶匠人的侄女。佟达时而让我觉得惊奇，在他所有的行为和经历中，让我感到最容易理解的就是他与阿尔雅的关系。她生活在战争之中，生活在历史的无序和个人的纷乱之中，但却像另一个世界的使者，像一种不知名的力量的代表，淡漠而好奇，或许不人会爱，不知聪慧也不知愚钝，不晓得行善也不晓得作恶，可组合为某种个性的所有尘世间品质的能力都很低下。她具有一张人的脸，具有一副人的躯体，这是何等的偶然！她不会流露任何一种激动、欢快、气恼和悲伤。她的笑就是露出她那两排紧紧闭合的白牙,一座禁闭喉中发出的所有声音的漂亮监狱。她的哭(她极少哭)就是让几颗明亮的大泪珠从那双睁圆的眼中滚出,流过那张和善、近似微笑的脸,人们绝对不会相信那些泪珠有世间所有俗泪的那种咸味。她若要表达一个愿望就将目光投向她想要的那个东西,好像她不能期盼自己视野之外的任何东西。她拒绝或抗拒什么就摇头。唯有在电影院里她前面的人挡住她的视线看不见银幕时,她才有较为强烈的不安表示。银幕的面积对她来说总归是太小了,她必须看清每一个细节,好像更让她感兴趣的不是戏剧性的事件和灾难,而是人物的衣着或房间陈设中无关紧要的物件。

我对阿尔雅的描述仅限于种种推测。连佟达对她的了解也不是太多,尽管他与她共同生活了将近一年。就像前面已经说过的,在我看来他去找她是自然而然的。是啊,他不属于所谓的“主动型”(当然说他“一身惰性”同样是错误的)。阿尔雅像一间寂静的屋子接纳了他。佟达生活在一条荒僻的路上,没有任何兴致去努力、去战斗、去激动或者仅仅去生气,他甚至连热恋都不需要,就连家庭生活的小策略对他来说也是多余的。阿尔雅白天帮她的制陶匠人叔叔干活,夜色降临后在丈夫处睡觉。没有比这更健康有益的生活了。

在此期间佟达有了一个代理,他本人则带着妻子前往巴库,任务是为一个科学院拍摄影片。

佟达觉得自己人生最重要的部分已经过去,现在已不再是热衷于各种期待的年岁,他已年满三十岁。傍晚去海边听土耳其人悲伤单调的音乐。每个星期都给自己西伯利亚的朋友巴拉诺维奇写信。在彼此见不到的这段日子里,巴拉诺维奇真的变成了他的兄弟。佟达的名字不是假的,佟达确实就是弗兰茨·巴拉诺维奇,是苏维埃国家的公民,是心满意足的官员,与一个沉默寡言的女人结了婚,居住在巴库。他的故乡以及从前的生活有时或许出现在自己的梦中。

八

在巴库港口,在离衣着五颜六色、欢快喧闹的人群不远的地方,每天傍晚都可以看见一个男人。放在任何一个别的城市,他可能都会引起一些人的注意,然而在这里却无人留意,他被笼罩在一种浓烈的、让人捉摸不透的孤独中。有时他坐在低矮的石墙上,大海被石墙圈着,犹如一个园子,他的双脚悬在里海上方,他的双眼没有目标。只有当一艘船泊岸时,他才显出一种显而易见的激动。他挤过密集的等候人群望着下船的乘客。人们大概会以为他在等人。然而当一切都过去,当土耳其脚夫重又靠在白墙上或三五成群地打着扑克牌,当空四轮马车慢悠悠地离去,当载着客的四轮马车以活泼欢快的速度离去,这个孤独的人便起身回家,显然心满意足,并没有沮丧的表情——而我们白等了某人一场不得不独自往回走时,总会有沮丧的心情袭上心头。

当阿斯特拉罕来的船到达巴库时——很少有船来,来的只有俄国船——港口便一片兴奋。那里的人知道不会有外国轮船来,不会有英国轮船来,不会有美国轮船来。然而只要看到远处的烟,人们就装作不知道那艘船会不会碰巧是一艘外国船,因为所有的轮船上都飘出一条相同的白蓝色的烟。即使没有船来,巴库也处在一种兴奋状态。那些烟或许来自于火山灰质的土地。有时会刮起可怕的风,它无物可挡,扫过一个个平屋顶,扫过没有植被的黄色大地,裹挟着窗子、石膏花饰和碎石,就连那些油井钻塔——在这一地区它们是树木的替代物——好像也在风中摇摆。

有船到来时佟达便去港口。尽管他知道那无非是本地往返某一区间的旧船,它们可能载着本地官员,偶尔也可能载有国外的鱼子酱商人;可他一次次想象着那些船来自某些别的海洋。船是人们相信能完成任何冒险旅程的唯一交通工具。不一定非得是轮船。任何一条普通的小船,任何一个舒适的木筏,任何一条简陋的渔舟,都可以去品尝所有海洋的海水。对于一个站在岸边的人来说,所有的水都是一样的,每一个小浪都是那些危险大浪的姊妹。

是啊,他曾下定决心不再期待任何意外的惊喜。妻子的沉默寡言弱化了这个世界的喧嚣,减缓了时光的进程。尽管如此,佟达还是从家里逃出来,走向港口,而这小片海的气味让他感到强烈不安。他又回到家中,看到阿尔雅一动不动地坐在窗口望着空荡荡的街道。他进来时妻子几乎没有回头,房间里出现响声时她露出了微笑,仿佛遇上了什么开心事。

在这些日子里,佟达开始将所有无关紧要的事都记录下来,好像这么一记,它们便获得了某种意义。有一天他写道——

九

佟达日记摘录——

昨天晚上十点半,“公民号”轮船晚点三个小时进港。

和每次一样，我站在港口看那些脚夫争来抢去。出来了许多衣着晃眼且讲究的人，是一等舱的乘客。和通常情况一样，他们是俄国新经济政策警察部门的人和一些外国商人。自写日记以来我对外国人特别感兴趣。此前我一点儿都没有注意他们。大多数来自德国，少数来自美国，有一些是来自奥地利和巴尔干国家。我能毫不费劲地区分出他们，有些人来学院找我询问情况（在我们学院里我是唯一会说德语和法语的人）。我去港口辨别外国人的国籍，若能猜对我很高兴。其实我也不知道依据什么辨认他们。若让我一一列出民族特征，我会很尴尬。我判定他们的依据或许是衣装。也不是具体的衣服，而是整个举止。有时会把德国人和英国人搞混，尤其是那些年岁大的。德国人和英国人面部肤色有时是同一种红色，不过德国人是秃顶，英国人大都长着白色浓发，因此他们脸上的红色显得很深。他们的银发不能唤起我心中的敬畏，正相反，有时让人觉着英国人是由于卖弄风情而变老、头发变白的。他们的精力充沛中含有某些违背自然的东西，我不知道是否可以说是不信神的东西。他们的外表是那么不自然，就像驼背站在腰背挺直的人中间。他们像是在四处推销体操器械和网球拍，它们能保证人到高龄依然年轻。

而一些大陆的老先生看上去好像是在推销办公家具和

上等沙发椅。自腰部往下他们体形变宽，两个膝盖碰来撞去，两条胳膊紧挨着上身，好似贴在柔软、宽大的皮质椅子靠背上。

昨天到了三个欧洲人，看第一眼时我无法确定他们来自哪个国家。一位女士；一位年老、肩宽、小个头男人，褐色脸上长着黑灰色胡子；一位中等个头的年轻人，褐色皮肤，一双浅色眼睛在深褐色的脸上显得近似白色，嘴巴很是细长，两条长腿引人注目，白色亚麻裤子裹在膝关节处犹如另一层表皮。

长胡须的小个子男人让人稍稍联想到用彩色石头和石膏做的小矮人，有些花园里的花圃中间就摆放有它们。这位先生的健康气色也伤害了我的心，胡须围定的脸上泛着令人骄傲的褐色。他迈着急促的小碎步走在长腿男人和高个子女士身边，近似连蹦带跳地走在他们身边，其实看上去他像是被女士用一条细绳子牵着的一只动物。他做着各种活泼的动作，临上四轮敞篷马车前又将他那顶浅色软礼帽抛向空中。两个脚夫扛着箱子跟在他们后面。

我猜想，回到家之后，有些人会慢慢地仔细地算长胡子男人那些动作的账。他在旅途中很活跃。嘈杂声很大，他们说话声音又很低，所以我什么也没听清，尽管我挤到了他们跟前。

那位中年妇女是我最后一次在维也纳休假归队后见到的第一个风度高雅的女士。

今天早晨他们来找我。

他们是法国人。先生是巴黎的一位律师，另外还给《时代》写文章。女士是他妻子，年轻人是他的秘书。年轻人是为数不多的懂俄语的法国人之一，因此他也来了俄国，好像也是为了女士。

女士看着我时，我想起了已经很久都没有想起的伊蕾妮。这位女士长得似乎并不像我的那位未婚妻！

她黑色皮肤，非常黑，头发近乎蓝色。她眼睛细长，用一种高雅的近视眼光看我。看上去好像坦然地直视我与她身份的不相称。我一直在等待着某个命令，如果她对我说什么的话。然而她根本就没有想起来给我下命令。如果她赏脸吩咐我干一件什么事，我可能会非常高兴。

有时她用一只手的食指、中指和无名指敲打着一本书、一个椅子靠背和桌子。那是一种节奏缓慢的敲打和一种快速的掠过。她的指甲修长发白，没有血色的指甲，她那对嘴唇涂得格外红，好像是有意造成反差。

她穿着一双细长的灰色皮鞋，用细软皮革制成，她的脚趾很长，人们看得见藏在皮革下的它们。我想用一支铅笔描下它们。

那位秘书——按照他的名片他是艾德蒙·V先生——对我说:“您说法语不像一个斯拉夫人。您是高加索人还是俄罗斯人?”

我撒了谎。我告诉他我父母是移民,我出生在俄国。

“现在,”V先生说,“我们要在俄国各地转三个月。我们已经去过列宁格勒、莫斯科、下诺夫哥罗德、伏尔加河和阿斯特拉罕。在我们法国,人们对苏维埃俄国了解得非常少,在我们那里人们想象俄国一片混乱。我们对这里的秩序感到意外,当然也对昂贵的物价感到意外。用这笔钱我们能考察完非洲的所有法国殖民地——只要它们不过于无聊。”

“这么说您失望了?”我问。

长胡子的律师瞪了一眼他的秘书。女士目不斜视,连看都不愿看一眼,我们谈话与她无关。我觉察到三人全都对我的问题感到恐慌。可能他们还是不相信我们这里的秩序,或许他们把我当成了一个密探。

“你们什么都不用怕,尽管说出自己的看法好了。我不是警察的人,我为我们学院拍科学影片。”

女士细长的眼睛向我投来一道迅疾的目光。她是生气还是相信了我的话,我看不出来。

(现在我才想到,或许是我让她失望了。或许只有在她认为我拥有某个秘密的那个时段喜欢我。)

但艾德蒙·V先生在对我说话,他眼中显露着友好,嘴巴却透出一种鄙夷,以至我不知道自己该相信他脸上的哪个部位。V先生说:"先生,您不应该认为我们害怕。我们有最权威的推荐信,我们差不多就相当于肩负一项正式使命。如果感到失望我们会告诉您。不,我们没有。我们为您的政府部门、您这里的人、您的人民的热情好客深受感动。我们只是认为——请允许我代我们所有的人说——您所描述的根本性的社会变化只是一个民族的变化,一种俄国的变化。在我们看来布尔什维主义和——请原谅我使用这一比喻——沙皇制度一样都是俄国的。另外——在这一点上我与主人们截然相反——我希望你们能往自己的葡萄酒里多掺些水。"

"您大概是想说往自己的水里掺葡萄酒吧。"我回应说。

"您真夸张,先生,我欣赏您的礼貌。"

"您大概是在挑衅吧!"女士说,眼睛望着空中。

这是她直接对我说的第一句话,她不看我,好像是想表明话虽然是冲我说的,但并非绝对只是对我说的。

"我希望您是在开玩笑,没有疑心……"

"那是个玩笑。"律师打断了我的话。他说话时胡子动来动去,我尽力从这些动作中辨清他说了些什么。

“或许您乐意给我讲讲法国。很少有人从您的国家来，我不了解它。”

“给一个不了解欧洲的俄国人描述法国是件难事。”秘书说，“尤其是对我们法国人来说是件难事。从我们的书籍报刊中您无论如何也得不到一个完全准确的印象。您想知道什么？巴黎是世界之都，莫斯科或许也会成为那样一座城市。另外巴黎是世界唯一的自由之城。在我们那里住的有反革命者和革命者，有民族主义者和国际主义者，有德国人、英国人、中国人、西班牙人、意大利人，我们没有新闻审查，我们有公正的学校法、公正的法官……”

“……和能干的警察。”我说，因为我从一些共产党人的讲述中获知了这一情况。

“您不该抱怨的恰恰是你们的警察。”女士说。她还是一直不看我。

“您不用害怕我们的警察。”秘书说。

“如果有一天您想去我们那里，当然是不带敌意——您随时都能得到我的帮助。”

“那是一定的。”胡子确认道。

“我将带着最和睦的意愿来。”我保证道。

我觉着说此话时我显得那么真诚。女士看着我。我看着她那对红红的细长嘴唇说，愚笨而幼稚，因为我觉得必须把自己粗俗的真诚表现得再夸张一些:“我会去你们那里——因为你们的女人。”

“哦,您很有魅力!”胡子忙不迭地说。大概他害怕自己的妻子这么说。尽管如此他无法阻止她微笑。

我倒是很乐意说:我爱您,夫人。

她开了口,仿佛就她独自在场:“我永远都不可能在俄国生活。我需要林荫大道的那些柏油路面,需要布洛涅森林里的一个平台,需要和平街的那些橱窗。”

她突然停住,就像她突然张口一样。似乎她已将所有散发着芳香、晶莹闪烁的珍宝尽数倾倒在我面前,而捡起它们、欣赏它们、赞美它们就是我的事了。

她沉寂后我看着她,有好几分钟。我还在等待着一些珍品。其实我等待的是她的声音,那是一种低沉、刺激、智慧的声音。

“在什么地方都不如在巴黎生活好。”秘书又提起了话头,“我本人是个比利时人,因此不是出于地方观念。”

“您是巴黎人?”我问女士。

“是巴黎人。下午我们想去油矿区。”她急速地说。

“如果您不反对,我陪您。”

“我有事要做,明天早晨再去。”胡子说。

事先我在素食饭馆吃午饭,因为我肚子不饿。钱也要花光了，十天后我才领薪水。我担心女士会需要一辆车——我还付得起车钱。但她若有更多的需要怎么办？如果她突然间想吃饭呢？我不能让秘书为我付一个子儿。

我毫无胃口地吃了饭。两点半，我站在火车站前灼人的太阳光下。

二十分钟后她坐着一辆车来了，独自一人。

“您得陪我一个人去了。”她说。“我们决定让 V 先生留在我丈夫身边。他想在城里四处转转，担心自己与人沟通不了。”

我们坐在街头小贩、工人、遮住半张脸的穆斯林女人、无家可归的男孩、瘸腿乞丐、兜售商和卖东方甜点的白人糕点师中间。我指给她看那些钻塔。

“无聊乏味。”她说。

我们到了萨本奇。

我说：“没必要看这座城，费劲累人。天气炎热，不如我们等下一班火车。我们回去吧。”

我们返回。

回到巴库下车时我们都很难为情。几分钟后我们同时相互看着对方笑起来。

我们在一家小店铺喝汽水，苍蝇嗡嗡乱叫，窗子上挂着一张令人恶心的苍蝇纸。

我觉得非常热,尽管我在不停地喝水。我什么话也说不出来,沉默比炎热更让人喘不过气来。可她坐在那里,炎热、灰尘以及我们四周的肮脏对她毫无影响,她只是不时地驱赶一只苍蝇。

“我爱您。”我说——尽管我已热得满脸通红,这下更红了。

她点点头。

我吻着她的手。卖汽水的恶狠狠地看着我。我们起身离去。

我带她在这座亚洲古城四处转悠。天色还早,我诅咒它。

我们漫无目标地瞎走了两个小时。我担心她走累了,也担心我们会碰上她丈夫和那个秘书。我们到了海边,不是有意的。我们坐在码头边,我一次又一次吻着她的手。

所有的人都看我们。几个熟人跟我打招呼。

夜色很快降临了。我们走进一家小旅店,店主认出了我。他是一个地中海东部地区的犹太人。他认为我是一个有影响力的人,知道了一些我的私密他可能很高兴。他可能打算一有机会就利用这手里的秘密。

一片漆黑,我们摸到了床,却看不见。

“这里有什么东西扎人。”后来她说。

但我们没有开灯。

我吻着她，她用手指指向那里，又指向那里，她的肌肤在黑暗中泛着光，我用颤抖的嘴唇追逐着她那跳来跳去的手指。

她上了一辆车，她想明天上午与丈夫以及秘书再来。她准备来辞别。他们将去克里米亚，然后从敖德萨去马赛。

爱过她之后，我用两个小时写下这件事。我觉得必须把它写下来，以便我明天还知道这事儿是真的。

阿尔雅刚刚上床睡觉。

我不再爱她。数月来她用她那静静的好奇接受着我，我觉得这种好奇潜伏着危险。就像一个沉默不语的人在摸一个略有醉意、滔滔不绝的人的底，她就这样接受着我的爱……

翌日他们来向佟达辞行。

律师说："昨天是我有意留住了V先生。我相信，带一个人会比带两个人多看许多东西。照我妻子昨天所讲述的看，你们一定是看了许多有趣的东西。"

律师确确实实像一个小矮人，不过不再像一个立在一片绿草地上的和善的小矮人，而是像一个住在阴森恐怖的石头堆里的小矮人。

他们像陌生人一样告了别。“给你。”女士走之前边说边将一张写有自己地址的纸条给了佟达。

过了一个小时他才打开看。

从这一天起佟达明白了，自己在巴库已无事可做。我们遇到的女人更多的是激发起我们的幻想，很少能打动我们的心。我们喜欢她们体现的世界，喜欢她们为我们预示的命运。

那个陌生女人的到访留下了她关于和平街橱窗的话。佟达找出自己过去的证件时，心里想着和平街的橱窗。

那是一个尚未执行的命令，编号二百五十三，盖有圆章，由克莱德尔上校签字，帕尔皮特中士拟定。那张黄纸的折痕里已有许多细孔，显出某种庄严的气质。它很光滑，摸上去犹如油脂，让人联想到蜡烛。毋庸置疑的是它的内容。那上面写着：着弗兰茨·佟达中尉前往伦贝格领取军装。

倘若不是他一天后被俘，趁这次差事之便就可以悄悄跑一趟离得不远的维也纳。

那上面弗兰茨·佟达的名字写得那么大，那么强劲有力，一笔一划都那么认真，它几乎要从纸面上跃然而出获取自己的生命。

与军装中裹着一种力量一样，名字里也存活着一种力量。数年来一直是巴拉诺维奇的佟达，看见过去的佟达从那份文件中大踏步走出。

那个没有执行的命令旁边放着伊蕾妮的照片。硬纸封面已经卷曲，照片已经褪色。照片中伊蕾妮穿着一件深色高领连衣裙，一件庄重的连衣裙；为一个战场上的勇士拍照片时都穿这样的连衣裙。还有那充满生气的目光，既带着卖俏的意味，又不乏聪慧，一种自然天性和一种照片修版效果成功地混杂在一起。

佟达一边看着那张照片，一边想着和平街的橱窗。

十

一天，奥地利驻莫斯科领事馆来了一个陌生人，身穿一件宽大的黑色皮革短上衣，脚上那双鞋已经破裂，棱角分明的褐色脸上留着短胡茬，头戴一顶不合时宜的皮帽；因为外面三月初温暖的太阳已经照耀着大地，皮帽显得比实际更加不合时宜。阳光透过两个宽大的窗户落在褐色木栅栏上——木栅栏后坐着一个官员，阳光也照在疗养地萨尔茨堡和蒂罗尔送来的那些五颜六色的宣传册上。陌生人讲一口纯正的高雅官话，那是奥地利上层社会说的一种语言，也可以加上一些标准德语的词语，不过说时须带上音调，从远处听就像是一种带鼻音的意大利语。这一口高雅官话比任何文件更能证明陌生人的陈述。当然这些陈述需要得到证实,因为它们听上去简直难以置信。

陌生人陈述说,1916年他作为一个奥地利中尉被关入一个西伯利亚战俘营,后来他从那里成功逃出。从逃离的那一天起,他与一个猎人一起生活在西伯利亚森林里,猎人在泰加林地带边缘有一处房子。两个男人以打猎为生。最终其中的一个患上思乡病,开始了自己的跋涉,但身上没有钱。走了六个月,其间仅坐了几段短程火车。他还保存有一份过去的文件,一份没有执行的命令,从中可以看出这个陌生人名叫弗兰茨·佟达,是过去奥地利军队的中尉。帝国解体后他并未失去奥地利国籍,因为按照他父亲的户籍他也拥有奥地利林茨的户籍。一份发往林茨的电报以及付费回电证实了这位前军官的说法。维也纳国防部的档案中还存有军校的班级记录册,中尉所在班级的记录册同样也证实了他的有关陈述。打消领事最后疑虑的是陌生人的真诚及其给人的好感,看上去他这一生还从未撒过谎;事实上这位聪明的官员不相信一个前军官具有撒谎骗人的才智。

此时还没有一个法律规定说,迟到的、被从西伯利亚遣送回国的人可以由节俭的奥地利国家承担返乡费用。不过或许有针对“特例”的资助资金——几经踌躇,奥地利公使允许将佟达列为“特例”，这种踌躇更多的是为了他自己的职位，不是出于自己的良知。

佟达得到了一本奥地利护照，经公使馆协调拿到了俄国外交事务委员会的出境许可，还得到了一张经卡托维兹前往维也纳的车票。事情办成的速度比他原本想的要快。于是他不能再完成去巴库与妻子告别的意愿，因为他认为自己已受到警察监视，他若回去会暴露自己。在有些情形下，人迫于客观情况会违背自己的意愿，加剧自己有意犯下的一个过错，此时他就处在一种这样的情形中。他胆小怯懦，因为他将一个女人孤零零地丢下了。然而他变得更加胆小怯懦，因为他和这个女人连个道别都没有。他只写信告诉她自己得外出几个月，给那封信里放了一些钱，因为他不敢去邮局汇那些钱。他还将自己那位兄弟的地址告知了妻子：伊尔库茨克，留邮局待取，无论发生什么情况。

然后在一天晚上，他坐上了一列西行的火车，他觉得自己不是自愿上的火车。事情就这样发生了，和自己一生中所有的事一样，也和其他人的人生中的大多数和最重要的事一样，在一种声响巨大、更加有意识的主动性的诱导下，他们认为自己的决定和行动都是出于自愿。可是他们只管自己风风火火地行动，却忘记了命运的脚步。

在四月一个阳光明媚的上午，维也纳老城显得既欢快又典雅,漂亮的女人陪着清闲无事的先生在环城大道上散着步,深蓝色的零售机在一个个咖啡屋新整理出的露台上闪着亮光,志愿救护协会在举办有音乐助阵的宣传游行。就在这样一个上午,弗兰茨·佟达出现在格拉本大街人群熙攘、有阳光照耀的一侧,他依然穿着他出现在驻莫斯科领事馆门前时穿的那身衣服,这毫无疑问引人注目。他看上去就像一个"布尔什维克"——站在一家飘溢着芳香的卫生用品店门前角落里的店主就是这么想象的。佟达那两条长腿显得更长,因为他穿着马裤和高至膝盖的长筒软靴,它们散发出一种浓烈的皮革味。那顶皮帽子低低地压在他那双不愉快的眼睛上方。那个店主在这张脸上看出的绝对是对其商店的威胁。

也就是说佟达已经到了维也纳。他领取失业救济金,过着凄凉的生活,找了几个旧日的朋友。人们告诉他,他的未婚妻已经嫁人,可能生活在巴黎。

十一

四月底我收到下面这封弗兰茨·佟达的来信。

亲爱的朋友罗特：

昨天夜里我碰巧得知了你的地址。两个月前我回到了故里——我不知道这个词用得是否恰当。我暂时靠失业救济金生活，正在谋求维也纳市政府的一个文书职位。此事看样子没有希望，在这座城市里有百分之四十的居民在谋求某个职位。另外——我乐于向你坦言，若在这里得到一个职位我会感到悲哀。

自然你会问我为何离开了俄国。我不知道答案，我也不感到羞愧；我不相信这个世界上有哪一个人能没什么愧疚地告诉你自己为何做了或放弃了这件事或那件事。我不知道自己明天会不会去澳大利亚，去美国，去中国，或者回西伯利亚找我的兄弟巴拉诺维奇，如果我正好有机会的话。我只知道，之前驱使着我的不是所谓的“不安”，而恰恰相反——是一种完完全全的平静。我没有什么怕失去的。我既不勇敢也不喜好冒险，现在驱使着我的是风，我不惧怕覆没。

我每天只吃一顿冷餐，在一家小门面的大众咖啡店喝茶。

我现在穿一件蓝色俄国衬衫，戴一顶灰色便帽，挺惹眼。

你若方便，请给我寄一身旧衣服，不过要一顶新帽子。每天我至少去环形大道转悠三趟，有时上午也去格拉本大街转转，如果有风度高雅的人在那里散步。这段时间我留了胡子，因为反正我已经是引人注目了。

十年前的今天，我自己也是那些游人中的一员。那是我最后一次休假。哈特曼小姐走在我右边，我的左边挎着军刀。当时我唯一的愿望就是战争结束后调到骑兵部队，老哈特曼先生能办成此事。现在他安卧在中央墓园里。出于崇敬和无聊我去看过他的墓。那是一个所谓的家庭墓，常绿三色堇开着鲜花，鲜花上方有一盏红灯，由一个双翼小男孩举着。碑文庄严简洁，犹如哈特曼本人的一贯风格。

听说我的未婚妻四年前才嫁人，也就是说曾等了我很久很久。四年前我或许还是一个适合她的男人。

然而今天——我觉得自己变得很不适应这个世界。

……

你会问我在俄国是否习惯吧？

最后几个月我生活在一种状态中，还没有适合它的一个名称，俄语中没有，德语中也没有，大概世界上任何一种语言里都没有——那是一种介于心灰意冷和心存期盼之间的状态。我想象，死人退出了尘世生活还未开始另一种生活的那一瞬间就处在这种情境中。我觉得自己似乎已完成了一个任务，完成得那么全面，那么圆满，以至我再没有权利坚持细看它那不容商讨的技巧。我觉着巴拉诺维奇已死，而佟达尚未出生。

我与阿尔雅，即我在巴库的高加索妻子，生活在一种非常明确的临时状态中，一种没有尽头的临时状态。我的任务是从高加索各个民族的生活中取材拍照、摄像，或请他人拍。我没有尽力。可那是苏维埃国家里一个庞大混乱的管理体系，具有目的性和技巧性的混乱，带有无数狡诈的混乱，在这个体系里，每个个人只是或小或大的一个点，与更大的一个点联系在一起。你在生活中、街道上、办公室里看到的尽是这样的点，它们与你有一种隐秘的、重要的甚至是非常近的关系，但你却不知道这一关系。有一些高等级的点，它们详知所有的关系，它们在一定程度上俯视着你，然而你自己看不见高处的它们。你不知道自己能否安稳地留在自己的位置上。有可能你很快、就在下一刻被移开——根本不是从上方，而是仿佛从你立于其上的根底。请你想象有一个棋盘，棋子不是摆放在棋盘上，而是塞在里面，坐在桌子底下的棋手的那只手从下面摆布着棋子。

你不仅仅可以害怕和希望，你甚至有各种义务和职责。你有一个理想，那是为个人虚荣心准备的空间。有些时候你也能够预见一次行动的成功或失败，可在许多情况下，某些事的发生却与你的所有预期相反。比如你无视一项义务并预期会有一个非常令人不快的后果，可要么是什么都没有发生,要么是发生了某件让人很愉快的事。此时你不知道那个预期中令人不快的结果会不会是戴着令人愉快的结果的面具出现的。你既不相信自己的成功也不相信自己的失败。

最糟糕的是你始终受到监视却不知道被谁监视——在你工作的办公室里。可能是每个星期擦地板的清洁女工,不过也可能是学识渊博的正在编鞑靼语字母的教授,还可能是你向其口授打字内容的女秘书,或是负责办公室用品用具和换破损玻璃的房管员。所有的人一律叫你同志,你将所有的人一律称为同志,但你臆想每个人都是监视者,同时也知道每个人都认为你是监视者。你心里没鬼,你是一个革命者,你无须害怕监视。可你至少担心自己被当成一个密探。你心地善良,可因为你不得不努力显出心地善良,别人就会察觉你的努力。随后你便害怕他们不再认为你心地善良。

这种生活需要有健康的神经和充足的革命信念,因为必须假设,被真正的敌人四面围困的革命为确保自己的政权,迫不得已时没有别的选择,只能牺牲任何一个个体。

若不是有一天来了一伙法国人,恐怕我还留在俄国——至少我相信是这样。那伙法国人更多的是来消遣而不是考察,一个律师带着他的妻子和他的秘书。秘书是那位妻子的情人，律师精心安排，让我单独和他妻子度过了一天，一个白天和在一家旅店里的一个难忘的晚上。我是他报复的工具。那个女人认为我是契卡①的一个危险的密探，辞别时给我留了一张纸条，她在上面用获胜似的字体写道："可见您就是秘密警察的人！"——之前我曾尽力劝她丢掉这种荒谬的想法。

可见她就是因此和我睡了觉。

此事只是顺带一说。——重要的是，这几个外国人的到来使我突然之间明白了，我自己的人生或许才开始，尽管我已经有了相当多的经历。奇怪的是，我看到那位女士时立即想起了我未婚妻的名字：伊蕾妮。眼下我惦念她。

或许是因为我无法得知她生活在何处、嫁给了谁，或许是因为我知道她等过我很长时间。

我相信，那个陌生女人到巴库绝非仅仅意味着一个偶然。仿佛有人打开了一道门，我每时每刻都在想着的一道门，它不是门，而是圈着我的那道墙的一部分。我看见了一个出口，我利用了它。现在我身在墙外，但却一片迷惘。

这就是你们的世界！我一次又一次为它的坚固感到惊讶。我们在俄国为革命而战时，我们想的是在与这个世界战斗；我们获得胜利时，战胜整个世界指日可待。即便现在

① 契卡：即全俄肃反委员会，"契卡"是俄文缩写的音译。

那边的人对这个世界的稳固也是一无所知。我感觉自己在这个世界里是陌生人。此话我若对你说两遍,就好像我在向它提出抗议。我带着陌生人的眼睛、陌生人的耳朵、陌生人的理解力从人们身边走过。我遇见父亲旧日的朋友熟人,得费很大力气去理解他们在问我什么。

我继续扮演着自己刚刚归乡的“西伯利亚人”的角色。人们询问我的种种经历,我尽我所能撒着谎。为避免前后矛盾,我开始将几个星期里自己胡编乱造的所有东西记下来,已经写了五十张大四开纸,写的时候我非常开心,我急切地期待着我将继续写出的东西。

这成了一封很长的信。你别为此感到惊讶——距离我们最后一次谈话已经很久了。

致以老战友的问候!

弗兰茨·佟达

十二

他为何离开俄国?人们或许会说佟达没有道德观念且意志薄弱。凡是有一条明确道路和一个道德目标的男人,即使是那些有虚荣心的人,看上去都不同于我的朋友佟达。

我这位朋友是个典型的靠不住的人。他虽那么靠不住，但即使在背地里议论，人们也不会说他是个利己主义者。他不谋求所谓的个人利益，考虑问题既不自私也不顾忌道德。若是一定要给他标明某一特征，那我就说，最明显的特性是向往自由，因为他既可能抛掉自己的利益又善于避害。他做事大多数是凭兴致，有些是出于信念，就是说：一切都出于必然。他所具有的活力多于革命一时所需，他所具有的独立性超出了一种力求适应生活的理论所能接受的程度。归根结底他是一个欧洲人，是一个个人主义者，正如受过教育的人所说的。为了随性发展，他需要错综复杂的情况。他需要混乱的谎言、虚假的理想，表面健康、长年的污浊，涂成红色的幽灵构成的氛围，需要那些看上去或像舞厅、或像工厂，或像宫殿、或像学校、或像沙龙的墓园的氛围。他需要走近那些被人们预感到要坍塌却依然保证能屹立几百年的摩天大楼。他是一个“现代人”。

当然他的未婚妻伊蕾妮吸引着他。他有一条路，六年前已开始走，稍有中断，又在继续走。她生活在何处？她生活过得如何？她爱他吗？她曾等过他？如果当年回到她身边，他今天会是个什么样的人？

我承认，看过佟达的信之后，我首先考虑的全是这些问题，没有考虑下一个问题：如何帮助佟达？我知道，他属于根本不在乎有物质保障的那一类人。他从不惧怕覆没,他从不惧怕今天几乎支配着人们所有行动的饥饿。这是一种处世能力。我认识一些这种类型的人,他们就像生活在水中的鱼:永远在追逐猎物,从不惧怕覆没。他们不会受到富贵和穷困的侵犯,在他们身上看不到匮乏。因此他们也有一副铁石心肠,使他们感受不到其他人的个人困境。他们是所谓社会感受的最大敌人。

一个星期之后我才想到帮助佟达。我给他寄了一身衣服,并在考虑是否应该给他哥哥写封信——自上军校以来佟达就没有与他交谈过。

十三

佟达的哥哥格奥尔格是德国一座中等城市里的乐队指挥。

本来应该是弗兰茨成为音乐家。老佟达少校不懂得自己小儿子音乐天赋的价值所在。他是一个军人,在他眼里一个音乐家就是一个军乐队指挥,一个通过一纸再普通不过的契约与军队联系在一起的文职官员,随时处在可能被解聘的尴尬境地;即便没有被解聘,也只有领取一笔微薄养老金的资格。少校最大的心愿就是让一个儿子当上国家官员，一个儿子当上军官。

有一天格奥尔格摔了一跤，断了一条腿，将终生跛脚走路，无法再正常上学。弗兰茨已经在上音乐课，想当音乐家。因为哥哥治病花了许多钱，格奥尔格的残疾使得少校不再喜欢他，所以少校决定从此之后让格奥尔格上音乐课。

出于节省开销的原因弗兰茨上了军校。

那时弗兰茨恨自己的哥哥，他嫉妒他摔了一跤断了一条腿的幸运。他打算不惜一切代价离开军校，他希望有一天自己也摔上一跤断掉一条腿或一只胳膊，而之后会怎么样就不是他操心的事了。他希望自己至少患上心脏瓣膜病。他觉得自己很聪明。可他努力的结果却是他的老师和父亲对他的喜爱以及对军旅生涯美好前程的预测。

他在军校的成就越大，对哥哥的恨就越强烈。此间格奥尔格已在上音乐学院。圣诞节假期和复活节假期，兄弟俩只能回家。他们在一间屋子里睡觉，在一张桌子上吃饭，彼此间没有一句话。另外他们相貌差异很大，弗兰茨像父亲，格奥尔格像母亲。或许是因为残疾，又被迫待在屋子里，或许是因为孤独、思考和啃书本，格奥尔格脸上挂上了哀伤的表情——大多数犹太人都带有这种表情，有些时候好像是他们的主要表情。而弗兰茨通过自己的生活方式克制着悲剧性的气质，这一气质大概是从他的犹太母亲那里继承而来的。另外我更愿意承认对面部表情形成的影响来自一个人的职业而不是他的种族。（我曾见过一些反犹太主义的图书馆馆员，他们可能曾是各个西方犹太人教堂里的领读祈祷文者，却没有引起人们的注意。）

兄弟俩彼此间一句话也不说。

这种令人不快的沉默无语是我的朋友弗兰茨造成的，因为格奥尔格——我们马上就将看见——是个和气友善的人。他是受母亲娇惯的爱子，弗兰茨为此而更加嫉妒他。他多么想生活在母亲温暖的身边，而不是生活在飘散于父亲四周的那种酸涩、冰凉、有酒精味的空气里。父亲的每次夸赞都刺痛着他的心，格奥尔格从母亲那里得到的每次爱抚更加刺痛着他的心。

还有假期在父母家吃的那一顿顿饭，弗兰茨从未忘记，时不时讲起来。吃饭时他坐在父亲左边，对面是母亲，母亲旁边坐着格奥尔格，对面是表妹克拉拉——她在上林茨的一所女子中学，正热恋着格奥尔格。一般来说人们会认为，在一个年轻姑娘眼里一个瘸腿音乐家的价值无论如何也低于一个健康勇敢的军校学生。然而对她来说却不是如此。那些姑娘，特别是格外偏爱体操和远足的女子中学的姑娘，相对于骑马的人，对跛脚的人更有好感，更喜欢音乐，而不是尚武。这种情况只是因世界大战的四年而改变了，其间甚至连音乐、体操和自然都在为祖国效力，连同它们的男女追随者。不过在佟达一家默默吃饭的那个时候，这个世界离战争还很远，弗兰茨有足够的机会嫉妒格奥尔格。

时而也会出现他们在共同的房间里同时醒来的情况。他们目光相遇，就差那么一点其中的一个就向另一个道了早安，因为隔了一夜他们之间的敌意被忘记是多么自然的事情，何况这种敌意差不多已变成一种生疏感——即便没有忘记，也绝对没有加重。然而随后这一个或那一个思索起来——通常是弗兰茨，他立刻背过脸去继续睡觉，直到哥哥穿好衣服离开房间。

十四

战争结束后格奥尔格娶了他的表妹。

他娶表妹是因为缺乏幻想，是因为舒适安逸，是因为习俗，是出于骑士风度，是出于和善友爱，也是出于注重实际的原因——因为她是一个富有地产主的富有女儿。只有一个缺乏幻想的男人才可能娶她，因为她属于人们称为“好伙伴”的那一类女人，这类女人更能够给一个男人的是扶持而不是爱。如果碰巧是一个登山者,或是一个骑自行车漫游者,或是一个杂技表演者,甚或是一个瘫坐在轮椅里的人,都可以很好地利用她们。可一个正常的城市居民能利用她们做什么,这对我来说一直是个谜。

克拉拉——这个名字好像就已向我泄露出真实情况——是一个好伙伴。她的手一如她的名字,是那样简单,那样健康,那样真诚,那样靠得住,那样诚实,只是还缺老茧——那是一双体操老师的手。每当不得不向一个男人表示欢迎时,克拉拉总是害怕他会吻自己的手。因此她养成了一个非常特别的握手习惯,一种坚定真诚的握手,握手时男人的整个小臂都在被她往下压——这种握手是一种体操训练,以此可以表明强壮。在德国和英国,在瑞典、丹麦和挪威,在许多新教国家,都有以这种方式和男人握手的女人。这是在为性别平等和卫生而示威,是人类与旧礼节和细菌战斗期间的一个重要插曲。

克拉拉的腿是实用的直溜溜的腿,没有腿肚子,是跋涉者的腿,绝不是爱的工具,而是体育运动的工具。将它们裹在丝袜里显得是一种不可原谅的奢侈。它们在某处肯定有膝部,我总在想,它们肯定在某处过渡为大腿;袜子直接连着内裤,就完了,不可能吧?!然而就是这样,克拉拉不是爱的创造物。她甚至也有像胸脯一样的东西,但那仅像只盒子，用来盛装她那实用的善良。她是否有一颗心，有谁能知道？

这样描述克拉拉时我心有愧疚，因为我觉得首先依照第二性征评判一个我平生遇见的最有品德的人是一种罪过。就是说她是有品德的人，克拉拉，她怎么可能是别的样子？她生了一个孩子，当然是她自己丈夫的，是那个乐队指挥的。尽管和自己的丈夫生孩子绝对不是一种罪孽，而恰恰相反，是一种善德，可在克拉拉眼里合法而令人尊敬的怀孕却像一种放浪行为，而如果她给孩子喂奶，那简直就像是第八大奇迹，就如同一种反常现象和一种罪孽。

那个孩子，一个女孩，四岁就已经会骑自行车。

从她父亲、也就是那个富有的地产主那里，克拉拉学到了社会思想意识并继承了它。社会思想意识是一种富人可以允许自己享用的奢侈品，另外它还有使其保住部分财产的实际好处。她父亲常常和林区负责人喝一小杯葡萄酒，和森林管理员喝一杯白兰地，和森林管理助理说说话。即使社会思想意识也分得清细微的差异。他从不让自己仆人中的任何一位给自己脱靴子，出于人道原因他使用脱靴器。他的孩子们到冬天必须用雪洗身子，必须独自走很远的路去上学，晚上八点必须上楼进自己漆黑的屋子并自己铺床。他对待仆人要好于左邻右舍的任何一家。克拉拉必须亲手熨自己的衬衣。简而言之:就像人们经常说的,老人是一个诚实能干的人,是一个有品德的地产主,远近的人都尊敬他,他被选入国家议会。在议会里,他作为一个保守党党员作出了证明:反动和人道并非处在互不相容的矛盾里。

他还经历了克拉拉的婚礼,对乐队指挥以诚相待,几个星期后死去,死前没有流露丝毫更愿意当一个地产主的神情:至死都是人道的。

十五

格奥尔格为人随和。有些品性还只能用外来词描述。一个随和的人活得要比人们想象的艰难得多:他必须克服的困难不断增多,会多得让他微笑时也带着一副悲惨相。完全获得成功的格奥尔格不停地被女人们使唤过来使唤过去,他不仅指挥歌剧院的乐队,而且还为一部分市民担任指挥——格奥尔格并不感到舒心。在这亲切可爱的世界里,在自己和他人的和蔼友善中,他感到孤独,他宁愿生活在一个充满敌意的或者冷漠的世界里。他的和善虽然没有压制他的良知,但却压制着他的智力,而他的智力与那些不和善的、有一些敌对者的人的智力不相上下。他说出的每一句谎言都让他感到窒息。他更愿意讲真话。然而每每在最后那一刻，他的舌头推翻了大脑的决定，替代真话说出来的是一种经过润色的圆满话语，而且具有神秘、怡人和悦耳的特性，格奥尔格自己有时也为此感到惊讶。在多瑙和莱茵这两条充满传奇的德国大河边上，有时候会出这样的男人——他们很少保留强悍的尼伯龙根人的气质。

格奥尔格不喜欢他弟弟——他猜弟弟是唯一看穿他谎言的人。听不到弗兰茨的任何音讯时他很高兴。失踪！——多么神奇的一个词！多好的一个悲伤的缘由，悲伤的和善，一种此前未演练过的和善。然而格奥尔格是唯一能暂时帮助弗兰茨的人。

因此我通知格奥尔格·佟达先生他弟弟回来了。

克拉拉为此感到无比高兴，她那长年闲置休息的慈善心肠现在有了一个新对象。弗兰茨收到了两份邀请，一份带着真心的坦诚，一份带着真心的周到礼数；当然后一份是出自格奥尔格之手。而弗兰茨呢，最后一次与哥哥说话是十五年前，因此远远算不上了解他——尽管格奥尔格偏偏认为弗兰茨看穿了自己。只是因为音乐，曾恨过哥哥的弗兰茨动身前往莱茵河，前往那座歌剧享有美名而且出了几位名诗人的城市。

十六

途中他得转一次车，没有在任何地方停留。他所看到的德国仅仅是火车站、标志牌、广告牌、教堂、铁路附近的客店、城郊寂静的灰色马路，还有市郊列车，这让人联想到疲倦的、一路小跑回圈的牲畜。他看到的只是变来换去的乘客，当中有个别穿黑礼服提公文包的先生，他们用责罚的目光看着每一个打开的车窗，阴沉着脸果断地占下一个空座位，就像占领一个要塞。他们活像做好战斗准备等着迎战某个敌人，可他却没有来，令他们很是气恼。此时他们仔细读着从公文包中取出的文件，那股热情劲好似在准备一场即将进行的征战。那必定是些重要的文件，因为那些先生用自己的胳膊遮挡着文件，将它们圈在中间，或者说犹如将它们护在自己的翅膀下面，以防有未经允许的目光接触到它们。

另有一些不那么严肃的先生穿着让人觉着广闻博见的灰色旅行套装，不提公文包，长叹一声坐下来，友善地看着坐在对面的人马上开始说起来，话题不是时事政治就是严肃的伦理道德。不时也上来一个猎人，右手提着一支装在褐色皮枪套里的猎枪，左手拄着一根鹿角把手手杖（也有反过来的情况）。这看上去既让人感到亲切又觉得受到威胁。

佟达心驰神往地回想着俄国的火车和车上那些没有恶意的多嘴饶舌的乘客。

所有车厢里都挂着地图、明信片和各式各样的广告牌，广告内容为德国葡萄酒、德国香烟、风景名胜、山岭、河谷、皮大衣、餐车、报刊杂志，还有一种安全铁链的广告牌，用这种链条可以将箱子牢靠地锁定在行李网架里，一旦有窃贼来盗也会为此花费许多时间，待人们从餐车回来时可以从容地抓获行窃之人，将他交给站长，可以拿到一笔赏金。不过若想更容易地拿钱也可以买所谓的旅途失窃保险，它指的不是一次失窃之旅而是一次旅程期间的失窃；还可以保铁路事故险，陈放在玻璃箱中的砍刀、斧头和锯子本来就是为事故准备的，好像从一开始就有事故之忧。可以为自己的生命、为自己的孩子、为自己的孙子保险，这样在飞速穿越隧道时便可以高兴地期待一次临近的相撞，可又驶出黑暗能在下一站就着芥末吃法兰克福小香肠时，不免会感到失望。

运行得多么有条不紊！杂志、小香肠、矿泉水瓶、香烟、箱子和邮政信袋整洁地摆放在格子里、玻璃板后、锡纸里和小推车上，火车缓缓滑出让人想到大教堂的大厅时，仿佛滑动的是那些留下的人和物,是那些挥舞着手帕的人,是那些大声呼喊的人,是那些一直在后面喊着最后的话的人,他们仿佛都穿着滑轮鞋。就连火车站也不是静止不动的。唯有护路人小屋和信号像礼兵似的站立不动。它们没有冲向空中似乎是违反职责。

佟达站在过道里抽烟,他没有看见那块明确禁止抽烟的提示牌,因为人看不见不合情理的东西。人的天性就是如此。另外还有一位先生也在抽烟,不过他那训练有素的耳朵一听到乘务员过来便将香烟藏在攥成空心的手里。乘务员虽然看见了被藏起来的香烟,但却并未质问那位勇敢的先生,因为对大多数有权威的人来说维护敬畏比遵守规定更重要。乘务员只是提醒佟达会让他缴纳罚款——在这种情况下,也就是说若他这位乘务员凑巧不是一个如此好心肠的人的话。佟达随即顺从地摁灭了香烟,但遗憾的是在窗玻璃上摁灭的。那位勇敢的先生好像非常乐意志愿承担起乘务员的职责,借这个机会告诉佟达有用于摁灭香烟的烟灰缸,当然是在隔间里。

受到两方面教育的佟达试图通过礼貌逃避就要开始的训导,他道了谢,鞠了躬,为了回报开始赞美风景,只是在一定程度上。先生问他是不是外地人。佟达非常高兴,就像一个与自己的班主任建立了有人情味关系的小学生,比方说可以将学校的作业本带回家。他很热情地说自己刚刚经维也纳从西伯利亚来这里。

若是这种情况,先生认为,佟达试图在窗玻璃上摁灭烟头就很自然了。

“西伯利亚大概也有虱子吧。”

“西伯利亚当然也有虱子。”佟达客气地说。

“到底是哪里有?”先生用从纤细喉咙中发出的响亮声音问。

“嗯,到处都有,只要是有人住的地方。”佟达回答说。

“讲卫生的人住的地方就没有吧。”先生说。

“西伯利亚也住有讲卫生的人。”佟达说。

“您好像很喜欢那个国家。”先生语带讥讽地说。

“我喜欢。”佟达承认道。

随后出现了一阵停顿。

过了几分钟先生才说:“人容易习惯陌生的国家。”

“在某些情况下是这样。”

“去年春天我去了意大利,”先生说起来,“威尼斯,罗马,西西里岛——补新婚旅行,您知道,当年作为后补文职人员是根本不可能的——请原谅……”

此时先生身上出现了一种奇怪的变化,突然间他长高了一头,那双浑浊的眼中射出勇敢的蓝光,鼻根上方现出一个皱纹构成的小小坐标系——

“请原谅，”先生欠着上身说，“检察官布伦策恩。”

同时他的两个脚跟一并发出清脆的响声。

瞬时间佟达以为自己即将被捕。他想了一下，神色同样严肃起来，他也用靴子弄出响亮的声音，采取主动脱口报出自己的名字：“中尉佟达。”

检察官又仔细打量了他一会儿，然后接着讲自己补做的那次新婚旅行。

后来出现的情形是，检察官甚至给佟达让了一支烟，他左右张望看有无乘务员的身影并说道：“一个正直的家伙！”

“一个认真的人！”佟达赞同说。

这样描述特性好像让检察官又激动起来，可能他觉得认真和人搭配在一起不合适，因此只说了声：“噢，噢。”

就在这样的消磨时间中，他们到达了莱茵河边的那座城市。

十七

夜里十点。

站在站台上的人打着雨伞，身上的衣服湿漉漉的。一个个弧光灯摇来晃去,擦拭着湿乎乎的石头路面上方的微弱暗影。弧光灯上落着许多蚊子,随着灯摇来摆去。人们肯定发现了它们,因为它们非常明显地遮暗了光线,不过倒还没有让人忘记那是些弧光灯。

所有的人都为灯光微弱感到奇怪,抬头望望,然后对那些昆虫的厚颜无耻摇着头。

佟达手提一个沉重的箱子,四下张望寻找着一张熟悉的面孔。

前来接他的自然是克拉拉。格奥尔格出于多重原因留在家里。第一个原因是今天是星期六,俱乐部在这一天开会。这个俱乐部里汇集着莱茵河畔这座城市里有大学学历者、艺术家、新闻记者和一些从事其他职业的人,而后者加入俱乐部须有名誉博士学位。这个城市本身有一所大学,它就像分配入场券一样分配能用于进入俱乐部的名誉博士学位,因为不可能废除只允许接纳具有大学学历者的规章。想进入俱乐部以及想要名誉博士学位的人越来越多,以至大学不得不对工业界的捐赠人采取限额措施;而之前针对外国犹太人的另一项限额措施已实行了多年。针对外国犹太人的限额是由当地犹太人实施的,后者宣称他们的祖先早在民族大迁徙时代之前就有意识地随同罗马人来到莱茵河边。这给人的印象基本上就是,这些犹太人似乎想说,是他们的祖先允许日耳曼人移居莱茵河边,因此保护莱茵—罗马犹太人不受波兰犹太人侵害是今天的德国人的报恩义务。格奥尔格今天去的就是这个俱乐部。

他不去车站的第二个原因是想以此剥夺克拉拉往日一个人处置所有事务的特权,而一般来说在别的家庭里这些事务应经男人之手处置。

格奥尔格不去的第三个原因是有点害怕弟弟,因为一个温和的弟弟只要进了房间而且还可能很快躺在床上,那他的危险性会大大小于刚下火车时。

克拉拉穿着一件用棕色小牛皮做的宽大短上衣,它让人想起中世纪骑士穿在铠甲里面的皮衬衣。她给人的印象是从很远的地方来的,曾在昏暗的森林里经历过种种危险,她让人想起了内战。她带着尴尬而正直之人的坦诚热情迎向佟达。

“我一下子就认出了你。”她说。

接着她吻了他的嘴唇,然后试着帮他提那个沉重的箱子。佟达无法从她手中抢过箱子,于是便像一个被女仆从学校接出来的孩子一样快步跟在她身边。

在火车站前,他看到数不清的电线和弧光灯,还有来来往往的汽车,中间站着一个警察,像个机器人似的向右、向左、向上、向下伸出手臂,同时用一个哨子发着号令,看那样子他下一刻就得用上自己的双腿维护交通规则。几家小酒馆里传出的音乐声填补了交通噪音时而留出的空歇，那是由杯盏碰击声、煤炭、工业、大都市和星期天的欢快、愉悦组成的一种氛围。

火车站好像是一个文化中心。

他们在乐队指挥的别墅前停下来时佟达才回过神来，按了一个按钮后，一道栅栏马上开始发出吱吱呀呀的响声，同时像一块黄油似的轻巧打开，一个穿蓝色制服的佣人站在那里，躬身施礼的样子好似一个贵族。他们走过嚓嚓作响、湿淋淋的碎石子，好似牙齿间的沙子。随后是几级台阶，最高一级台阶上一个一身白色的姑娘站在一个银白色弧光灯下，犹如一个脑袋后面有一双翅膀的天使。她的褐色眼睛闪出温柔的目光，行着屈膝礼。他们走进一个刷成褐色的大厅，厅内没有平常人家摆设的鹿角，替代猎具的是一个贝多芬的面部模型。

因为这所房子的主人是一个乐队指挥。

“你们这么富有？”佟达说，有时他会重犯旧日的幼稚简单。

“哪里是富有！”克拉拉宽容地微微一笑，她的社会良知更多抵触的是用词而不是状态：

“我们的生活只是讲点儿品位。格奥尔格必须这样。”

一个小时后格奥尔格才回到家里。

他身穿晚礼服，面颊涂着粉，显得很白，身上散发着葡萄酒和剃须皂的气味，混合在一起是一种薄荷脑气味。弗兰茨和格奥尔格平生第一次相互吻了对方。

几年前乐队指挥从俄国难民手里买了一个银质茶炊，作为稀罕之物。为表示对或许已成为某类俄国人的弟弟的尊重，那个穿制服的佣人用一辆推车推来了那件器具。佣人戴着白色手套，用一个银色方糖夹子夹着小煤块为茶炊添火。

一股好似小火车机车的臭气升腾而出。

随后弗兰茨得演示如何使用茶炊——他在俄国从未用过茶炊，但他没有承认——只是凭借自己的直觉。

在此期间他看到房间里有许多犹太人的器具，如灯具、杯具和律书。

“你们改信犹太教了？”

随后得到证实的情况是，那些最古老的穷困潦倒的犹太人家庭就住在这个城市里，在这个城市里有许多具有艺术价值的珍贵器物“花上一半价钱”就可以到手。除此之外另外一些房间里还摆有佛像——尽管莱茵河边远远近近没有一个佛教徒——还有胡滕的旧手稿、一本路德翻译的《圣经》、天主教会器物、乌木圣母像和俄国的圣像。

乐队指挥就过着这样的生活。

弗兰茨·佟达睡的房间里装饰的主要是现代绘画，而他的床头柜上却放着一本托马斯·曼的《魔山》。

十八

第二天他醒来时是个星期天。

由已改为和平用途的炮厂用军用材料制作的最新式的钟在呼唤整个世界去做礼拜。

屋子里弥漫着咖啡味。吃早饭时佟达得知那是一种不含咖啡因的咖啡，不会损害心脏，但味道很好。

乐队指挥还在睡觉。艺术家需要睡眠。克拉拉虽然结了婚，却没有忘记自己父母家的健康习惯，她像一只鸟一样随着第一缕阳光醒来，带上一双手术医生使用的那种薄橡胶手套擦拭宗教器具上的灰尘。

佟达决定去散步。

他向不时响起有轨电车铃声的方向走去。他穿过一条条寂静的花园街，穿着入时的男孩女孩在那里骑着自行车绕着漂亮的8字。女仆们做完礼拜往回走时卖弄着风情，一条条傲慢的狗像狮子似的卧在栅栏后面，拉下的百叶窗让人联想到假期。

随后佟达来到老城区，走在各种颜色的山墙之间，走在拥有中古高地德语店名的小酒馆之间。迎面走来一个个衣着破烂的男人，显然是工人，他们的住所四周都是哥特体字母，但很可能是在国际企业主的矿山里挣钱糊口。

有音乐声响起。以棍棒为武器的小伙子列成两队，跟在鼓乐手后面在街道上行进。听上去好似幽灵之音，又犹如一种军乐化的风琴曲。行进中的年轻人神色严肃，没有一个人说话，他们是在向一个理想行进。

在他们的队列后面和旁边，在人行道上和街道中间，男男女女踏着同样的步伐向前行进，他们采用这种方式散步。

所有的人奔向看着像座庙宇的火车站，行李搬运工像编了号码的乞丐闲坐在石头台阶上。机车鸣起庄严而令人敬畏的笛声。

双列队形解体，消失在火车站里。那些伴随的人随即转身离去，步子比较随意，脸上容光焕发，乐曲的回声依旧在胸中回荡。仿佛他们尽了一次令人愉快的义务，仿佛他们现在可以心安理得地一心去过星期天。

街上疾步走过一些卸了妆的收工娼妓，她们让人想起了死亡。有几个戴着眼镜。

一队身体敏捷的骑自行车的人响着车铃滑行而来。背着旅行背包、衣着滑稽的男人神色庄重地去山里漫游。

个别好似溃散了的消防队员衣着鲜亮地带着女人孩子在散步。

地方老战士协会在广告柱上张贴大型军乐双协奏曲的广告,以吸引人们的注意。

咖啡屋大玻璃窗后面层层叠叠的掼奶油,摞在藤条椅上享受生活的人面前。

一个畸形的滑稽侏儒在卖鞋带。

一个癫痫病患者抽搐着躺在太阳地里,许多人围立在四周,一个男人像在大学课堂上一样讲解着这种病例。“他必须一直待在阴凉地里。”他用这句话结束了自己的讲解。

一些年轻人三五成群地走过来,戴着过小的帽子,脸上缠着黑色纱布,玻璃镜片后的眼睛呆滞无神。他们是大学生。

远处响着莱茵河的流水声。

还有另外一些人也戴着纸做的大学生便帽,不过不是大学生:他们是烟囱清扫工,洗得干干净净,刚举办了一个庆祝活动。

令人起敬的老人领着狗散步,还有老夫人。

远处耸立着一个个铜绿色的教堂尖顶。一家家小酒馆里响起歌声。

城市上空突然间昏暗下来，一阵急雨自天而降，女人们白色裙子里那些带锯齿状花边的白色衬裙露了出来，犹如银幕上的第二个夏天。

那些鲜亮的浅色衣服上方罩着黑色的伞。这一切看上去犹如一场梦幻般的、在雨中仓促进行的丧礼。

佟达觉得肚子饿了，他忘了自己没有钱，走进一家小酒馆。看了菜单上的价钱后他想离身出去。三个侍者挡住了他的路。

"我没有钱！"佟达说。

"就请说一下名字。"侍者说。

说了自己的名字后佟达被当作乐队指挥先生受到款待。

弟弟开始敬佩哥哥。

一个驼背男人进了酒馆，神色沮丧，一脸病容，带着乞求的目光双腿战栗着走向一张又一张桌子，给每张桌子都递上一张纸条。他就像在做一件隐秘的罪恶之事。

佟达拿起那张纸条：

> 舞蹈和体操。
>
> 训练身体：放松——紧张，
>
> 灵活性，活力，冲动，走步，跑步，
>
> 跳跃，协调，空间感，舞蹈动作设计，

动作协调理论，永葆青春，

即兴音乐伴奏和即兴团体形式。

吃过喝过后他出了酒馆。

他再也辨认不出那条街道。淋湿的石头路面干得很快。天空架着一道彩虹。载着许多人的有轨电车吃力地驶入大自然的怀抱。那些个醉汉自己把自己绊倒在地上。一家家电影院打开大门，看门人挥舞着饰有金边的帽子边吆喝边向过路行人分发纸条。太阳衔着楼房的最高层。满脸皱褶的老太太沿街走着，头上兜帽上的玻璃樱桃发出丁零当啷的响声。这些女人犹如是从老旧抽屉里出来的，是星期天打开了那些抽屉。走在斜阳照耀下的宽阔场地上时，她们投下奇特的长长身影。她们这样的人很多，看上去就像童话中的老女巫去朝圣。

天空飘动着人们用来做衬衣扣子的珍珠母似的云，它们与许多男人叼在嘴唇间的粗大的琥珀烟嘴有一种神秘但却可以明显感觉到的关系。

阳光越来越少，珍珠母的颜色越来越暗淡。人们从一个个运动场地回来，随身带着汗水，也带起了灰尘。汽车喇叭像被轧压的狗一样哀嚎着。

娼妓出现在昏暗的门洞里，被雪山救生犬和看门人拖拽着。幽灵似的房管员夹着椅子悄无声息地走出房门,去享受下班后的时光。

普通人家的年轻姑娘叫声刺耳。穷汉星期天出门头带绿色帽子,身穿走了样的套装,还有显得多余的粗壮的双手。

士兵们走路就像广告物体,有一种如同万灵节时沾着湿气的花香味。

弧光灯过高地悬在街道上方,像风灯般不安地摇摆着。纸团在落满灰尘的公共设施里打着旋。迟疑不定的风一股一股地扬起。

这座城市好似根本无人居住;只有到了星期天,那些故去的人才从一个个墓园中出来度假。

估计那些墓穴都大敞着在静候。

傍晚时佟达回到家里。

为了表达对他的敬意,乐队指挥举办了一个小型庆祝活动。

十九

这是一次小型星期天庆祝活动。应邀而来的人看上去并非那种非得等到一个星期天才有活动可以参加的人。因为他们属于上流社会等级，即便是星期三或者星期四甚或星期一也可能受到邀请，而且也确实受到过邀请，他们是艺术家、学者和区镇代表大会代表。客人中有一位对音乐感兴趣的副市长，一位周五晚上六点至八点授课、社交界女士频频拜望的大学教授，一位曾在柏林国家剧院进行过成功演出的男演员，一位小个子年轻女演员——她虽然和胖副市长睡过觉，但却又未受损害地摆脱了他的怀抱，甚至已部分恢复了原先的朝气。还有一位博物馆馆长和一家较大报刊的音乐批评家，馆长虽然钟情于勃克林①，但也写了一些关于梵高的论文，批评家好像与乐队指挥签过一份私下协议。

有的男客人带着妻子一同前来。女士们分为两类：崇尚巴黎的高雅类和让人想起马祖里湖的务实类，后一类周身环绕着力量和胜利的光辉。有几位女士穿着两侧开衩的连衣裙。客人们自行分成三堆：务实的女士一堆，高雅的女士一堆，男士一堆。只有弗兰茨和他嫂子在三堆人之间来回奔忙，为他们送上冷饮点心。弗兰茨身上罩着西伯利亚的光环，散发着大草原和冰雪世界的强烈气息，几个高雅女士勇敢的目光追逐着他。男士们拍拍他的肩头，给他描述西伯利亚的情形。音乐批评家问起了俄国的新音乐，但却不等回答就开始作起了关于莫斯科无指挥乐队的报告。博物

① 阿诺德·勃克林(1827—1901)：瑞士象征主义画家。

馆馆长对彼得堡的园林小舍了如指掌。

这些谈话没有真正的组织者。有这种组织才干的是一位将近午夜才到的工厂主，他是一位荣誉博士和俱乐部会员。他脸色通红，两只手好像总在绝望地探寻着什么，让人不由得想起将要淹死者的双手——虽说这位工厂主的双脚踩在坚实的土地上。他开始细细盘问佟达。

工厂主在俄国有一些开发许可。“乌拉尔地区的工业情况如何？”他问。

“这我不知道。”佟达如实回答。

“那巴库的石油情况呢？”

“非常好。”佟达说，觉得无地自容。

“工人们满意吗？”

“不全满意！”

“这我们就明白了。”工厂主说，“看来工人们是不满意。不过关于俄国您也知道得太少了，亲爱的朋友。身在近旁时就会失去看清事物的必要距离。这一点我清楚。这不是什么丢人事，亲爱的朋友。”

“是的，”佟达说，“就会失去必要的距离。一个人离事物太近时，它们便与此毫无关系了。比如说，您不会关心自己的马甲上有几个纽扣。这样无忧无虑地过日子和什么都操心是一回事。遇到了一些人又失去了他们，就像一棵棵树失去了树叶。难道您不理解巴库产多少石油对我来说毫无意义吗？那是一座神奇的城市，如果巴库刮起了风……”

“您是个诗人。”工厂主说。

“在俄国人们读伊利亚·爱伦堡吗？”小个子女演员问道。“他是个怀疑论者。”

“我压根儿不知道这个名字。他是谁？”教授咄咄逼人地问。

“是一个年轻的俄国作家。”克拉拉说，这震惊了所有的人。

“今年您去巴黎吗？”一个崇尚巴黎的女士问另一个崇尚巴黎的女士。

“我在‘翡米娜’上看到了最新款的帽子，又是盆状，套装的上衣让人隐隐感到像口钟。我觉得今年它完全不值得一买。”

“上个星期我们去了柏林，我丈夫和我。”音乐批评家的妻子说，“那座城市发展非常快。那里的女人越来越讲究衣着。”

“非常大，非常大，”工厂主让大家都听得见自己的声音，“那座城市让整个德国瞠目结舌。”

他随意将某个故事与柏林话题扯到一起。他总善于给一场就要进行不下去的谈话添上一个新的中心话题。

他讲工业和新德国，讲工人和马克思主义，讲政治和国际联盟，讲艺术和马克斯·莱因哈特。

工厂主进了一个僻静处的房间，倒身躺在一个宽大的沙发上，半隐在一个铜质圣水盆后面，那是件天主教珍品。他解开漆皮皮鞋的鞋带，解开衣领的扣子，他的两个衬衣前襟像一对门扇似的大敞着，赤裸的胸脯上放着一块丝绸手帕。

于是佟达碰上了他。

"先前我完全理解您的意思，佟达先生，"工厂主说，"我完全明白您提巴库的风是想说什么。我完全清楚您有过许多经历，完全知道我们现在一无所知地跑来问您的都是一些愚蠢的问题。就我而言，我提的那些具体问题是出于一个非常明确的自私的原因。在某种程度上我有这么做的义务，您还不明白这一点。您得先在我们当中生活较长的一段时间，然后必定也会提出一些问题并做出一些回答。每一个人在这里生活都得依据永恒的准则并违背自己的意愿。当然每一个人刚开始的时候，或者说来这里的时候，都曾有过自己的意愿。他安排着自己的生活，具有完全的自由，谁也不去干涉他。然而过了一段时间之后，他自己也毫无察觉，之前由自己自主决定进行的安排成了准则，虽然没有成文但却是神圣的，因此他也就停止继续作出决定。所有事后想起和后来想做的，他都只能违背这一准则强行去做,或者他不得不绕过这一准则。他只能等着它因过度疲劳或多或少闭拢一会儿双眼。然而您还根本不清楚这一准则是什么。

“您还不知道它睁着眼睛有多么可怕,从不闭合的眼皮紧贴着眉毛。比方说吧,刚来这里时我喜欢穿固定衣领的、没有硬袖口的花衬衫,随着时间的推移我遵守着一条非常严格无情的准则穿这种衬衫。您根本想象不来出于客观原因——因为那个时期我状况不好——穿可以更换衣领的白衬衫有多艰难。因为准则命令我:某工厂主穿固定衣领的花衬衫即在证明他是一个与其工人职员一样的实干之人。只需解下自己的领带便像是一个无产者。慢慢地,我开始穿它们,小心翼翼地,好像那白衬衫是我从什么人那里偷来的。起初是一个星期穿一次,星期天穿,因为准则常常在这一天时不时闭上一只眼睛,然后是星期六下午,再然后是星期五。我第一次在星期三穿白衬衫那天——反正星期三是我不走运的日子——所有的人都用责备的目光看我,我办公室里的女秘书和我工厂里的负责人。

“嗯,衬衫倒也不是非常重要,但它们具有象征意义,至少在这个事例中是这样。即便那些非常重要的事物也是如此。我是作为工厂主到这里来的,您相信有朝一日我在这里能成为乐队指挥吗,即便我比您哥哥强十倍?或者说,您相信您哥哥某一天会成为工厂主吗？嗯，在我来说职业也不是如此重要的事。以何为生不是决定性的。不过嘛，也有重要的事情，比如说对妻子和孩子的爱。一旦您开始自愿在家里做一个好父亲，您觉得能在什么时候停止吗？如果有一天您向自己的女厨子宣布您不喜欢浅色肉，您认为十年后您能改变自己的这一决定吗？初来这里时我有许多事情要做，我得挣钱，得建一个工厂——因为我是一个犹太小贩的儿子，这您一定知道——我没有时间能用于剧院、音乐、工艺美术、宗教器物、犹太文化社区和天主教教堂。因此如果有人用什么事物来纠缠我，我便以粗暴的方式拒绝他。于是我成了一个所谓的粗暴之人或一个实干的人，人们钦佩我的活力。是准则在支配我，命令我粗暴，命令我无所顾忌地行动——我必须，请您理解，按照准则命令我的方式和您说话。是谁命令我接受了肮脏的俄国的许可？是准则！您真以为我对石油的兴趣大于巴库的风？可我能问您风的事吗？我是气象学者吗？对此准则会怎么说？

“和我一样，所有的人都在撒谎。每一个人说的都是准则为他规定的。那个小个子女演员先前向您问起一个年轻的俄国作家，可能她更感兴趣的是石油。可表现出的却不是这样，所有角色都分派给了每一个人。比如音乐批评家和您哥哥：两人都玩股票，我知道此事。他们说的是什么？

是有文化含量的事。走进一个房间只要看看里面的人，您马上就能知道每个人会说些什么。每个人都有自己的角色。在我们这个城市就是这样。每个人裹在身上的都不是自己的皮囊。而我们的城市和所有的城市一样，至少和我们国家一百个稍大的城市一样。

“您看啊，我去过巴黎。原本我想，回来后不能告诉任何人我宁愿当个穷光蛋生活在巴黎的塞纳河桥下，也不愿在我们这个城市里经营一个中等大小的工厂。没人会相信我能有这样的想法，我自己也怀疑这是不是我的真实愿望。不过我想跟您说说另外一件事：在歌剧院大街有个人和我搭讪，想给我介绍妓院。我自然十分小心，那人试图打消我的顾虑。他给我列举了他的顾客，提到了一周前曾与我谈过生意的部长的名字。他不仅仅给我说了名字，还有证据。他给我看了一些信。不错，那是部长的笔迹。亲爱的达维多维奇，部长在信中这样称呼他，言下之意他是达维多维奇的一个好友。他为什么在信中称他‘亲爱的’？因为部长非常确定是性欲反常。因为他白天黑夜脑子里想的只有山羊，不想别的。请您注意：想的是山羊。他又不是农业部长。他一上谈判桌就用难以想象的热情谈起来。人们认为他尽职尽责。可他一直在想什么？想动物。是谁禁止他说自己想说的话题？是准则。”

工厂主必须赶紧整理好他的套装,因为有两位女士越来越近了。奇怪的是那是一位务实类的女士和一位崇尚巴黎类的女士,她们在谈服饰,看样子是务实类的想向高雅类的打听些什么。

“其实嘛,”工厂主压低声音说,“他不一定非得像对达维多维奇那样直接谈论动物。不过他倒是可以绕个弯儿谈,比如谈将它们用于家庭生活。他是从未做过这方面的事。可谁又做过呢?如果我们能在每个人的抽屉里翻找一下——不仅仅在抽屉里,还有隐秘的内心角落——您觉得会有多少东西暴露出来?

“您说到巴库的风时我的眼泪都流出来了。您认为我能哭吗?我可以高声叫骂。

“我愿意向您承认,有时我去电影院痛痛快快地哭一场。是的,去电影院。”

一位女士走了过来,含笑看着佟达,妩媚可爱,透着诱惑力又保持着距离,似乎她身边持有一把尺子,似乎有一个准则下达着关于她微笑时露齿分寸的指令。

“您从来就不思乡吗?”她问。“我们时常谈到您。当时您下落不明。”说出这个词时她低下了头。她陷入窘境,因为她不得不对面前的一个人说他曾下落不明。下落不明是一种难堪的状态,甚或是一种不体面的状态。这差不多就等于对一个活着的人说他曾经假死。

“您哥哥经常讲您的故事，讲圣诞节和复活节回家时你们一起热恋着表妹克拉拉，讲您差一点为此发怒，讲您上战场前（她差一点说成“前往”）如何告别，如何吻了您哥哥，他是那么伤心，因为自己的腿，他只能留在家里。是呀，我们经常谈起您。您是否偶尔曾想到人们谈论您会像谈论一个……”

这句话她没有说完。她大概是想说：像谈论一个死人。不过这种话是不当着活人的面讲的。

对哥哥讲这些事情弗兰茨感到惊奇。

不管怎么说，得对一位讲这种事的女士说一声：我们坐下吧！于是他们坐了下来。乐队指挥家里有许多可以坐下来的场所，只要坐到那里马上就能躺倒是它们的一大特点。好像这种礼俗与女人们的时装有关，她们穿着邀人躺倒的衣裙，至少让人想到躺倒。另外还可以看出某种对欧洲习俗的背离。

佟达和那位女士坐到了一尊佛像那宽大的褐色脊背的后面，差不多就像置身于野生葡萄掩蔽的一个拱廊里。女士刮得光滑的双腿并排放着犹如衣着相同的两姊妹，两个都穿着丝织物——佟达的一只手握住了一条腿，不过女士似乎根本没注意。只要响起越来越近的脚步声，他们便尽量分开。

是啊，难道不能为一个失踪者做所有的事吗？

如果佟达能充分利用西伯利亚的魔力和牢固的宗教器物所创造的所有可能性，那他的命运之门也许就打开了，但命运是绝无可能避开的。后来他是否充分利用了这一点，我就不得而知了。

二十

客人们离去之后，兄弟俩单独待在一个房间里——若不算那些绘画、神像和圣徒像，就是单独待在一起。佟达不习惯耳朵中如此寂静。就我而言，我本人不喜欢仆人站在我的沙发椅后面数我的头发。如果没有妻子克拉拉的社会思想意识，乐队指挥家里肯定会有仆人。降低人的身份显然违背她的意愿。

不过有众神像在场，这没有什么关系。

另外在他们坐于其中的房间里，有妻子克拉拉搬来的一件东西，是那些人们称为主妇乐的实用发明中的一种。

那是一个奇特的灯，一个光线柔和、立在一个底座上的灯，它的灯光从呈环状均匀排列在精致透明的灯体上的数个小孔中透出来。不过这个灯的用途绝对不是照明，确切地说，它的功用是吞食整个晚上聚集在房间里的烟气。使用这个灯就不用打开窗户，就避免了穿堂风，房间里不会变凉，最终也省去了劳烦医生。在德国和美国每年都有不少这类优秀发明，乐队指挥也使用着一种：他抽不含尼古丁的香烟。即使它的烟也被那个神奇的灯吸了进去。

这是一所独一无二的卫生房子。

“晚安！”克拉拉说，之前是她将那个灯放在房间里。她走过来热烈地吻了丈夫的额头。那是一个没有性爱色彩的吻。弗兰茨也得到了一个同样的吻，尽管如此他还是激动起来。他推开沙发椅想站起身，但嫂子抓住他的肩头将他按回到座位上。

此时就剩兄弟俩，应该第一次彼此谈谈了。

乐队指挥应对困难开局的技巧是出了名的，他首先开口，非常冷静地问了最简单的问题：

“你喜欢我们这座城市吗？”

最具感染力的莫过于社交礼貌。弗兰茨压下了自己看法中的大部分和最重要的部分回答道：

“在我原来的想象中它应该更欢快更有活力，也就是更有莱茵味。”

“它的居民可爱冷静。这里的工人没有其他地区的那么激进。市长是德国人民党党员，第一和第二副市长是社会民主党人。我的乐队里也有五个社会民主党党员，那个低音乐器演奏手甚至非常优秀。”

“你为什么对此感到惊讶？”弗兰茨问，“为什么党就应该妨碍一个人做一个优秀的低音乐器演奏手？”

“是这样的，”乐队指挥说，“艺术是神圣的，是脱离世俗的。效力于艺术的人从事的是一种如同神职人员一样的职业。你能想象一个人发表完政治演讲之后去指挥《帕西法尔》①吗？”

“我能想象得出来，”弗兰茨说，“另外，一场政治演讲和《帕西法尔》同等重要。一个优秀的政治家也可能和一个优秀的音乐家同等重要。他当然不是一个神职人员。一座音乐厅不是艺术的庙宇，同样，集会的酒馆也不是政治的庙宇。”

“你不再具有欧洲的观念。”乐队指挥像个神经科医生一样柔和轻声地说，“遗憾的是类似的种种观念已经侵袭了大半个德国。它们发端于柏林。不过在这里，在莱茵河边，还有古老的市民文化的一些老堡垒。我们的传统始于古典时代，经天主教的中世纪、人文主义、文艺复兴以及德国浪漫派直至今天。……”

---

① 《帕西法尔》：德国作曲家瓦格纳的三幕歌剧。

“这是欧洲文化吗?”弗兰茨问,他依次指着佛像、坐垫靠垫、宽深的沙发和东方地毯。

“我觉得你们借用了一些别人的东西。你的客人今天跳了几个黑人舞曲,它们好像并未出现在《帕西法尔》里。我搞不懂你怎么还会谈论欧洲文化。它在哪里?在那些女士的服装里?今天来你家的那个工厂主身上有欧洲文化吗?顺便提一下,与其他人相比我比较喜欢他,因为他鄙视你们。这个古旧文化已经千疮百孔。你们用从亚洲、非洲和美洲借用来的东西填堵那些窟窿。那些窟窿会越来越大。你们依旧穿着欧洲的制服和黑色礼服,依旧是白种人,却住在清真寺和印度庙宇里。我若是你就穿一件戴帽子的斗篷。”

“我们是作出一些妥协,”乐队指挥说,“也就到此为止。这个世界变小了,非洲、亚洲和美洲离我们更近了。所有的时代都曾接受过异族习俗并用它们填补文化。”

“可你们准备填补的文化在哪里?你们的古老文化是一种纯粹的假象。戴着各种颜色、不合适帽子的大学生是古老的德意志文化吗?你们火车站最大的奇观是一列列火车在那里驶离、到达,这是文化吗?在你们的小酒馆里,喝醉了就唱‘一个莱茵姑娘’,还没喝醉就跳查尔斯顿舞,文化就在那里面吗?在你们那些所谓舒适的双坡屋顶的房子里住着工人,他们不是手工业者,不是金匠,不是钟表匠,不是工匠歌手,而是生活在矿山里的无产者,他们的家就是电力升降机,不过周围没有难认的哥特体字母,古老的文化就在那里?那是一场化装舞会而不是现实!你们穿着你们的化装服不脱下来!今天我看见一个穿着令人目眩的制服的消防员推着一辆婴儿车。没有着火,远远近近都很安静。是一个看小孩的保姆化装成了消防员,还是一个消防员想装成一个看小孩的保姆?还有戴布质帽子的大学生和戴纸质大学生帽的市民。化装的是大学生还是市民?后来我看见几个年轻人戴着丝绒便帽穿着海员裤,我问一个侍者,他告诉我那是老式的木匠服装。真是这样吗?头上戴着丝绒便帽做棺材和婴儿摇床?还有人背着行李卷在乡间大道上走吗?现在倒是几乎看不见乡间大道了,只有汽车和飞机。"

"你这一天看了许多东西。"和善的乐队指挥说,"我从不上街。"

"为什么不去?你不感兴趣?因为你是一个艺术圣职人员,混在普通民众之中不合你的身份?待在你的圣水盆、你的绘画和你的古老文化中间你很满足?你仅仅从报纸上了解一切?"

"我不看报纸!"乐队指挥微微一笑。"我只看与音乐相关的东西。"

“那我在军校时知道的世事也比你现在知道的多!”弗兰茨说。“另外,我们一生中彼此从未谈论过什么。现在除了谈论政治我们就没有更好的事可做了,好像我们相遇在一个火车车厢里。”

“看来你一次卧铺也没有坐过!”乐队指挥激动地大声说。

如果不说些一般性的话题——这一点马上就得到证实——他们彼此之间没什么可说的了。

就连和善的乐队指挥也什么词都想不出来。

最后他决定问一个问题:“你听说伊蕾妮的事了吗?”

“听说她嫁人了。”弗兰茨说。

“我听说她住在巴黎。”格奥尔格说。

随后他们各自去睡觉了。

二十一

乐队指挥时而去附近莱茵河边或大或小的城市待几天,回来时面色苍白,筋疲力尽。

“他得换个气候环境,可怜的格奥尔格。”克拉拉说。

“我需要放松放松。”乐队指挥说。

正如马上就表明的，他去那些地方是因为爱。他让人想起一只从一个树枝跳向另一个树枝到处唱小曲的鸟。除了拳击手和体操教师之外，那些老文化中心里的年轻姑娘也爱慕艺术圣职人员，以此区别于她们那些生活在更大城市中且习惯了野蛮的姐妹们。

乐队指挥的婚姻犹如一处总是刮着凉风的寂静湖泊。父亲和母亲就像两个码头，孩子在之间快乐地游着，从未得过病，连百日咳也未得过。她不哭，不任性胡闹。吸吮着母亲平静的没有波澜的乳汁，相应地形成了自己的性格。她是一个小姑娘的典范。她玩海绵做的娃娃，同时也能和它们一块儿洗澡。她叫着爸爸妈妈，同样亲切地叫所有的人叔叔阿姨。

乐队指挥家吃的蔬菜、蛋类、掼奶油和水果很多，也吃一些味道像纸的甜食。他们喝餐桌上常备的有利于健康的葡萄酒，吃完饭站起身时轻飘飘的犹如气球。饭后乐队指挥还是要睡一觉，他倒身躺在自己的沙发上，不过好像不是睡觉，好像只是退身与他自己的文化单独待在一起。

他们接待客人，也出门做客。

在这个其本身也是一个文化中心的城市里，还有一些作为较小的文化中心的处所。有些艺术家住在工作室里过着放荡不羁的生活。有一个律师逢犹太人节庆日便邀请信奉基督教的市民，这样至少在虚幻中制造出了宗教和睦的假象。有一个信奉基督教的画家以画犹太装饰图案为生，他收取适当的酬金为所有古老的莱茵家族画了谱系图。有一个集邮者每过几个星期就组织一次自己的邮票精品展，这种展览总是与某处又缔结了一桩良缘的庆贺活动联系在一起。有一些第二类浪漫派老诗人①的后裔，在他们那里可以查阅有趣的、尚未发表的书信。有一个享有声誉的活跃的抒情诗人住在一家博物馆的一个小房间里。有一个老教授整天坐在一个教堂塔楼上敲奏那著名的编钟，旅游指南里提及了这组编钟。有一个古老的墓园，美术学院的学生整个上午待在那里画那些优美墓碑的速写。有几处历史悠久的喷泉，有一天市政府将它们收集到一起，组合成城市公园里的一组喷泉，目的是营造惬意的氛围，因为这个公园在1920 年已建起了一座阵亡战士纪念碑，还有一棵 1872 年栽种的俾斯麦橡树，用铁丝网围着，每年夏天都发出沙沙的响声。另外还有众多的自行车拥有者，这些自行车被称作小人物的座驾。

乐队指挥享有的声望最终也转移到了弗兰茨身上，一些客人来访时他得讲讲西伯利亚。他给那五十页四开纸又添加了三十页。他已经编造了大量历险，成为一个著名的西

① 指海涅在《论浪漫派》第二篇中所列举的浪漫派诗人。

伯利亚研究者对他来说是一件很容易的事情。

他在自己的日记中写道：

在这座城市里，完全无事可做丝毫没有让我感到心情沉重。假如在这里我的事能再少一些，我觉得对自己还是非常有益的。

在我所见到的人里面没有一个人在做事，即便是那些个工厂主，就连那些商人也不做事。我觉得这些人脚还站立在大地上，他们的整个下身是人世间的，但自手往上他们已不再生活在世间的空气层中。每个人都由两个半体组成。每一个人的上半体都因下半体感到丢人。每个人都觉得自己的双手是比自己的双脚更好的肢体。他们过着两种生活。他们吃喝和爱的行为由下半体即劣等部分完成，而他们的职业行为则由上半体完成。

一旦格奥尔格指挥起来，便完全不同于那个和年轻女性崇拜者睡觉的格奥尔格。昨天一位女士对我讲，她去电影院，很少缺场，她会蒙住自己的脸。她去电影院只带着劣等的下半身，她看电影用的是一双庸俗的、可以用于低等目的的眼睛，她使用它们就如同使用一个观剧望远镜或一个长柄眼镜。我和一个女人睡觉，一个小时后她叫醒我，问我对她的精神之爱是否与我的身体能力相符，因为她觉得若没有情感自己就“被弄脏了”。我只得非常迅速地穿衣服，我一边在床底下寻找我衬衫上掉了的纽扣一边向她解释，我的精神总是驻守在我正在进行的某一活动所需要的那些身体部位。也就是说我若是散步，我的精神就在双脚里，诸如此类。

“你是个玩世不恭的家伙。”那个女人说。

即便在军校以及后来团里那些最笨的战友中间，我的感觉也要好得多。从后方来的那些二级女性助手也比这些女士聪明，她们对现实作出的唯一妥协是她们每天早晨六点做体操。不过那时体操也不叫作体操，而是叫作身体律动；否则每做一个深度屈膝动作时，她们都会觉得自己被弄脏了。

我嫂子让我想起了娜塔莎。如果路反过来走，如果是从我哥哥家去俄国，我永远都不会爱上娜塔莎。娜塔莎把自己奉献给了革命思想，克拉拉把自己一半奉献给了文化，一半奉献给了社会思想意识。但娜塔莎做事显然违背自己的天性，而克拉拉则完全无须强制自己。这种社会感受力对她而言是再简单不过的事，它促使她爱护仆人的健康，像对待战友一样对待侍者，像对待吃同一个人的奶长大的兄弟一样对待我。有时我想她是一个着了魔法的人，可以将她引上一条健康的路，可以将她变成一个女人。然而这和去爱一个被称作真空机的吸尘器一样不可能——一个她早晨在这里用来吸地毯的吸尘器。

我哥哥好像对我生活的道德合理性持否定态度，因为我没有职业不挣钱。我也觉得自己有一种负罪感，因为我吃的是他的黄油面包。另外在这个世界上我根本不可能有一份职业，即便有人付钱给我，让我对这个世界发怒。我绝无可能去适合任何一种主流思想意识。

几天前我结识了一个女人，是个作家和共产主义者。她嫁给了一个罗马尼亚共产党人，也是个作家，我觉得他没有才气而且愚笨，不过他的狡猾足以将自己的愚笨隐藏在思想意识里。这对夫妻靠一个开银行的资本家叔叔的资助和给一些激进杂志写文章生活。年轻的妻子穿低跟鞋并嘲讽她赖以生活的上流社会，她与自己的女儿说话就像一个管教所所长对待一个未成年的学生；她的家人将她看作家里任性的畸形儿，迁就她所有的坏习惯。她有一种对什么都难以置信的自负目光，与一些文人交往，熟悉一家柏林夜总会，曾在一个无产者居住区生活过，既是表达抗议也是因为思想意识。三个月后叔叔给她汇来了钱，于是她搬到了西边。自那段时间起，她熟知这个社会的所有高层和底层，写起了取材于无产者生活的中篇小说。若称她“仁慈的夫人”会感觉到她的鄙视，若称她“泰德斯科夫人”她会愤怒。从一开始她就鄙视我,因为我没有留在俄国。她当然不知道内战期间我曾打过仗,而且可能永远也不会相信我的话。她认为礼貌是资产阶级的庸习。我发明了一种对付她的独特办法。我用男人的方式握紧她那柔嫩的小手摇晃着,称她"同志",毫无掩饰地说着她那些中篇小说里的性描写。有时她差点儿哭出来。

只有在一种情况下我会感到温暖和悲哀:在我想念伊蕾妮的时候。那早已不是我曾认识的未婚妻伊蕾妮,早已不是当我还是个愚蠢的中尉和未婚夫时的伊蕾妮。那是一个不相识的女人,我爱着但却不知道她在何处生活的女人。

格奥尔格告诉我,他听说她在巴黎。那一刻我觉得浑身既冷又热,我看见有什么东西闪着亮光,就像当年在巴库的那位女士向我说及和平街那可笑的橱窗时的情形一样。仿佛我将终生寻找伊蕾妮,时不时有人告诉我他遇见了她。然而实际上我并未寻找她,我也不怀念她。或许她是某种完全不同于残存世界的东西,而我想念她是我内心信念最后的残留。大概必须是个作家才能准确描述它。

有时我觉得迫切需要探访她。我必须去巴黎,或许她能遇见我。要去就得有钱。然而我不可能从格奥尔格那里拿钱。这是一个可笑的顾忌。他可能会给我钱,而且我离开他会让他感到非常高兴。不过为其他任何目的我都可以拿格奥尔格的钱，唯独为此目的不行。

再者说现在也是我该挣点儿钱的时候了。在这个世界秩序里，我工作与否无关紧要，但我要有进款则是比较急迫的。一个没有收入的人就如同一个没有名字的人，或者说就如同没有本体的影子，人会觉得自己如同一个幽灵。这与我前面所写的并不矛盾。我心无内疚并非因为我无所事事，而是因为我无所事事没有带来钱，而其他所有人无所事事却拿着丰厚的报酬。唯有钱赋予人生存的权利。

二十二

那个时期我生活在柏林。有一天M对我说："我碰见了伊蕾妮·哈特曼。我向她问了好，但她没有认出我。我又走了回去，以为自己弄错了，又向她问了一次好。但她还是没有认出我。"

"您确定没有搞错？"

"没搞错！"M说。

于是我给弗兰茨·佟达写了信。

"亲爱的朋友，"我给他这样写道，"我不清楚你回来的原因。你恐怕自己也不知道。不过应该是因为伊蕾妮，你想找到她——前不久 M 先生在柏林碰见过她。”

几天后佟达来了。

我特别喜欢他。

人最终获得自己的面容需要很长时间。人与自己的脸仿佛不是一块儿出生的，与自己的前额、自己的鼻子和自己的眼睛不是一块儿出生的。人是在时间的进程中获得一切的，搜寻恰当的搭配需要时日，必须要有耐心。佟达此时才最终完成了自己的面容。他右边的眉毛比左边的高，因此便有了一种总是惊讶的神情，一个对这个世界的奇异状况高傲地感到诧异的神情。他的脸是一个非常有教养的人的脸，他不得不与没有礼貌的人坐一张桌子并好奇地观察他们的举止——他的好奇是居高临下和有耐性的，但绝对不是容忍型的。他的目光同时透着机智和忍耐——为积累经验而忍受着一些痛苦的人的目光。他看上去是那么聪明，以至基本上可以认为他是善良的。不过我觉得他的智慧实际上已达到能使一个人淡然处世的等级。

“这么说你是想见到伊蕾妮啦？”

“是的。”他说，“收到你的信时我真心想见到她，现在我又觉得十分拿不准。或许看看她便心满意足地走开对我来说就足够了。”

“我们来假设这样一种情况，你与她相见：她有幸福的婚姻，她可能很爱自己的丈夫，那种爱是由习惯、感激和共同经历的相同的事组成，由来自无数欢爱时光的身体体验组成，由时而迸发的激情组成，由其间不再有任何羞涩的亲密无间组成——你认为她会仅仅因为做过你的未婚妻，且对这段时光的回忆尚未泯灭，就会飞快地奔上前搂住你的脖子吗？你对她还怀着那种强烈的爱慕之情吗？她会允许这种感情吗？这是你的最大期待吗？”

“正是这些事情，”佟达说，“它们得先发生，我才能知道她是否允许。当年若是及时回到伊蕾妮身边，我的生活就是另一种情形。那些纯属偶然的事件阻碍我这么做。我愿实言相告，我谴责我自己。我谴责自己毫无反抗地任由那些偶然事件摆布，现在我觉得好像必须寻找伊蕾妮才能恢复过来。其实我也不知道该怎么办。人是不是必须要有一个目标？”

“有一个目标总归要好一些，”我回答说。“比有一个所谓的理想好。”

“总归要好一些，”佟达说，“如果那确实是个目标。”

我们得知伊蕾妮曾在贝尔维尤旅店住过三个星期，现在已经离开去了巴黎。

“我要去那里。”佟达说。

二十三

他冒出一个念头，要出版他编造的关于西伯利亚的故事。这本书还未完成。我写了一个后记，宣称作者在西伯利亚失踪，手稿以一种不可思议的方式到了我手里。它出版时署名巴拉诺维奇，由佟达翻译，是在柏林一家大出版社出版的。

我还记得佟达对一条条街道和一所所房子表现出的震惊。他满眼都是难以置信的事件和事实，因为即便是那些普普通通的东西他也觉得奇特。他坐在双层大巴的上层。柏林有上百个丑陋的表示告诫和禁止的木质箭头状方向牌，他在每个牌子前都站下来，他具有难以置信的能力理解这个城市过于理性的荒谬。他几乎已经忘掉了伊蕾妮。

"这座城市，"他这样说，"在德国之外，在欧洲之外。它是自己的首都，不靠国家养活自己。它从自己建于其上的土地中不获取任何东西，它将这土地变成沥青路面、砖石和墙。用自己的房屋为平原献上影子，由自己的工厂向平原提供面包。它决定平原的语言，决定民族的习俗，决定民族的服饰。这就是一个城市的全部体现。这个国家为自己的存在而感激它，仿佛是出于感激并融入了它。在动物园、水族馆、飞禽馆和猴馆中，它有自己的动物；在植物园中有自己的植物。它有自己的沙土旷野，在那里播下一个个地基，出现了一个个工厂，它甚至有自己的港口，它的河就是一个海洋，它就是一个大陆。在迄今为止我见过的所有城市中，唯有它是由于缺乏时间和其他实际理由而具有人性。若不是成千个小心谨慎并充满关怀的机构保护着生命和健康，这座城市里会有更多的人丧命，不过不是因为有心灵的指令，而是因为一次事故就意味着一次交通混乱，就意味着花费钱财和损害秩序。这座城市具有以一种丑陋的风格建造自己的勇气，而这又给了它继续丑陋下去的勇气。它将柱子、木头、厚木板以及里面透着灯光、令人恶心的彩色玻璃蟾蜍放置在街道边，放置在十字路口，放置在广场上。它的交通警察和那些金属信号装置立在那里，那些装置好像是刚刚临时从铁路管理部门借来的，它们还像幽灵似的戴着白手套。

“另外它还容忍德国的一个省存在于自己的地界里，自然是为了有朝一日吞掉它。它养活着杜塞尔多夫人、科隆人和布雷斯劳人，为的是靠他们养活自己。它不像布雷斯劳、科隆、法兰克福和柯尼斯堡那样有自己的文化。它没有宗教，它的教堂是世界上最丑陋的。它没有上流社会，但却有着在所有其他城市是因上流社会才出现的一切：剧院、艺术、交易所、商业、电影院和地铁。”

在几天时间里我们看到的有：一个滥杀无辜者和一个宗教仪式队列；一场电影首映；一次电影拍摄；一个耍杂技的在大街上菩提树下的致命一跳；一个遭受袭击者；无家可归者收容所；光天化日之下在蒂尔加滕里的一个爱情场景；毛驴拉的移动式广告柱；十三家接待成双成对男同性恋和女同性恋的酒馆；一对腼腆的正常恋人，年龄在十四至十六岁之间，他们将自己的名字刻在一棵棵树上，被一个警官记下了姓名地址，因为他们损坏了公共财物；一个缴纳罚款的人，因为他本该走一个直角却横穿了一个广场；一场食用洋葱派的集会；救世军。

我也带我的朋友佟达去了艺术家酒馆。

此时已是作家、演员、电影导演、画家又有钱可挣的时期，已是德国货币趋于稳定的时期，人们在银行开立新账户，甚至那些最激进的杂志也刊登付费颇高的广告，就连那些激进作家也在一家家资产阶级报纸的文学副刊上挣稿酬。这个世界已经如此巩固，以至文艺副刊可以是革命的。内战已经过去了那么久，以至那些革命作家以某种消遣的心情等待着诉讼和检察官，将他们的威胁当作友好的恭维领而受之。

我将所有的名人指给佟达看:坐在那里的那位作家,一头早早就白了的漂亮头发,闪着银色光泽的头好似由一个宝石匠制作出来的,他专写轻微的恶行,其风格的构成一半是讲究审美情趣,另一半是多愁善感的恐惧;那边是一家报纸的出版人,他对每一个人都奉上自己的善心——即便是那些对其善心不感兴趣的人——他没有作家的雄心,有的是男人的一般虚荣心,他在证券交易方面很有才能,凭借高超的技巧赚钱并反对大工业;那位著名画家,天资一般,他不停地为所有名流画像,直至他们不得不将自己的光辉反射在他身上;那是写革命短篇小说的革命作家,一个司法的受害者,为了自由、正义和一个新世界坐了三个月牢——除了暂时不会造成任何危害的个人荣誉之外没有任何其他所得。

我向佟达介绍那些奋力向前、与时俱进的年轻人,他们带着后到者的高傲与已经在场的人打招呼,讨论着别人的成就以便为自己的成功捞取好处。他们戴着单片眼镜和花领带,让人想起富有的银行家的后代,他们面临着选择——是做一个犹太祖母的孙子呢,还是做一个霍亨索伦王子的私生子——他们还在犹豫不定。

我给佟达介绍了所有轻视我而我又不得不打招呼的人,因为我以写作为生。

第二天佟达去汇钱:往巴库给他妻子汇钱,往伊尔库茨克给巴拉诺维奇汇钱。他给巴拉诺维奇写了一封详细的信。

要到 8 月 27 日我才能在巴黎再见到他。

二十四

5 月 16 日早晨七点,他来到巴黎。

他看到了日出。在一片暗绿组成的景色中,普通的阔叶林看上去也如柏树林一般。就在那一片暗绿的上方,一个火红的球体犹如用慢动作放出来一般腾起,并相当快地变白。

佟达好像第一次看到日出。太阳一般总是从雾气中冒起,雾气遮蔽起夜与昼的转换,将清晨变成了一个秘密。然而这一次他觉得夜与昼被一些清澈的云带清清楚楚地分开,那些云带就像一级级台阶,清晨就是踏着它们出来的。

他期待在巴黎看到一个清澈的蓝色晨空。然而巴黎的早晨是用软铅笔画出来的。工厂的雾状云烟与银白色煤气灯那看不见的残留混合在一起,悬浮在房屋立面的上方。

在世界上所有的城市里,清晨七点首先出门的都是女人:女佣人和女速记打字员。在此前佟达见过的所有城市里，女人们带出门的是对爱、夜、床和梦的回味，然而清晨踏上街道的巴黎女人似乎已经将夜忘记，她们的嘴唇和面颊上化着新妆，奇妙地让人想起一种晨露。这些女人穿着整齐，好像是要去剧院看戏。她们不过是带着清亮冷静的目光走进了明净客观的白昼。她们走得很快，双腿结实有力，双脚稳当可靠，它们好像知道如何应对路面的石头。看着她们的步态，佟达的印象是，她们从不会穿坏鞋跟和鞋底。

他穿过一条条难看的老巷子，路面的石头被揭开，两侧有便宜的店铺。不过他举目看那些店牌时，那都是些以无动于衷的淡漠容忍商人待在其脚下的宫室。总是同样的旧窗玻璃，分隔成八个等边四边形，装着相同的灰色浅槽百叶窗，窗子叶片只放下一半。很少见到敞开的窗户，敞开的窗前很少站有不穿衣服的人。

那些店铺门前蹲坐着猫，它们像摇摆旗帜一样摇晃着尾巴，眼睛认真地观察着四周，像看家狗一样蹲坐在装着绿色生菜、黄色胡萝卜、泛着淡青色光的白菜和粉色水萝卜的筐子前。那些店铺看上去就像一个个菜园子，尽管四周是裹住阳光的柔和的铅灰色，尽管有烟雾和突然间从沥青路面腾出的热气，佟达还是觉得自己仿佛穿行在空旷的原野上，他嗅着涌动的土地的芳香。

他来到一个圆形小广场，广场中央有一个引人发笑的纪念碑。不错，看着那个纪念碑，他大声笑起来。他以为人们会从屋里走出来，可就连在户外的人也没有注意他。那是一个胖胖的女黑人和一个高大的男人，女人站在一家洗衣店门前，男人留着黑色发亮的小胡子，正在打开他的小巧克力店的店门。他们彼此说着话，好像看见了佟达，但却故意不注意他。在这个清晨，他们开着玩笑，佟达站在纪念碑前发笑。

纪念碑塑的是一个真人大小的先生，胡须剃得精光，身穿一件飘逸的大衣，立在一个底座上。死亡并没有打断他的日常生活，这对他来说好像也是一件确定无疑之事。一个小小的干扰，仅此而已。他没有去走那遥远的前往彼岸之路，而是惬意地立身于一个圆形广场的中央，以一个有古典式立柱的小剧院做背景，继续沉浸在自己的工作之中，也就是写作之中。

广场还在沉睡，只有其间的两个店铺例外。一幢幢房子组成一个柔和的圆圈，像一枚戒指围定一根手指。一条条小巷从几个缺口呈放射状伸向四面八方，一条小巷深处闪动着暗绿色的光，那儿显然是一处林木茂密的公园，鸟儿在那里发出嘈杂的声音。

转角处有一家旅店，像一家店铺一样的旅店。

佟达走了进去，光线很暗，一个铃铛发出呻吟般的声音，一个化了妆的年轻女人从一个廉价的印有柔色花朵图案的帘子后走了出来。她显得非常勇敢,值得大加赞赏,因为她有胆量生活在这种昏暗中和那个帘子后面,因为她问佟达有何愿望时的声音是那么粗野,几乎带有攻击性,不过很快就又和蔼起来。他觉得她非常勇敢,似乎具有了不起的能力,似乎是一个以血肉之躯穿越梦幻的人,似乎是一个奇迹自身中的奇迹。

由于这个女人的缘故,佟达在这家旅店的七层租了一个房间。从窗口望出去可以看见那位石头诗人柔软的帽子和他头上跳跃的麻雀,可以看见山墙有三角形突起的小剧院屋顶和所有呈放射状延伸的街道;右边是公园的暗绿色,远远近近的烟囱像一个个在蓝色雾霭中蹦跳的小孩。

下午他去宽宽窄窄的大街小巷到处转悠,那里的一个个咖啡露台上开着鲜花,摆着细腿小圆桌,侍者走上前来好似一个个园丁,向杯子里倒咖啡和牛奶就像给白色的甜菜喷水。街边立着一棵棵树和一个个售货亭,好像是树在卖报。橱窗里——他想起和平街那愚蠢的橱窗——商品在乱蹦乱跳,不过都遵从着一种非常明确和始终一目了然的秩序。街上的警察悠然走着,不错,他们是悠然走着,右边或左边肩头搭着一件小披风——好生奇怪,这件行头居然是用于防冰雹和暴雨的。他们穿它是坚信布料的质量还是坚信老天的善心——又有谁能知道？他们走来走去不像是警察，倒像是有时间满世界看的无所事事者。

佟达觉得自己可以向他们当中的某一位打听伊蕾妮在什么地方，他或许会给自己一个答案，至少会出个好主意。伊蕾妮就生活在这座城市里，G 夫人就生活在这座城市里。自踏上巴黎土地的那一刻起，他就无法再将这两个女人区分开来。她们变成了一个女人，而他爱着她们。他决定给 G 夫人写信。

他知道她的地址。他把它重抄了十几遍，那张令人不快的纸条就在他公文包的一个夹层里，她用那张纸条泄露了自己的秘密。

他新买了一张柔软光滑的四开纸，他觉得自己人生的新篇章或许将随着这张纸开始。在许多时候事情都取决于这类东西，具有决定性意义的、关乎命运的信必须写在讨人喜欢、有吸引力、给人鼓舞、欢快喜庆的纸上。他用紫色墨水写这封信，似乎是要显出它与所有其他普通信件的不同之处。他首先得向 G 夫人坦白，而这一坦白或许会让她感到失望。

动笔之后他觉得法语特别适合于坦白。最简单的事莫过于用法语真诚坦言，给人的感觉是把一种残忍无情且毫无遮掩的事实，恰当地排放在各种措辞中而且表述得清清楚楚,用它来写胜于用它来说,非常适合表述一个事实。这无疑是一封还有错误的信,然而唯有用法语才能犯如此高尚、意在请求原谅的错误。写完信并仔细写好地址后,他几乎和年轻的化了妆的女店主一样勇敢。

几天过去了,没有回信到来。他等着。不过这种等待并不是近似于煎熬的等待,并不是近似于恐惧的等待,而是那种剧院大幕落下前的等待。

一天的大部分时间他都守在房间里。上午他被街上每天按时响起的一种声音唤醒,无法下决心去探明其原因。他很好奇,很想看看每天上午听到的声音是什么发出的。不过他在推延——从一天推到另一天,他能够按照自己的意愿推延是件高兴的事,可以对好奇发号施令给人一种意想不到的、有主人感的、真切的权力享受。

一个杂役来打扫房间,尽管佟达还睡在床上。这个杂役好像已在旅店干了几十年,但干起自己的活时依然还怀着极大的、令人感动的兴趣,他用一种好奇的愉悦心情观察着每一个细小的尘粒,将洗脸盆翻转过来,好像是希望在背面发现什么意想不到的东西。每天上午他都说:“今天天气真好,您得去公园走走!”而每天上午佟达都说:“我要等一封重要的信。”他与佟达说话就像一个善良的叔父对待一个固执的侄子,或者像一个温柔体贴的精神病院护理员对待一个听话的病人。这位杂役是个喜欢嘲讽和恭维的人,虽然他很想做出胆小的样子而且总是当面说大实话。“您可真喜欢睡觉!”有一次他说。佟达睡得时间越长,他的道歉就越多:“我把您叫醒了,请您原谅!”

有一天他来得比往常早,挥舞着一个蓝色信封高声说:“这是您等的信!”他将它放在被子上并迅速将手收回去,好像那纸烫着了他,好像马上就要爆炸。那是一个廉价透明的常见信封,摸上去像吸墨水的纸,里面装的是账单。

这天佟达第二次出门,坐在附近那个公园里,面对着一个水池,一些男孩在那里玩小帆船。他准备诱来一封信。应该用计谋智胜那封信。不让它知道有人迫不及待地等着它,它一准就来了。

然而没有信来。

佟达再次问那个年轻女人是否真的没人找过他。她完全和第一次一样安慰式地摇了下头说(就像一个棺材铺老板冰冷的职业式同情):

“最后一次邮件还没到,邮差七点左右来。”

最后一次邮件中也没有。

又是一个早晨,那熟悉的陌生声音唤醒了佟达,杂役来了,嘴里还嚼着早饭。他开始轻柔地擦起水龙头,突然间说道:

“昨天有个人找您。”

“什么人？什么时间？几点钟？是位女士吗？”

“大概下午五点左右……”

他拽出一块挂在一条粗银链上的厚银表看了几秒钟，好像他在表盘上记有什么东西，然后又说了一遍：“不错，下午五点左右。”

“什么样的人？”

“一位女士。”

“她没留下什么话？”

“没有。”

“是位年轻女士？”

“是的，大概差不多是位年轻女士。”

“她没说还会再来？”

“没跟我说。”

“跟别人谁说了？”

“跟谁也没说。”

随后他继续认真擦着水龙头，将肥皂当作球抛向空中又接在手里，微微一笑说：“一位漂亮的小个子年轻女士。”

“就您一个人和她说过话？”

“是的，就我一个人。”

“那您昨天怎么不告诉我？”

“昨天晚上我休班。我散步去了。”

“这是您的小费。如果她再来了，请您出去散步之前先告诉我。”

他像先前扔肥皂一样将那枚硬币抛向空中说：“打扰您了，请原谅。”说完便离去了。

接着是一个漫长的星期六，杂役送来了新床单和新毛巾，抚摸了一会儿才将它们搭在一个沙发椅扶手上，然后转身离开。他的手在门把手上握了一会儿了，犹豫着，好像还有什么重要但却难以启齿的话要说。

他终于开了口，一半身子已出了门：“没人来过。”

星期天早晨天已大亮时，佟达醒来了。

窗口上方的天距离非常近，飘过一朵朵白色的云，毫无疑问这是世间的五月。

有人敲门，杂役的声音说：“有人想和您谈谈……”

G 夫人走进门来。

她缓缓摘下一只手套，它落在被子上，轻轻地，被一阵轻柔的风送到那里。它横在那里，中心空着，平平整整，不过像一只柔软的、有生命的、奇特的动物。

“哦，亲爱的朋友，”她说，“您是来看我还是来筹划革命？”

“来看您！您还总是不相信我？我给您信中写的全是

真的。我发誓！”

佟达取来自己的证件，好像它能在警察面前拯救他的自由。

她坐到床上——这犹如一个奇迹。她用三根手指轻轻搔着床，蔑视地看着，马上抽出了伊蕾妮的照片。

“这个漂亮女人是谁？”

“她是我的未婚妻。”

“她死了吧？”她用一种平静的声音问，这个世界上再没有比伊蕾妮死了更平常的事了。不仅仅是伊蕾妮，所有的女人都死了，都被安葬了。

“我相信她还活着。”佟达怯生生地说，好像在请求原谅。

他吻了她的手，她用左手把一支香烟放在嘴边，他跳起身去取火柴。

似乎瞬间整个世界没有比这火柴更重要的东西了。火柴燃了起来，一个小小的蓝色快乐火苗。

“再见！”她说，但没有看他，而是看着还放在床上的伊蕾妮的照片。

天依旧还是蓝色的。

二十五

佟达带有几封举荐信——是他哥哥和几个名人写的。他前往拜访一些人。

那是些无聊至极的拜访。拜访的都是些有学问和有点学问的男人,是些有威严的男人,但他们可笑的天性却中和了这种威严。那是些老人,脸保养得很好,光滑没有皱纹,花白的胡须经过精心梳理,上面还能看出梳子的齿印。这些人担任着公职,他们或是教授,或是作家,或是某个人文和所谓文化协会的主席。三十年来除了应酬,他们很少做其他事情。他们与德国同行的不同之处在于某些完整地道的动作和言谈时的礼貌。

佟达结识了马塞尔·德·K主席,他住在巴黎一个郊区的别墅里,一年只离开那里两次或三次去出席协会隆重的特别会议。

他向佟达保证自己喜欢德国。

"主席先生,"佟达说,"您向我这样一个只具有私人身份的人保证您对德国宝贵的爱,是给予我的一种莫大的荣誉。然而我几乎没有权利接受您这一友善的保证。我没有官方职务,就连非官方的职务也没有。若是非得让我告诉您我的职业是什么,我甚至会陷入难堪的境地。不久之前我才从俄国回来,在柏林待过两个星期,还没四处看看德国。我在莱茵河边的 X 城市我哥哥家住过较长一段时间。我就连重新熟悉我的家乡奥地利的时间都没有。"

他使可敬的老先生陷入某种尴尬的境地,于是接着说:"我最多能给您讲讲西伯利亚,如果您感兴趣的话。"

他们谈起了俄国。在主席的想象中彼得堡一直还响着枪声。

在这位主席家里佟达领略了一种美妙的甜头——允许他对一切都一无所知。他有一无所知的权利。法国给了他所需要的一切:丛山,海洋,秘密,自然,艺术,科学,革命,宗教,历史和悲剧,清亮,欢乐,妩媚,美,幽默,讽刺,启蒙和反动。

就像有些人在一个精心维护的园子里散步时的感受一样,佟达以那种纯粹的享受观察着这位老先生。他看着老人那张匀称的脸,忧虑曾在那里小心翼翼地活动过,失望隐伏在那些预先已确定好的皱纹里,小小的人生欢乐在那双眼睛里留下了美丽清晰的光辉,银白色的胡须宁静地分布在细长而轮廓分明的嘴巴四周,头上头发脱落的数量不多不少恰好显露出漂亮、智慧、有代表性的额头。这是怎样的一位老者！任何人都不如他更有权被称作主席先生。

佟达已经养成了不相信美的习惯，因此在最初的日子里他不相信主席说的任何一句话，即便是最无关痛痒的话。例如他说自己二十年前在议会曾将这个或那个部长叫到一旁以便私下里向其说实话，佟达认为那是可以因年龄而原谅的夸张，因为德·K先生可以讲的实话也可以当众讲，用不着担心可能出现的后果。

然而与这位友善的先生谈过三四次之后，他开始预感到老人绝对不是在夸张。他夸大的不是事实，而是自己坦诚的程度和危险性。他怀着某种敬畏感所称的真实其实是真实的无足轻重的一部分，是近乎可笑的一部分。他确实不是有意识地夸张。当他说某句一般的、经常被重复的、已降格为陈词滥调的关于德国的话时，在他嘴里便不是一次无意义的重复，而是类似于一种客气的发现的话。他一再重复着早已有过的体会。他像父亲似的说："我高度评价你们的社会，亲爱的年轻的先生。"在这种情形下佟达确实会不由得有一种非常好的感觉。在那张从容不迫的嘴里，由于舌头动作缓慢的缘故，每个惯用语都具有了其原本的真正的意义。老先生必须私下里与某个部长谈话就是理所当然的了，比如他对他说：

"我好像察觉到您讲话的双重含义。"

在这位先生身上，佟达看到了高贵的一个重要组成部分：对夸张的敬畏（毫无掩饰的真实就已是一种夸张）以及对常常受到检验的惯用语的准确性和公平性的信赖——因为一种新的表达就意味着做得过分了。

在可敬的主席家里，他结识了一些人：一份“有重要意义”的杂志的出版人，他的合作者们，一个人们暗示与某位部长有关系的女人，还有一位拥有贵族头衔的先生——他祖籍在莱茵河边，亲戚们在法国、意大利和奥地利都拥有宫殿废墟。有一位属于那些身为杂志出版人的贵族，他们要通过一种创造性活动的变体证明自己无愧于自己响当当的名号。他们还不甘心业已注定的贵族的无权无势，在自己的继承人、也就是工业家的桌边止住饥肠的同时，一刻也没有忘记还要装饰这些桌子。因为不像一些属于同一社会等级的人那样具备成为煤炭产区的哪怕仅是象征性的工厂厂长和接待主任的能力，于是他们便从事政治。因为无望再通过战争扩充财产，他们便搞和平政治。另外这里所描述的那个人的特别吸引力还在于，他原则上赞成一种独裁统治，赞成强有力的拳头，期望出现由拥有世俗独裁权力的教皇统治下的统一欧洲或类似的东西。他说话时双手靠拢指尖挨在一起，他肯定曾在某个神父那里学过如何用手搭建山墙。他说话使用的是职业催眠师的声音，低沉、悦耳并具有穿透力，他给客观的讲述蒙上神秘的闪光。另外他喜欢装成一个穷鬼——在名流当中这可能也是一种吸引力。

富有工厂主的妻子们还总是认为自己得不到理解，但她们很少有机会与文学建立联系——因为文学家可能会成为危险——她们喜欢沉迷于文学的贵族，在他们那里女性的心灵可以找到自己的一切需求：理解、温情、高贵和些许放荡不羁。那位先生不单单在工业的桌子上吃，也睡在它的床上。他不定期地出着他的杂志。在所有的阵营里他都有合作者，因为也有真诚的人对欧洲和平感兴趣。

例如那位在法国驻柏林大使馆任职的外交官，他让自己的职业生涯依附于德国与法国的相互理解。数年来他生活在德国而且真心仇视它。然而这种仇视怎么可能与爱惜自己对立起来呢？所谓的靠拢每进一步人们就会给他记上一笔，他违拗自己的意愿完成了一个个业绩，他是一个爱德国的专家。

那位与人有染的女士比较真诚却又一无所知，除了一张和蔼可亲的脸和一副姣好的身材，她的理解力也就刚够看一篇报道以及与一个德国部长说说话。

他们所有的人在庄严的时候谈论着欧洲文化的共性。有一次佟达问：

“尽管它根本没有遭受外来攻击，你们却假设要捍卫它,你们觉得自己能确切地告诉我这一文化存在于何处吗?”

“在宗教里!”从未进过教堂的主席说。

“在教养里。”人人都知道其暧昧关系的女士说。

“在艺术里。”自上学以来就没有观赏过一幅画的外交官说。

“在欧洲观念里。”一个名叫拉帕波特的先生聪明地说,因为他说得很笼统。

不过那位贵族只高声说了一句:“那就请您去看我的杂志!”

佟达说:“你们想维护一个欧洲共同体,但你们必须首先建立它,因为这一共同体根本就不存在,否则它会懂得进行自我维护。到底能否建立起什么,我十分怀疑。另外谁会攻击这一文化呢,如果它存在?难道是官方的布尔什维主义?布尔什维主义在俄国也需要它呀。”

“但同时在这里——无论如何要在这里毁灭它,或许是为了独自占有它。”拉帕波特先生高声说。

“在它动手之前这一文化可能已随着一场新的战争消失了。”

“我们要阻止的正是这样一场战争。”好几个人突然说。

“1914 年您不是也要这么做吗?可是战争一爆发您就

去了瑞士，在那里出您的杂志，而这里却在枪毙拒绝服兵役者。反正您有足够的关系及时弄到一张去苏黎世的车票，总有关系得到一本有效护照。可普通老百姓呢？一个工人甚至在和平年代也得等三天才能拿到签证。只有入伍通知书他能立刻得到。”

“您是个悲观主义者。”善良的主席说。

此刻有位先生走进房间，佟达认识他。那是 V 先生，刚刚结束了一次美国之行回来。他又当上了秘书，不过不再是那位律师的，而是一位高级政治家的。

他从未想到过——他这样说——佟达真会来巴黎。一个多么令人高兴的偶然，这让他们相会在他亲爱的老朋友——或许他可以这么说——主席先生家里。

随后秘书开始讲起了美国。

他是一个“天生的讲述者”。他从一个生动夸张的情景说起，从个人的种种经历讲到普遍的状况。他的声音有升有降，讲到主要事情时声音很小，讲到不重要的事情时便可以用高声了。他非常详尽地描述了街道上的交通和方便实惠的旅店，拿美国人打趣，带着恶意描述剧院里的演出，暗示女人的暧昧。他每次拉拽膝盖上方裤子的熨褶，都让人想起一个年轻姑娘扯自己围裙时的羞涩动作。秘书绝对是个讨人喜欢的人。不过他从美国突然归来，使得年老善良的主席不再经常邀请佟达,不再称他“年轻的先生”,而是改称“先生”。

二十六

在G夫人家里,佟达有机会见到了一位大诗人的密友和其他一些人。

女士们戴着帽子坐在那里,一个上年纪的女士没有摘下手套。她用皮手指接过小点心,放进绯红的嘴唇之间,用瓷牙嚼着——她的上腭是不是真的是个疑问。不过引人注意的不是她,而是那位大诗人的朋友。

诗人的朋友是个匈牙利人,就像当年适应布达佩斯的环境一样,他在巴黎也很习惯。他说法语时用的匈牙利语调简直就是在羞辱法国人敏锐的耳朵,如果他用这种语调讲的不是那位大文学家朋友的生平故事。这位匈牙利人也是个文化介绍者,一出生就会多种语言。他能以此为生,因为他翻译莫尔纳、阿纳托尔·法郎士、普鲁斯特和威尔斯——将每个人的作品都译成所需要的语言,另外他也将流行喜剧译成各种语言。在日内瓦国际联盟新闻发布会讲台上,在柏林歌舞剧院各个办事处,在各剧院代理处,在欧洲大陆所有大报的副刊编辑部，他都很有名气。

他说话像吹笛子。他在联盟能用那副柔嫩的嗓子为了人权尽力保护他的匈牙利朋友，这很了不起。总而言之他做了一些善事，不是因为天生乐于助人，而是因为他的各种关系迫使他得帮那些忙。

碰巧他和佟达一起离开 G 夫人家。他属于那种喜欢挽着对方胳膊谈话的中欧人，他们每到一个街角必定停下脚步或者停止说话，对方若是抽出自己的胳膊，他们便突然间一声不发，就像断掉墙上的电源后电灯突然熄灭一样。

“您认识 V 先生？”他问。

“不是特别熟！”佟达回答说。

“一个多么机灵的人——您看，现在他刚从美国回来。一次世界旅行对他来说就是一小截路。另外他已经看过半个世界，没花自己的一分钱。他总是在某个富有的人手下做事，至少是一个有影响力的人。做秘书或者……”

他等了长长的一分钟，随后他说：“和 G 夫人的事已经结束了。”

他放开了佟达的胳膊，站到他对面，好像在等待什么非同一般的事情。

然而佟达什么也没说。

“这事您知道？”他问。

“不知道！”

“这么说您对这位先生不感兴趣。”

“仅有一点儿。”

“那我们去喝杯咖啡。”

他们去喝咖啡。

二十七

此时佟达的钱就要花光了。

他给哥哥写了信。格奥尔格回信说，很遗憾无法提供现金帮助，当然他的家门永远是敞开的。

佟达曾那么赞赏的漂亮旅店女老板的勇敢转成了嘲讽，因为凡是漂亮、年轻、勇敢的旅店女老板在昏暗、廉价、带花朵图案的帘子后面的日子不是白过的，为此得付报酬。

她们认为一个租客的贫穷是挖空心思想出的坏主意，是租客用来对付她们个人的。

小市民对于贫穷的看法是：穷人长期守定贫穷就是要借此损害他人。

然而谁穷得叮当响恰恰取决于小市民。高高的云端之上住着上帝，他的仁慈尽人皆知。稍低一些的地方住着受宠的人,他们生活舒适,没有任何染上贫穷的忧虑,因而在他们身上产生了种种美好的品德:对困境的理解,仁慈,善良,甚至没有偏见。然而在这些高尚的人与其他最需要慷慨情怀的人之间夹着作为绝缘体的中产者,他们经营面包交易,为人们提供食品和住所。如果能够施舍面包的富人同时也是这个世界的面包师,那整个"社会问题"就解决了。如果最高法院的法官坐在小小的刑事法庭上,如果警察局长自己愿意逮捕小毛贼,就会减少许多不公正。

然而事情不是这样。

那个旅店杂役首先感觉到佟达没钱了。在漫漫人生的进程中,他将自己对这里来来去去的先生的财产状况从天生直觉发展成了一种预言能力。几百万剃须刀片在他眼前由锋利变钝,几百万块肥皂在他眼前由大变小,几百万管牙膏在他眼前由满变空,他见过上千身套装从衣柜里取出,他学会了辨别一个人是饿着肚子从一个公园回来,还是酒足饭饱从一家饭馆归来。

二十八

佟达还不了解欧洲。他曾为一场伟大的革命战斗过一年半。可在这里他才明白,革命的对象不应是“资产阶级”,而应是面包师,应是侍者,应是蔬菜小贩,应是小肉铺店主,应是无权无势的旅店杂役。

他从未惧怕过贫穷,几乎从未感受过贫穷。但在这欧洲世界的首都,在这自由思想发起和自由之歌首先唱响的地方,他看到的是没有钱连一片干面包皮也得不到。那些乞丐全都有各自完全固定的慈善施主,无论叩问哪一颗充满怜悯的心,那里面传出的回答声都是:已经有人了!

有一天他去G夫人家里。

他第一次意识到,她与他之间已不存在任何东西,巴库的那个下午以及那个晚上,仅仅是两个人在一个火车站里、上不同火车前的邂逅。他看出,她的体验能力,她感受痛苦、欢乐、恐惧、忧虑、欢呼以及构成生活的一切能力,全都衰竭了。他无法确定,是不是财产以及她生活的可靠物质保证使她迟钝了。她具有令人赞叹的谜一般的能力,能用修长的手指触摸物体和人,能用漂亮细长的脚和脚趾触及地面。她的每一个动作都有其意义,一种久远的意义,一种富有诗意的意义,它存在于直接目的之外并且比其更为重要。那些要阻止不幸发生的欧洲人,他们所谈论的欧洲文化的栖身地就在她身上。除了这位G夫人,再没有关于存在着一种欧洲文化的其他证明,再没有一种更强有力的证明。然而就算这一文化因此而存在，人依然没有同情心，面包师依然冷酷无情，穷人依然没有面包。而她，这一不幸的结果，她不知道这些，她不能知道这些，她绝不能感受一种强烈的激情，因为激情损害美。尽管如此这个世界也不像娜塔莎曾解释的那样简单。除贫富之外还有其他对立。然而有一种贫苦应让千百种认识和生活对其表示感谢，有一种会使人犹如死去的富有，犹如已死而漂亮，犹如已死而迷人，犹如已死而幸福和完美。

犹如被某一法则赋予了义务，佟达说："我爱您！"——或许只是为了表明自己在场。

否则他在这里还能寻求什么？他像一个失去了某个人的人一样寻求能留住她的最后方法，出于那种有时比生存本能更强有力的本能。

佟达一直在想：如果自己突然为钱的事求她，那她会说些什么？首先是自己没有钱，其次是当着她的面说起此事，再者除了明天吃什么他再没有更重要的担忧。她会觉得这些是那么可憎！她会多么鄙视自己！人手里没有钱多么可恶！在世界最美丽城市里的一个漂亮女人面前急着要钱则更加可憎。贫穷在她眼里就意味着最没有男子汉气派——不仅仅在她眼里。在这个世界上贫穷就意味着不是男子汉，意味着懦弱、愚蠢、胆怯和一种不道德。

佟达带着那种虚假绝望的快乐离开了她，那快乐就像杂耍剧场里疲惫的杂耍演员的微笑。我们每天要上百次地摆出那种快乐，好像我们在一堆观众面前鞠躬。他与她默默地告别，就像一个决意要自杀的人告别既可爱又可憎的人生。他沿着她居住的贝里大街走着，来到香榭丽舍大街，他的衣袖轻轻触碰着一些人，却与他们不在同一个空间。他仿佛是个叫花子，站在世界的另一边，只能透过一块坚硬的、无法穿过去的、不管多么友善都含有危险的窗户玻璃看见它。

这是一个晴朗的下午，一辆辆小汽车像孩子似的在宽敞的街道上奔跑，贪玩，欢快地发出喧嚣声。那边走着漂亮的老先生，他们手上戴着浅色手套，腿上裹着浅色护腿——另外他们穿着深色衣服，神色庄严同时也充满生活乐趣。他们是在前往布洛涅森林，要在那里度过他们愉快的、犹如第二个早晨的人生黄昏。那边走着小姑娘，有教养、成熟、聪明的都市孩子，她们被母亲牵着手，以女士妩媚的自信走过石头路面，是介于动物和公主之间的迷人生灵。那些露台上坐着成年女士，两片红嘴唇间含着黄色草茎，犹如细细的笛子。这个世界放在了玻璃后面，如同珍贵的老地毯放在一个博物馆里，人们担心它们会烂掉。

佟达遇见了那位大诗人的朋友，因为在巴黎此时正是某一社会阶层的成员挤满香榭丽舍大街的时候——如果可以用“挤满”一词表示这些女士和先生的散步。

好像有人引领着他们，就像人们会在一天的某一固定时间领着动物园里或动物展上的动物四处走一样；也像一星期开放几小时的博物馆，可以观看那些罕见而古老的珍藏。

是谁在指挥着这些人？是谁把他们陈列出来，在这被称作香榭丽舍大街的博物馆里，是谁命令他们走来走去并像时装女模特儿一样转身？是谁引领他们相聚在那些协会主席的客厅里和在漂亮女人的家里？那些大诗人如何去了他们的朋友那里，而后者如何去了大诗人那里？V先生如何去了主席家里？

这都不是偶然，这都是法则。

啊，他们怎么没有做所有的事！有时佟达觉得他们就像尸甲虫，这个世界就是他们的棺材，不过棺材里没有人。棺材在土里，甲虫钻透木头打着通道，钻出一个个孔洞，汇聚在一起，继续钻着，有一天棺材将成为唯一的孔洞——甲虫和棺材都完了，而土感到惊讶，里面没有尸体……

二十九

有一天佟达作出决定去向可敬的主席求助。他犹豫了好几个星期,因为他不知道是很有礼貌地写一封简洁但却详尽并且极为有效的信好一些,还是登门拜访好一些。老先生好像对自己走出的每一步都考虑得非常认真,他大概永远也不会原谅自己犯下的错误,哪怕是很小很小的错误。

佟达体会到,自己的所有经历还不足以让他在一个不熟悉的世界里站牢脚跟。他突然间理解了伤残人的畏惧,那些伤残人在战争的炼狱里失去了眼睛、耳朵、鼻子或腿,在家乡得听从一个将他们驱离了“主人入口”的女佣人的命令。他的心怦怦直跳。他当年所获得的那些勇气和生命力仅仅是特定情境的结果,而被驯服之人的本性是胆怯。

他写好几封信又把它们撕得粉碎。他强制自己回想那些红色的夜晚,回想自己往日经历过的熊熊燃烧的紫红色,回想西伯利亚冰雪世界那无边无际的绝对白色,回想自己曾穿越的一座座森林中那危险的寂静——那时除了死神的呼吸他什么也听不到——回想那啮噬着自己五脏六腑的令人窒息的饥饿,回想自己危险重重的逃亡,回想自己那一天在昏厥中被搭在一匹疾驰的马的背上,回想自己失去意识恍如突然但却缓缓落入一个由温柔、惊异和死亡组成的黑红色沟壑的那个瞬间。然而任凭什么回忆也毫无用处,因为现实比最强大的往昔还要强大一千倍——他懂得了那些人的痛苦,十年前他们曾英雄般地挺过了一次危险的手术,如今却因一次牙疼陷于崩溃。

他决定登门拜访主席先生。他没有预先告知，站在门口时，他想可以将前两分钟全用于请求对方原谅这次突然拜访，这对他来说是个安慰。主席一定会以好像运用得极为精湛的惯常的热情作答，称佟达的到访恰恰让他感到非常高兴。这样佟达便会获得让他失望的勇气。

主席先生在家，而且就他一个人。佟达再次赞叹着那像机器般精确地、一无所知地、不容更改地运转的礼仪，它没有片刻停顿，毫不关心他来访的目的，让他享受着那种只有一个独立、骄傲和自由的人才配享受的荣誉。明天他也会像仆人今天对待他那样彬彬有礼地、毫不动摇地回绝他，——如果他最终在所有人面前沦为可悲徒劳的请求者。没有例外。佟达想起那个有些醉意的工厂主曾说过的法则。他早已逃离了自己的阶级，逃离了自己的社会等级阶层，逃离了自己的同类，然而礼仪对此还一无所知，在它获知这个人或那个人跃升或跌降之前，他们可能是不真实的。佟达就像一个来自一座被地震毁掉的城市的人，受到那些一无所知的人的接待，好像他刚刚从一列准点到达的火车上下来。

不过他觉得前厅和仆人还与很久之前一样——这不多的几个星期怎么突然间就延展成了几十年！——看到主席

先生，他感受到他的地位完全变了，因为凡是拥有什么的人，心静气平的人，无忧无虑的人，甚或仅有一般忧虑的人，都培育出了一种抵御任何侵入其受保护的世界的本能，即使只是接触一下一个他们希望其有所请求的人，他们也心存顾忌，他们担心安全之地一旦被躲避森林大火的草原动物据为己有，自己便面临着束手无策的境地。主席先生恐怕已经猜到佟达处境的彻底变化。如果佟达那时知道主席是一个百万富翁和雪铁龙俱乐部会员，那么在他走向主席近旁准备向他承认自己贫穷的那一刻，主席大概已经猜到了——主席能猜到是借助于预言才能，就像牧羊犬总伴随着瞎眼制刷工一样，这种才能总伴随着财产、安全无忧和市民特性。

主席的高尚变成了畏惧，他的自制变成了严厉，他的谨慎小心变成了嗔怒。是的，甚至他的美也退让给了一种低俗的、肤浅的、很容易解释的虚荣。他那漂亮的银白色胡须是一把梳子和一把刷子的成果，他那光滑的额头是下意识的惬意的自私自利的标志，他那保护得很好的指甲是一种保护得很好的爪子，他的目光是光滑的玻璃似的眼睛的表现力，他的眼睛无非就是一面接受各种世界图像的镜子。

“我的情况很糟糕，主席先生！”佟达说。

主席的表情更加严肃，他指了指一把舒适的皮沙发椅，像一个医生准备细细倾听，准备以愉快的兴趣倾听——医生们都以这种兴趣听人讲述病史，因为无论如何这都能促进他们的研究。他像那位永恒者坐在那里，在阴影里如同在一朵云里；透过窗户照射进来的宽宽的带状阳光落在佟达身上，他的膝盖被照得很亮，他面前的光犹如一面金黄色的透明墙；主席先生坐在那面墙后面，听着或者也没听。但随后发生了奇怪的事，主席先生站起身来——那面玻璃黄金墙向他移动着，他穿透了它，它变成了一片金黄色云霭，适应着他的体形，停留在他的肩头，使他蓝色套装上的一些白色头皮屑清晰可见。主席站在那里，已经又成为人，向佟达伸出手说："或许我能为您做点儿什么。"

三十

佟达走过一条条欢快的街道，心中空空如也，就像一个被释放的囚徒第一次踏入自由时感受到的那种空落。他知道主席不可能帮助他，尽管主席在设法让他获得解决吃饭问题和买一身套装的机会。将一个囚犯放出监狱也就仅仅是释放了他而已，确保一个没有父母的孩子在孤儿院有一个位置并未让他多得到一丝幸福。他的家不在这个世界上。他的家又在哪里？在那些群葬墓里。

无名战士墓上燃着蓝色的火。那些花环已经枯萎。一些年轻的英国人站在那里，灰色的软帽拿在手里，手背在身后。他们从和平咖啡馆里出来看那个纪念碑。一位老父亲在纪念自己的儿子，墓在他和那些年轻的英国人之间——他们脚下深处埋着无名战士的遗骸。老人和年轻人隔着墓相互看着对方，彼此之间是一种默默的认同。他们似乎达成了一个协议，不共同为这位死难战士悲伤，而是共同将他遗忘。

佟达曾多次从这个纪念碑旁经过。总有旅游者围着它，手里拿着旅行帽——没有什么比他们表示的敬意更伤害他的感情。这就如同周游世界的人，还有虔诚之心，在做礼拜期间参观一座著名教堂，手里拿着旅行指南，他们跪倒在一个祭坛前，是出于习惯，是为了不必责备自己。他们的祈祷是一种亵渎，是为自己的良心付赎金。凯旋门下那燃烧的蓝色火苗不是为了向死难战士表示敬意，而是为了安抚那些活下来的人。一位父亲活了下来，他奉献出了自己的儿子却不知情，他一无所知地在儿子墓边祈祷着，没有什么比这更残酷了。有时佟达觉得躺在那下面的仿佛是自己，仿佛我们全都躺在那下面，我们走出家乡，倒在战场上，被埋葬，或者归来了，但却没有归乡——因为我们是被埋葬了还是身体健康无关紧要。在这个世界上我们是外人，我们来自地府。

几天后主席先生让他去一趟。

从此时起两人之间有了距离，帮助者和需要帮助者之间的距离，另外还有一种老年人与年轻人之间的距离，本地人和外来人之间的距离，强者与软弱却独立的人之间的距离。主席的目光中虽然没有蔑视，但也不再有那种高尚之人情愿默默地留给每一个外乡人的尊重，不再有那种没有偏见的好客。或许佟达甚至更接近了他的内心，但他们不再是平等的自由人。或许老人从此甚至会向佟达吐露自己的一个秘密，但却不可能将自己的哪个女儿托付给他。

“我找到事了。”主席说，“在卡尔迪拉克先生那里，他女儿将要进行一次德国旅行，需要稍稍练练会话。往常遇到这类事都是去找那些来自阿尔萨斯的老年女士。不过我原则上反对这类老师，因为她们虽然精通语言，但属于完全不同的语言区——不是一个富有家庭的年轻女士需要的那个地区。那些女老师缺乏必要的词汇。对此我考虑，一个受过良好教育、见过世面、知识丰富、有过各种经历的年轻男士”——佟达的长处在明显增加——“使用的正是合适而急需的语言。也需要给这位年轻女士讲讲她现在将要去的那个国家的情况，当然是不带批评，不要在她心中引起偏见。

这种偏见或许比卡尔迪拉克先生——就我们之间说说，人们说的完全不是这样——在德国有亲戚更糟糕，当然是远房亲戚，在德累斯顿和莱比锡，如果我没有搞错的话。”

好像一个主张欧洲和平的主席需要表明对德国的尊重，好像这样的一个主席需要声明自己认识有德国亲戚的卡尔迪拉克先生，老先生说：

“我不太了解卡尔迪拉克先生，几年前有人把他介绍给我，他出自一个古老的米兰家族，该家族生产世界著名的瓷砖壁炉和流传很广的小摆设物件。卡尔迪拉克先生经济状况很好，他经营的，我认为，是文化交易。他的各种关系虽然商业特性多于社会特性，但您知道，我亲爱的先生，”——他又称起了“我亲爱的先生”——“战争结束后商业和社会已经成为相同的概念——”主席先生沉默了一会儿，需要休息一下，以便从确定社会和商业的相同性时他所感到的震惊中恢复过来。

他虽然希望各个国家间和平，但他将其理解为某些社会阶层间的和平；他虽然没有任何偏见，觉得自己是有教养的人中最进步的人，但他自己划出的各个类型的基础恰恰建立在他自己拒绝的偏见之上。被主席和人们称为“反动分子”的人拥有共同的基础，只是他的房子通风好一些，窗户多一些，然而在触动到基础的那一刻，它必将坍塌。他肯定为自己认识卡尔迪拉克先生感到丢人，不得不谈到这位先生时他觉得很不舒服。对他来说，把佟达举荐给另一位地位更高的小姐或许是件轻而易举之事，然而自从求他相助以来，佟达在他眼中的地位就没有那么高了。

三十一

就这样佟达来到了卡尔迪拉克先生家里。

他从未见过比这更大的房子。他感到它比实际上还要宽敞，因为他从未看到过全部，他见到的总是一部分，总是房子的局部，他对这所房子的了解很少，这就像一部百科全书，人们总是只拿出某一卷查找某一个词。

他最感兴趣的是一起练会话的波琳小姐。她十八岁，褐色皮肤，是巴尔干地区人的肤色——卡尔迪拉克先生来自罗马尼亚南部——这种肤色让人想到陨石的颜色，好像是由铁矿石、风和阳光组成。她那瘦窄可怜的溜肩让人怜悯，臀部柔软平缓，一种危险走样的宽度威胁着它未来的外形，波琳理应有一个比她父亲更好的父亲，理应过上一种比现在更富有更令人满足的生活。怜悯漂亮女人是佟达危险的喜好之一，他觉得她们的美只是她们的价值应得的奖赏。若说女性的躯体美(和一个男性英才的才能一样)不是一种富余、不是一种恩赐、不是一种奢侈,而是她们生存的理所当然的工具——就像她们的四肢、她们的头、她们的眼睛一样,佟达还无法适应这样的想法。她们的美是一个女人再简单不过的标志,是其第一标志,就如同乳房是她们的性别器官和她们做母亲的器官一样。绝大多数女人是美貌的——就如同绝大多数人不是残疾人。然而任何美都让佟达感到那样惊愕,以至他喜好在它的载体的某一件没有得到足够评价的功绩中去寻求一种解释。他的爱的开端总是怜悯——还有将一种极端的不公从世界上清除出去的强迫力。

首先佟达高度赞赏波琳。看着她走进他正在等候她的房间,看着她有那么一瞬间将通向她的房间的门留了一道缝,于是那个房间看上去充满了难以描述的、无形的、弥足珍贵的纯洁气氛,这给他带来一种愉悦感。看着她带着优雅的无助神情将胳膊放在背后,关上了把手安得和她头一样高的门,他感到非常高兴——她就像在做一件秘密的、危险的、只有他们两个人知道的事,因而每一次都有那么一会儿好像他们在这里进行着一次违禁的会面。她那双瘦小的几乎不敢拿什么东西的手凉凉的,泛着轻柔的略显苍白的红色,那红色总让人想起刚刚过去的波琳接近成年的岁月。她使用那双手时小心谨慎,好像是双借来的珍贵的手,差不多就像幼鸟使用自己那对翅膀，波琳对自己的双手就是这样的感觉。她将一支手臂伸展得太开，或者过于恐惧地将一个胳膊肘紧贴在胸前，她还没有练习过估计距离。佟达很喜欢下巴侧面那四分之一圆的弧度以及遍布在整个褐红色脸上的柔软的白色汗毛，那是一种青春和美的银白色地衣。

尽管如此，他心中一直非常清楚，这个姑娘虽然年纪尚小且个头不高，但和那些大姑娘一样来自一个他所鄙视的世界，一个配不上她的美的世界。她从什么人那里来，又要到什么人那里去？她的一个个白天和一个个夜晚都充满了那些人卑劣可笑的想法、言谈、经历和动作。她和他们去散步，和他们上舞场、进山区、去温泉浴场，和他们恋爱，和他们嬉戏跳舞，嫁给他们当中的一个，生一堆和他们所有人一模一样的孩子。他有充足的理由鄙视他们！有充足的理由认为大自然和她一样眼瞎，竟然让这个反自然的特权阶层的女人们相貌美丽，让它的男人们健康成长。就如同一个僧侣陷入了对一个女人发生兴趣的危险之中，要摆脱这危险，就要借助非正常但却不用质疑的方法减少那个女人的魅力，于是佟达开始将波琳加到她所应属的那个世界里。很快他便在她那双灵巧的、卖弄风情的、总是沐浴着阳光的眼睛深处，在解剖学上无法确定、在医学上没有命名的深处发现了一道混浊的墙，世界的图像在那道墙上悲惨地撞得粉碎。

他在她光滑的保养得很好的面容上发现了冰凉的愚蠢——它与可爱的善心、真诚的妩媚、一无所知的人生欢乐是那么相似，这种没有希望、令人着迷、风度高雅的愚蠢同情街边的乞丐，而它每一个轻盈的步子都践踏着一千条生命。

这是一所富有的房子。在这里进进出出的年轻人对塔特萨尔花格呢和国际体育竞技场非常熟悉，就像他们的父辈熟悉布加勒斯特和阿姆斯特丹之间的那些珠宝交易所。然而正如轻微色盲患者对一部分颜色没有感受力，很难或者根本不能区分紫与蓝或蓝与深绿，这些年轻人缺乏对一定情形和一定“状态”的美、丑、自然、非自然、舒适和厌恶的鉴别力。是的，他们根本不具备这一类能力。佟达最惊讶的是，他们虽然因大自然而感到振奋，做出与大自然紧紧联系在一起的样子并且相信确实如此，可大自然的无常变化对他们却毫无影响，无论是天凉天热，无论是晴天阴天，他们外露出的情绪都是一样的；无论是在雷雨前的闷热中还是在雨后的清新里，无论是在中午还是在日出日落时，他们都处在那种欢快喜庆、焦急匆忙、略有些冒汗的状态中，就像在网球比赛时控制着参加比赛者和捡球员的那种状态。

不论穿黑礼服还是穿运动衫,他们的举止都一模一样。向他迎面走来时,他们露出宽大有力的白牙替代微笑,给人的印象是在为卡洛顿特牙膏做广告;他们衣服的肩衬垫得很宽,腰身细窄;他们的双手粗大有力,已经清除了所有的触摸知觉;他们脖子上围着薄薄的彩色飘带,保养得很好的头发修剪得整整齐齐,预示着永远不会失去自己的颜色;他们按摩淋浴,每一刻都好像是刚从海滩浴场出来;他们就像大都市里被驯服的猛兽,豢养在宽阔美丽的林荫大道上,市政府得负责喂养它们。他们说话声音响亮,在口腔中就产生了回音;他们极其严肃认真地说着那些在最便宜的手册中被列为礼貌行为的客套话,他们能够谈论人类生活的所有领域,其口吻与上流社会各种杂志在展示完下一季时装之后,按照惯例在最后几页用小字体报道政治、文学和金融时使用的口吻一模一样。这些年轻人用广告语言聊各种机器和汽车,他们的语言风格好像完全来自各种报刊的广告栏。他们什么都知道——关于事物和状况,他们所说的话与事物、状况的关系,差不多就像一个空中摄影师的拍摄与公园里一对心神不定的未婚夫妇的外貌的关系。

这个社会的女性成员过着一种心情舒畅的生活,一种包裹在轻薄贵重的彩色衣装中的生活。她们穿着式样让人惊讶、有时显得古怪的鞋,迈动外形完美的腿走过铺石路面;

她们驾驶汽车,她们纵马疾驰,她们驾驭轻便小马车,克劳德·阿奈是她们心爱的作家。她们从不单个或两个两个地出现,她们像候鸟一样结成队排成行,她们一个个全像鸟儿一样漂亮。她们或许想通过某些衣装和蝴蝶结彼此区分开来;或许想通过不同的染发剂和口红彼此区分开来;然而对于局外人来说,她们都是同一个母亲的孩子,都是惊人相像的姐妹。她们叫不同的名字是当局犯下的一个错误。

另外她们大多数都有英文名字。她们的英文名字——这完全合理——不是取自女圣徒,不是取自祖母和外祖母,而是取自美国电影或英国沙龙喜剧的女主人公。饰演某些角色时她们什么都不缺。她们走进房间,犹如一块散溢着芳香和美好的云朵飘来并四下弥漫开,她们可以登上一个舞台,或者变成在一个银幕上表演的影子。她们虽然那样活泼但显然不是活生生的,在佟达的感受里她们不是真实的,就像人们对杂要剧场女郎的感受一样,因为她们的相似、美貌和数量众多是那样令人难以置信。尽管她们身体活泼,尽管她们的肉体具有良好的品行,却依然让人觉得是一种梦幻,是进入了娱乐节目,她们是一种催眠感应作用的结果。佟达觉得所有这些姑娘都像画刊中的照片一样没有实质,她们向他走来时就如同他在一页页翻看她们。实际上她们也是画刊中风姿绰约的客体。她们占上流社会的大半，冬天（身上穿着耀眼的白色毛织物）在圣莫里茨刺眼的雪地里滑雪橇，二月在尼斯狂欢节彩车队列中戴着花环，夏天在海岸边赤身裸体，秋天回到家里，戴上新式帽子开始了冬令季节。

她们全都貌美，她们占有着一个种类的美。似乎她们的创造者将数量巨大的美均匀地分给了所有的人，然而这个量却不够将她们彼此区分开来。

三十二

想到伊蕾妮时，佟达觉得她和自己一样离这个无忧无虑的优雅社会十分遥远。可以将这样一种关系称作“浪漫的”。我觉得这是今天还算合理的唯一概念。忍受这种现实、这些非真实的类别、这些冷漠的概念和这些空洞的模式是一种折磨，生活在一种非真实中的乐趣是自封的乐趣，我觉得在这种折磨和这种乐趣之间不可能存在选择。若是在一个打高尔夫球和跳查尔斯顿舞的伊蕾妮与一个从未在警察局登过记的伊蕾妮之间进行选择，佟达会选择后者。然而是什么赋予了他期待一个不同于他见过的所有女人的女人的权利？例如不同于他曾爱过一个晚上的 G 夫人，那是遥远的伊蕾妮的遥远的映像。——只能是他耽误了见到她这一事实，只能是他正行进在去见她的路途中这一事实，他被一个陌生的力量掌控着，就像被风紧紧抓住，被驱往另外的地区，被驱往另外的岁月，被驱往另一种生存环境。

这是他最后一次去波琳那里。她那些箱子已经装了一半，一直敞着箱盖摆在她的房间里。她最终是去德累斯顿。佟达与她父亲说着话。卡尔迪拉克先生坐在一把无法完全容纳下他的椅子上，他耸立在那个座位之上，耸立在那个靠背之上，尽管他绝对没有过多的脂肪或肉——他肌肉发达而不胖，敦实而不高大。他个子不高，用那双短腿站立得极稳，就像一个铁制的物件无可撼动；他那坚硬的颈背呈红色，脖子很短；双手很宽，但他的手指具有某种优美感，似乎是后来才让人制作的，它们或是不顾及礼貌地在桌子上敲打着鼓点，或是摸着马甲上的纽扣，或是从脖子和衣领之间钻进去松动一下僵硬的衬衫折边，在这种时候它们会使人对他有了那么一点儿好感。是的，佟达甚至觉得卡尔迪拉克先生是可以忍受的——他总是比较能忍受老一辈——而对卡尔迪拉克先生的儿子恐怕就不能忍受了。不过当父亲短时间忘记自我并变得懦弱时，他还具有劳动者的贫乏，那种贫乏给人以好感和诚实感，原本需要同情，与没有偏见相似，接近于善良。他那种朴素的真诚已被埋葬，不过在一些已成为习惯的动作以及很难学会也很难保持的隐忍下面还能感觉到，在那些用骄傲、自我意识和模仿而来的虚荣费劲地垒建起来的防御壕沟下面还能感觉到。如果盯着卡尔迪拉克先生的眼睛看（他戴着一副眼镜，并不是因为远视，只是为了遮掩那只上方眉毛已经脱落的裸露的眼睛），如果仿佛用一种亲密的目光摘掉那副眼镜，也就是剥下了卡尔迪拉克先生的伪装，那他就开始放低声音讲起自己艰难的青年时代，而且很少说谎。但是一旦转入一般性话题，卡尔迪拉克先生就变得正式起来，好像他被授权代表着这个使他舒适地位成为可能的社会，而他也是这个社会的支柱。

佟达与卡尔迪拉克先生闲谈着，当应该离开他家时，佟达甚至有一点忧伤。卡尔迪拉克邀请他冬天再来，说那时会有一些小的晚间社交聚会，或许会有比较大的聚会，但绝大多数是私人性质的，在这种聚会上年轻人总是受欢迎的。他们握了手，佟达收下一张支票，与波琳小姐道过别便离开了。

房门前停着一辆汽车，马达还响着，司机打开车门，一位女士下了车。她身材苗条，金黄色的头发，身穿灰装。佟达看了一眼那双瘦窄的鞋，灰色光滑的皮子，轻柔地裹着那双脚；他看到了薄薄的、仿佛鲜花盛开的长袜，以及腿上那张第二层人造皮肤；他那双眼睛就像两只手搂住了那瘦削松软的臀部。女人越走越近，虽然人行道边离他站立的房门口不过三步远，但他觉得她走那几步路仿佛用了无穷的时间。仿佛她在走向他，径直走向他，不是进那所房子；仿佛多少年来，他就在这个地方等着这个女人。

是的，她走到了近旁，他看着她那张漂亮、骄傲、可爱的脸。她回应着他的目光。她看着他，有点儿不乐意又有点儿得意，就像女人们路过时照一家饭馆或一个台阶处的镜子，或愉快地确定自己是那么漂亮，或鄙视那玻璃的廉价，因为它不能再现自己的美丽。伊蕾妮看着佟达，没有认出他。她的眼睛深处有一堵墙，一堵视网膜与心灵之间的墙，一堵她那双灰色、冰冷、不乐意的眼睛中的墙。

伊蕾妮属于另一个世界。她去找卡尔迪拉克一家，她将与波琳小姐一起去德累斯顿。她生活得健康幸福，打高尔夫球，在沙质海岸边游泳，有一个富有的丈夫，接待社交聚会的人，举办社交聚会，是慈善协会成员，有一颗善良的心。然而佟达没有认出她。

三十三

佟达收到了厚厚的一封信。巴拉诺维奇终于写来了第一封信。

信绕了一些弯路，从柏林寄给了格奥尔格，用去了三个月时间，是一封走了很远的路的信。它在路途中好像变重了。

巴拉诺维奇为那笔钱表示感谢，他准备退还那笔钱，而且还加了一些，因为他做成了几笔极好的买卖，国家买走了他的一部分地产，土里含有贵重矿物质，人们说是铂金。另外可能有一个新的考察队将在半年后出发，由巴拉诺维奇做向导穿越泰加林地带。假如佟达有兴趣可以一起去。巴拉诺维奇已经拿到了购置各种装备的预支款。接下来的部分让佟达感到有点儿意外。它是这样写的：

我差点儿忘了最重要的事：两个月前一个女人来到我这里，冰雪已经融化，白天越来越长，一个女人就像一只鸟儿来到。她称自己是我的弟妹，她从高加索来，花了三个星期的时间，带了很多毛皮还有你的照片作为凭证。一个鄂木斯克的皮货商把她带来的，她说你曾给她寄过钱。她来找我，因为我是她在这个世界上的唯一亲戚——因为她的叔父，一个制陶匠，已经去世了。

她名叫阿尔雅，一天的绝大部分时间都一声不吭。

我让她住下，给她支了张床，她住在我隔壁。我们很少说话，我没有问她没有你她怎么办。她俄语说得很糟糕,如果她开口的话。如果说我的鉴赏力还不错的话,她长得很漂亮。

如果你愿意让她来找你,我也可以把钱给她。不过我也可以留她住下。对我来说都一样!给我写信,伊尔库茨克,留邮局待取。伊萨克·格林,一个卖留声机的人,每个月都去取我的信件。

我也在他手里买了一台留声机,自称是你妻子的女人很喜欢听。有时候她也哭。大概她是为你而哭,我这么想——随后我的泪也会流出来。

我曾打算把叶卡特琳娜·帕夫洛芙娜接到我这里,可她不来。她攒有钱。她说,她不想死在狼群中,而要死在城里,死在人群中。

就是说佟达可以回去——回到巴拉诺维奇那里,为了寻找伊蕾妮而离开的人那里。

他可以回去。他的妻子已在等候他。

他眼前浮现出他兄弟的那座田庄,那两条狗——巴林和耶戈尔,那口里面煮着肉的大铜锅,床上的那些斑羚皮;他耳中响起那只钟表的报时声,每次报时前,它都发出轻轻的吱嘎声,如乌鸦嘴在窗台上坚硬的敲击声。

然而他不向往泰加林地带。他觉得,自己的位置在这里,自己的覆亡地在这里。他靠腐烂的气味生活，他以霉菌为食，他呼吸坍塌房屋的尘土，他带着惊讶细听木蠹虫的鸣声。

他依然将伊蕾妮的照片留在身边，和已带着它过了许多年一样。它就在他的胸前。他带着它穿过一条条街道。在马德莱娜教堂前的广场上，他停下脚步，望着皇家大街。

就在那时我遇见了佟达。

三十四

那是 1926 年 8 月 27 日，下午四点。各家商店挤满了人，各家百货大楼挤满了女人，女时装模特在一个个时装沙龙里转动着身子，无所事事的人在一家家甜食店里闲聊，机轮在一座座工厂里呼啸，乞丐们在塞纳河岸边捉虱子，情侣们在布洛涅森林里相互亲吻，孩子们在公园里骑旋转木马。就在这一时刻，我的朋友佟达站在那里，三十二岁，健康而生气勃勃，一个年轻强壮的男人，具有各种各样的才能，站在马德莱娜教堂前的广场上，站在这个世界之都的中心，不知道自己该做什么。他没有职业，没有爱情，没有乐趣，没有希望，没有虚荣，连自私之心也没有。

世界上没有谁像他这样多余。

草莓

刘炜 译

我出生的那座城市坐落在欧洲东部一个人烟稀少的大平原上。平原的东面无边无垠，绵延伸展；西面则是一座座只有在晴朗夏日才看得见的山丘，日色映照下，呈现出蓝色。

我故乡的那座城市里住着差不多一万人，其中的三千来人有点怪里怪气，但倒也不会对公众构成什么威胁。有种多少带点癫狂的氛围，仿佛一朵泛着金色的云，笼罩着他们。这些人做生意，忙挣钱，娶妻生子，读书看报，关心世界上发生的事情。此地混住着不同的民族，彼此间用各种不同的语言交流。

我们那儿出能人。他们中的许多人都生活在沉积着新旧世界的大都市里，还都是些有头有脸的人物，其中几个还颇有些名气。巴黎那位能把年迈而富有的老翁变成漂亮小伙子、把老妪变成贞洁处女的外科医生，阿姆斯特丹那位发现伽利略慧星的天文学家，二十年来一直左右着梵蒂冈政局的红衣主教，苏格兰的枢密主教罗得 · L，母语曾是科普特语的米兰犹太教经师 K，全世界火车站和各大洲港口都刊登着其运输

① 本篇写作于 1929 年。编注。

公司广告的大老板 S,这些人都是我的老乡。我不想说出他们的名字,因为凡是订阅报纸的人,都肯定知道他们姓甚名谁。至于我自己嘛,只是个名不见经传的无名之辈,没人知道我真正叫什么,我用的是假名。我叫——顺便提提也罢——纳夫塔利·克鲁依。

我被人称为骗子。在欧洲,人们管那些冒充他人的人叫骗子。其实所有西欧的人也都这么干,可他们不算是骗子,因为他们持有证件、护照、证明和受洗礼证,有的人还有族谱。我只有本假护照,没有受洗礼证,也没有族谱,所以别人可以这么说:纳夫塔利·克鲁依是个骗子。

在我老家那儿,我不需要什么证件,大家都认得我。我六岁时就给市长擦过靴子,十二岁时在理发店做活,在那儿给市长脸上打过肥皂沫,十五岁时当过车夫,每个礼拜天都给散步遛弯的市长赶车。我们那儿有十三个警察,我和他们每个人都喝过烧酒。我还用得着什么证件吗?

城外的宪兵经常擅离职守。他们的队长要是有空的话,每个周四下午都去找我的姑母鬼混。我有时从郊区往城里顺点儿烧酒——尽管这是明令禁止的,是要上税的。不过宪兵队长会给个暗示,于是乎海关缉私员就会放行了。

这么说吧,我年轻时和官方的关系挺不错的。可后来就不一样了,因为随着改朝换代,当官的也就换人了。

我相信,在我们老家没人有证件。那儿有法院、监狱,还有律师、税务局,但在任何地方都用不着证明自己的合法身份,因为无论一个人是以这种还是其他身份被捕,会有什么区别呢?至于上税还是不上税,这有什么关系?谁会因为逃税倒霉,又有谁会因为上税获益?重要的是当官的有吃有喝,他们就靠贿赂活着。因此,我们那儿没人进班房,没人去交税,也没人有证件。

严重的刑事犯罪都没人太去理会,不严重的也就更随它去了。

不会有人去管纵火的事,因为那不过是些个人的报复行为。流浪汉、乞丐、小贩到处游荡,人们也都对此习以为常。森林着了火,自会有护林员去扑灭。斗殴和杀人被归咎于本地酗酒的习气。也没人去抓那些强盗和拦路抢劫的人,大家都觉得这些人对自己的惩罚已经够严厉的了,因为他们不可能再有什么社交活动,也不可能再去做买卖或跟别人聊天。偶尔会发现造假币的人,大家也都任他们去折腾,因为这些人给政府带来的麻烦比给老百姓造成的损失还要大。法院和律师之所以有活干,那是因为他们干活时磨洋工,他们的工作就是调停争端、和稀泥。另外,付款的期限人们是不怎么遵守的。

我们那儿的气氛平和安定，只有邻里间才会发生争执。酒鬼们会握手言和，竞争对手也不伤和气，但他们会把气撒到顾客身上。每个人都借钱给别人，每个人都欠别人的债，谁都不用指责谁。

这里没什么政治党派。不同民族的人之间也看不出什么区别，因为每个人都会讲多种语言。只有犹太人好辨认，从他们的装束便可以看得出来。有的时候会出现一些小规模的针对犹太人的迫害事件，不过在混乱纷争之中，这些事很快就被忘得一干二净。死了的犹太人被埋掉，被抢的犹太人也不承认他们有过什么损失。

我的同胞都热爱大自然，但并非热爱大自然本身，而是由于大自然能施舍给他们一些果子。

秋天时，人们到地里去烤土豆。春天时，他们去林子里摘草莓。

秋天的色彩在我们这里，如同流淌着的黄金和白银，被裹在风中，与群鸦和薄霜相伴。秋天差不多和冬天一样长。八月间树叶就泛黄了，到了九月的头几天，树叶就已纷纷飘落到地上。没人把它们扫成一堆。我在西欧才看见，有人把秋天的落叶扫在一起，码成整齐的肥料堆。在我们那儿，晴朗的秋日里没有一丝丝风，太阳还挺暖和，斜挂在空中，金灿灿的。

太阳落山时，会把西边的天空染成红彤彤的一片。而后每天早上，它又会在雾霭和银色织就的床上唤醒清晨。得过好一会儿，天空才会变得湛蓝，整个短短的一天中，它一直保持着这种颜色。

这里的耕地颜色发黄，土质粗糙，坚硬硌脚，它散发出的味道比春天时的更大、更冲，让人有点受不了。周边的树林一直都是深绿色——那是片针叶林。在秋天，树冠上如同插着一把把银白色的梳子。我们在林中烤土豆，能闻得出火的味道、煤的味道、烧糊的土豆皮和烧焦了的土地的味道。这里有很多沼泽，上面铺着一床闪亮晶莹、轻霜织就的薄被。沼泽发出一股湿渔网的味道，许多地方蒸腾起雾气，时而笔直、时而袅袅地向天空飘去。许是嗅到了飘来的雾气，于是远近的农庄里便传出了鸡叫。

十一月份下的第一场雪薄薄的、亮亮的，而且还能留得住，化不了。我们不再烤土豆，而是待在家里不出门。我们的炉子不好使，门也关不严，地板还裂开了缝。窗框用的是轻薄又潮湿的橡木。夏天时，窗框走了形，所以也就关不上，于是我们用棉絮堵着窗户，把报纸塞到门缝之间。我们为过冬而伐木。

三月里，挂在房檐上的冰凌开始滴水，我们已然听到春天正迈着大步走来。没人去碰林子里的雪花莲。一直等到五月，我们就去摘草莓。

啄木鸟已在树木间忙碌起来。时常下雨，雨轻而柔，有种丝绒般的柔软和细腻。雨不稍歇，一下就是一整天、两天、一个星期。起风了，云却还待在原地，就像星辰似的在天上一动也不动。雨下得绵密透彻，路变得泥泞起来。沼泽向林中伸展开去，青蛙在丛林中游来游去。农夫的车轮不再嚓嚓作响，所有的车都像是走在胶皮上。马蹄声也消失了。大家都脱下靴子扛在背上打着赤脚。

某天一夜之间，天空放晴。第二天一大早，雨住了，太阳就像度过假回家似的，又出来了。

这正是我们所期待的那一天。在这样的日子里，草莓肯定熟了。

我们沿着那条从城里一直延伸到森林里的路走去。小城整齐单一，两条主要大街交汇在市中心。那里有个小场子，每个星期举办两次集市。一条街从火车站通往墓地，另一条街从监狱通向森林。

森林在小城西边。随着日起日落的方向朝西走，树林这边白天最长。站在森林的最西头，能看到太阳在地平线上消失，还能感受得到那最后一抹阳光。

这里长着最好的草莓。一般来说，草莓都喜欢藏着躲着，可这地方的草莓不藏也不躲，就立在找草莓之人的眼前，挂在纤细而坚挺的茎上晃动着。这些草莓丰满滚圆，不是谦卑地趴在地上，而是骄傲地挺直了身子。要想够着它，需弯下腰。可要是摘苹果、樱桃和梨子，就得伸直腰板，还要爬上爬下。

草莓上沾着即使是最尖的眼睛也见不到的小土疙瘩，吃到嘴里，在牙间会嚓嚓作响。不过果子里流出的汁会把土疙瘩冲掉，口里留下的是柔嫩的果肉。

尽管不允许采摘草莓，可所有的人都这么干。护林员会夺走女人手里的盆盆罐罐，把红彤彤的草莓倒出来，用脚踩烂。

可遇到我们这样把摘下的草莓马上塞进嘴里的，他又能拿我们怎么办？他气狠狠地望着我们，吹口哨叫来他的狗。护林员胸前挂着一枚黄铜做的盾形徽章。徽章闪着绿光，硬如坚钢，在这由树叶、木头和泥土构成的世界里，它不过是个金属制品罢了。

谁都不怕护林员。他踩烂的草莓越多，森林里长出的草莓就越多。

报纸到我们那儿一般都挺晚。每个星期火车只在我们站停三次，带来几个在这儿收啤酒花的人。

许多人都靠啤酒花生意活着，比如车夫。他们载着这些陌生人来到村里,来到农庄。我父亲就是个车夫。

他叫曼内斯·克鲁依。我们家有两匹马,一架平时用的车,一架星期天用的车,还有副冬天用的雪橇。我其实并不太了解我父亲。他是个酒鬼,每个星期只回一次家,往床上一躺就打呼噜,还说梦话。他骂我们,骂他自己的孩子们。

我们家有八个男孩。他叫不出我们的名字。我们的母亲死了。我们的父亲满脸都是浓密的火红色胡子,无论冬夏,他都戴着一顶高高的皮帽,那是顶猫皮帽。我总忘不了那帽子的味儿,那是一股由汗液、死物、生皮和油脂混合而成的臭味儿。

我父亲的胡子可不一般,不是直直地长出来,而是像一团乱糟糟的红毛。他整个脸上能看到的只有那个大大的蒜头鼻。皮肤红肿的鼻子上有好多小疙瘩,柔软的,鲜红的,凹凸不平,有点像桔子皮。我还记得父亲那两道雪白的眉毛,它们长在父亲蓬乱的脸上,就像野树林上空悬挂着的两弯月牙。

他不和我们说话,只是睡觉。他说给我们听的,都是恍恍惚惚、神志不清时说的话,时而可怕,时而温柔。

他对马很好,给他的马起了几百个名字,给它们喂新鲜的燕麦,让它们饮用盛在干净黄木桶里的井水。他从不打他的马,他用的是一条打了八个结的皮杆鞭子。他用鞭子抽个响,听起来就像是枪声。

一个冬天的早上,温度计指着零下35摄氏度。有人发现我父亲冻死在路上——他醉酒后从雪橇上掉了下去。

我的七个兄弟都离开了家,离开了故乡。一个成了美国的拳击手,第二个在敖德萨港扛活,第三个当了兵——阵亡了,第四个去了村里的一个铁匠铺,第五个去了彼得堡,开了家炸药厂,据说死于一次爆炸事故,第六个在1917年被依法枪毙了,第七个在墨西哥当了个做假牙的,他叫加布里埃尔,结了婚,每年给我写两封信。

留给我的是一匹马,一架车,那个雪橇和那杆漂亮的鞭子。像父亲一样,我每星期在床上睡一次觉,也戴着他的皮帽。

我不懂得怎么跟马打交道。它撞在了栏杆上,瘸了,一拐一拐的。有一天它死在我家的马厩里,伸着四条细细的长腿,睁着一双伤心而明事理的眼睛。

我在理发店当了半年学徒,没搞明白怎么用刀。我的手重,而且老是冷冰冰的。此外,我也不喜欢那些人的脸。

后来裁缝彼得鲁斯收我做了徒弟。他挺穷。我的同胞穿不起几件衣服,穿得也跟不上潮流。

我师傅既不能读也不会写,连数字都写不了。他剪裁不用量尺,而用一根打了结的绳子。他总是把顾客给的料子留下一小块。他养活着妹夫一家,妹夫就是住在他家的玻璃匠沙帕克。

因为这个玻璃匠，我丢了学徒工的饭碗。

他看不起裁缝，我看不起吹玻璃的。他没有什么看不起裁缝的理由。如今我对某些手艺人没有什么偏见了，可当时我却以为，玻璃匠不如裁缝。

一个吹玻璃的匠人有什么能耐呢？给窗框量尺寸和给人量体裁衣，这区别可大着呢。

沙帕克能读会写，这一点他清楚地让我们知道。他可能以为，没有一个裁缝能读会写。尽管他靠大舅子养活，可他不仅看不起裁缝，而且也看不起干他那一行的。

我师傅也许能容忍别人对自己的轻视，但是他不允许别人蔑视他的行当。

我还记得，裁缝和玻璃匠是怎么吵架的，他们各自说着自己行当的好处。如同一切大灾难一样，那次争吵也是由一件不起眼的小事引起的——用混了餐具。

玻璃匠的孩子打碎了几个盘子，他老婆于是用了我师傅的盘子。盘子上有金边，还点缀着风景画。“你没教过你老婆，”我师傅喊道，“不能偷别人的东西吗？”

“我老婆不偷东西，”玻璃匠回答道，“她又不是裁缝的老婆！”

玻璃匠暗指的是彼德鲁斯给顾客做衣服时截留的没有用

完的布料。

“我从没偷偷留下过哪怕是一小块窗玻璃。”玻璃匠说。

“玻璃匠都是要饭的!”裁缝回了他一句。

“我不和一个没受过教育的人说话,”玻璃匠又说,“你连数都数不来,连表都不会看。”

“你把我那块银表卖了,你个小偷!”彼德鲁斯扯着嗓子喊了起来。

“你要那块银表干什么?笨驴!”玻璃匠沙帕克应道。

裁缝抓起烙铁就往对方装着新玻璃的箱子扔去,但没打中。他心肠好,故意把烙铁扔歪了。

接下来,两个人都住嘴了。

吹玻璃师傅让我去打酒。我问裁缝:“师傅,我要不要去?你妹夫让我去的。”

我要问一下裁缝,这是我的职责,却让那个玻璃匠很难堪。

像所有的玻璃匠一样,他有块钻石,用来裁玻璃。他说,用钻石裁玻璃就像切奶油。我当时深信,一粒钻石——哪怕只是用来裁玻璃的——也是价值连城。我不明白,为什么玻璃工不把这块石头卖了,当个有钱人,住在宫殿里。

要是我问他,“你为什么不把你的石头卖了?”他会说:“那我靠什么活?”可实际上,他却是靠他大舅子活着。

有一天，钻石丢了。

“克鲁依偷的！”吹玻璃的师傅说。

那是个冬天的晚上，我正在用来当床的炉边长条凳上躺着。煤油灯就要熄灭了，有股子烟叶、板油、小孩撒的尿的味儿。我能听得见风声，听上去就像钢铁和石头摩擦的那种声音。寒风掠过冻得严严实实的雪地，拍打着房子。我们的炉子冷了下来。那是个令人悲伤的时刻，人们觉得热气正无可奈何地消失，冷风正通过烟道进入炉膛，变为冰团。在那样的时刻，人们总以为，无论如何，剩下的最后一丝热气还能留得住，寒气会留在烟囱里不进来，人们紧靠着火炉，把身子贴上去。为了让炉子不灭，人们献出了自己的体温。可尽管如此，还是无济于事。

玻璃匠取来了油壶——它就放在长条凳下边——往灯里灌了点儿新油。屋子亮了起来，就像晚上六点钟时那么亮。我师傅，那个裁缝，坐在那儿一动也不动。玻璃匠的动作缓慢而又准确，他就像一个指挥若定的军事统帅，脑子里只有唯一的一个念头。我已经知道这意味着什么了，但仍旧待着没动。我不害怕，也不感到委屈，令我痛心的不是玻璃匠对我的怀疑，而是裁缝的胆小怕事。

是的，我挺佩服那个玻璃匠。他的深思熟虑掺杂着内心的喜悦。他那张黄塌塌、大概是抹了粘窗户用的油泥的脸上现出平静、深思而又愉悦的快感。他没看我一眼,但在他脑子里一直想着的是我,这一点我可以感觉得到。他的念头就像柔韧而无情、令人讨厌的爬山虎一样缠着我。

他小心翼翼地举着灯走到长凳边。“起来!”他说。

他缓慢安静地用手指查看着我的背囊——亚麻手巾。他的手就像长筒袜里的两只脚。

他那快活的神情消失了,黄塌塌的宽脸上长着稀疏的黄胡子茬。我数了数,共四十八根。

他在长凳边和口袋里什么都没找到,于是把口袋翻了过来。又黄又脏的上衣和裤子口袋就那么耷拉着。我所有的家当都在桌子上。把我合法的财产暴露在光天化日下,比在我的口袋里发现钻石更让我感到羞耻。油灯重又亮了起来,比先前亮两倍,明晃晃的灯光照着我的剪刀,两块圆石子,一块绿色的画粉,一面小镜子,一把厚实的、手柄上有个小金属环的不能开合的小刀,上边饰有一个褐色的兽角,开着均匀的槽。

“强盗杀人犯!”玻璃匠一边喊一边手里掂着我的刀。

“滚,滚,滚!”他突然喊道,他大概一共喊了十二遍。其他所有的词汇他都忘了,只记住了这个词。

我朝裁缝望去。他手里抓了只苍蝇,一只半死不活的、灰色的过冬苍蝇,紧捏着它的双翅,数那几条垂死挣扎的腿。

于是，我穿上父亲的短皮袄，把所有的东西往包里一塞，走了。

过了几分钟，我听见有人叫我的名字。是裁缝。他佝偻着身子，歪歪斜斜地跑着，工作围裙被风掀起。我等着他。他把一个小包塞到我手上。那是他的钱包，皮子皱巴巴，凉冰冰，上面还有一把生锈的锁。

我觉得，当时裁缝好像哭了。

在我们这里，冬天的夜晚是严酷的。雪就像一副面具，遮住了小城的卑微，盖住了从房子里传出的咒骂声。家家户户都紧闭着棕色的百叶窗，里边透出微弱昏黄的光线。有的街拐角处，红色的火焰在黄色的煤油灯里晃动着。雪泛着柔和痛苦的光。风刷刷地吹着房顶，掀起阵阵白色的雪雾。它就像一只冰冷的手捂在你的嘴上，使你张不开口。厚厚的积雪下面，埋着的是我们这里用来当人行道的木板，人们就在没膝的雪地上行走。

雪还一直在下。我看不见天空，没有一扇门是开着的。两个男人毫无声息地走了过去。他们拄着长长的拐杖。

我沿着那条通向墓地的路走着。本来我想去的是相反的方向，往火车站那边走，但我当时肯定搞错了方向。也许我想的是，火车站只有到早上才开门，而墓地却是无论白天还是晚上都肯定开着的。

墓地停尸房里亮着一盏灯。老潘达莱沫就睡在死人身边。我认识他,他也认识我,因为我们的城里人有到墓地散步的习惯(别的城市有花园和公园,我们有座墓地,孩子们在坟墓之间玩耍,老人们坐在石台上闻着土地的气味,土地由于埋着我们的祖先而非常肥沃)。

我走进墓地的停尸房,那里停放着一个第二天就要被埋掉的乞丐的尸体。我弄醒了潘达莱沫。

和所有的护工与埋死人的一样,潘达莱沫睡得很沉。他以为是死了的乞丐把他弄醒的,就迷迷糊糊地说道:"放心吧,彼得·奥努卡,明天就把你埋了!"

他睁开眼睛,认出了我——他的眼睛很小,长在浓密的头发、眉毛和睫毛之间,没有人知道他是不是睁开了眼。

"裁缝把我赶出来了!"我对潘达莱沫说。潘达莱沫坐了起来,他的腿上围了一块厚厚的,没加工过的猫皮,皮坎肩敞开着。

"你偷东西了!"潘达莱沫说。

我向他解释了整个事情的经过。我发誓根本没偷钻石。

潘达莱沫在我耳边悄声说:"你把钻石藏哪儿了?你这狡猾的家伙!聪明的小子!你把它藏哪儿了?你可以对我说!"

这天晚上我知道了,讲实话是毫无意义的。给一个不信教的人解释上帝比给一个诚实的人解释偷盗,或给小偷解释诚实还要更容易。

因为潘达莱沫是个小偷。

我并不因为他是小偷而讨厌他。如果他不偷的话,那他还是小偷吗?要是能偷,谁又会不偷呢?

潘达莱沫怀疑我,我也不介意。我要感谢他没让我冻死,没让我饿死。我留在他那儿,帮他掘墓穴,帮他装饰墓碑。上坟的日子里,我俩分小费和卖蜡烛得来的钱。

我开始喜欢上了死人,活人里边只有潘达莱沫一个让我喜欢。我在他的屋子里睡觉,我的床还是火炉边的长条凳。为了让潘达莱沫和他老婆,还有他三个孩子之间和睦相处,我费了不少口舌。

潘达莱沫的老婆不太把自己的丈夫当回事。但她也离不开他,尽管她总是威胁说,要离开他十年。潘达莱沫没有做丈夫的威严。他老婆打他,他也让她打。

好多有头有脸的人都想帮潘达莱沫改善婚姻关系。他们当中最为高贵的就是伯爵先生,我们称他为"我们的伯爵"。他住在城市附近的宫殿里,每天都在城里的街上溜达,就好像他不是个伯爵而是个城里人似的。

他是个好人,他喜欢所有的人,尤其是潘达莱沫。

潘达莱沫在宫殿里进进出出,给伯爵当听差的,给他擦地板,洗西服,也负责给他弄些美味。

伯爵虽然有几个仆人,但只有一个朋友:潘达莱沫。

每年伯爵都要离开他的宫殿一次。他乘车去巴黎,去蒙特卡罗,有三个月不在家。

这段时间,潘达莱沫就守在宫殿里,他监视着伯爵的男仆、管家、女佣,每个星期都用铲子般短粗的手给伯爵写信。

如果潘达莱沫是个普通小偷的话,那他肯定会把整个宫殿偷个精光。但他是个不偷东西的贼,就是这么回事。

我们的伯爵出身于一个古老的贵族之家,他和欧洲几个执政的家族都有亲戚关系。他的族徽是三朵紧靠在一起的百合花,百合花上是一把又平又宽的双刃剑。

伯爵六十来岁,总穿着蓝色的西服和深蓝色的大衣,脚蹬漆皮鞋,裹着绑腿,手上戴着白手套,拿着一把雨伞。他要雨伞干什么?下雨的时候,他会坐着漆成蓝色的马车去散步。从房子台阶到车上的那几步路,会有仆人给他撑着伞。我经常看到,那个比伯爵长得矮小的男仆,举着雨伞护住伯爵的全身,而自己却被雨水浇湿。是的,就算伯爵已经坐到车上,车夫套马、把鞭子从套子里抽出来的片刻,男仆还会拿着合起来的雨伞,光着头,淌着水,站在车前几步远的地方。走回房子的时候,他也毫无遮挡,胳膊下夹着把伞,慢慢腾腾,好像对下雨毫无知觉,好像阳光普照似的。有时候,我觉得那个男仆比伯爵本人更像个伯爵。

在春光明媚的下午,伯爵会坐在本城唯一一家咖啡馆的露台上,吃着点心,和轻骑兵军官聊天。他和军队的关系不错,他的儿子都是军官,他本人对马也颇为精通。他总共有十二匹马,有时会骑一匹白马。伯爵对年轻军官用"你"来称呼,所有的军官见了他都行军礼。他虽然身着便装,却也会立正回礼,不过他只是把两个手指放在礼帽边上致敬。

每星期五早上,我们城里的穷人都会聚在他的宫殿前。伯爵走到阳台上往下撒零钱。他会让钱雨下上半个小时,然后挥挥手,所有的乞丐会连呼三遍:伯爵万岁!——然后就走了。

这里没有伯爵夫人,她已去世很久了。不过宫殿里住着一位女士,差一点儿就当了伯爵夫人。她本是龙骑兵少校的寡妇,丈夫死于一场决斗。人们说,伯爵会和她结婚。但每当婚礼即将到来时,伯爵的儿子们就会来看他。这样,少校的寡妇终究没能当上伯爵夫人。也许她没能成为伯爵夫人是件好事。我有一次看到她是怎么打用人的,就因为他和我说话,没听到她的铃声。她要是当了伯爵夫人,穷人就不会在星期五到宫殿前面去,伯爵先生也就不能一人去巴黎、尼斯和蒙特卡罗了。那样,潘达莱沫和我的命运还不知道会变成什么样。我自己对我们的伯爵感恩不尽。关于这一点,以后我还会提到。

伯爵为我们大家做了许多善事。由于他的关照，我们城里只有身体最强壮的，以及那些一无所有的人才会被送去当兵。每年，当征兵委员会的人来的时候，所有该服兵役的人都会去找伯爵。他出面邀请征兵委员会的先生们，和少校、军医谈话并警告他们，还给这些人喝好而烈的酒，交给他们可以征召的年轻人的名单。

他的方法并不总是奏效。有的少校不吃伯爵这一套，还把名单撕掉。所以我们这里的年轻人就只好自己在征兵前自残：吃有毒的东西，把心脏搞糟，得上肺炎，患眼病把自己弄丑，或得上其他诸如骨折之类的伤病。的确，有些人对兵役的反感非常强烈，他们宁愿把脚弄残，把手指砍断。我认识一个长着一头红发的锁匠，他让人把脚上的跟腱弄断。这一辈子他都得瘸腿走路。我还认识一个修房顶的工人。他老是用带腐蚀性的药水点左眼，直到把眼睛弄瞎。

委员会的人每年三月来，就像宣布春天到来的山间季风一样。他们一来，那些不相信伯爵的年轻人便开始喝浓咖啡，和姑娘们鬼混，整夜整夜地胡逛。有的在冷水里洗澡，得了肺炎、肺结核，他们有的死得快，有的死得慢，不过都用不着当兵了。最聪明的人移民去了美国。

去美国不但要花很多钱，还要有假证件。于是有些人就做起了把年轻人送到美国和制作假证件的生意。他们发了大财。可这里面有些人并不可靠。人家坐上了火车,可还没越过国境,他们会在这最后一刻给当局发封电报。于是,那些人就进了监狱,而不是去了美国。

因此,和那些负责移民的人必须要搞好关系。没有人能证明他们的行为是违法的。但就算是能够做到这一点,也不能把他们怎么样。因为他们就生活在我们城市里,也就是说,他们受到保护,不会被追究。我们这里生活着疯子、罪犯、无辜的人、笨蛋、聪明人,所有的人都拥有同样的自由。

警察到逃兵家里询问失踪的人是否有信儿。做父母的说,他们的儿子没吭一声就走了,他们之间的亲属关系就此已不复存在。警察把这记录在案,再也不提此事。

我们城市的人喜欢美的东西和艺术品。不知从什么时候开始,我们这里有了一个小公园,里面的栗树长着粗壮的树干,开满了鲜花,显得古老而威严。有时,市政府会让人修剪树冠。夏天最热的那几天,人们可以在树荫下睡觉。这公园是圆形的,里面没有空地,像是用圆规画出来的一个圈,被刷成灰色的木栅栏围了起来。其实本来可以不要木栅栏,因为它稀稀拉拉,更像个木圆圈;有的地方疲疲沓沓,裂着缝,甚至腐烂了;还有的地方断开了,但总的来说,栅栏还是存在的,像是在公园的腰身上系了一根松松垮垮的腰带。它既挡不住狗,也挡不住那些从不走正门还满街游荡的小青年。修个栅栏只不过体现了我们那里的人中规中矩,使人们觉得,用这么一条具有象征意义的线就能把公园和马路区分开来。

公园正中有个斜山墙的小木棚,墙头上有面风向标。它也毫无用处,因为风从没穿透过密实的栗树冠,风向标立在那里无事可做。尽管如此,有的人还是以此来辨别风向。因为有的时候,它会莫名其妙地今天向西明天指北。我认为,是有人把我们城里的风向标按当时的风向调整了。这肯定是我们这里好多执行公共职能的疯子干的事。

小木棚本是个用来休息的亭子,有人在那儿卖冷饮和不含糖浆的苏打水。管理它的是个人高马大的漂亮金发女人。要么是她倒出来的苏打水非同一般,要么就是我们这里的年轻小伙儿比较特别,总之,我和其他人都是在她那儿学到了什么是爱情。

有时候,我们这个亭子会在大家毫不知情的情况下关门,还恰恰是在大中午,正当世界上其他城市的人都大喝苏打水的时候,我们卖苏打水的亭子却是关着的,悄无声息,阴阴森森,无言无语,鸟儿就在它上边的树梢上歌唱。它是个被施了魔法的亭子,里边没有一丝动静,门上看不见锁,是从里边插上的。

没人知道它什么时候开。不过,一个钟头以后,也许两个或三个钟头以后,它肯定会重开的。真的就是这样。一位魔法师打开了它,又关上了它。从没有人看到这一切是什么时候发生的。就连那些年轻人——那亭子正是因为他们才锁上的——也不知道,他们怎么一下子就被关在外面了,他们也没时间去注意那扇门。

亭子是公园中,也是我们城里唯一的风景。有一天,我们的市长认为它太小了,和我们家乡的地位不相称。于是人们用红色和黄色的砖造了座带有时钟的塔楼,时钟的指针每天晚上都能发光。后来,人们在塔里建了一个小商店,有个女人住在里面卖花。那又是个漂亮且人高马大的金发女人,花店总是长开不关。

人们对苏打水的需求比对花的需求要大。没有人去理会那个不适应我们这里习惯的卖花女人,不久她就得了病,年纪轻轻就死了。死了的金发女人的丈夫继承了这家花店。这个独眼瘦子是我们城里唯一沿街叫卖旧表的人。十来年里,他一直来回溜达着做生意。他左手总拿着十几只破表,镍和白铜做的表链就像哥萨克人皮鞭上的金属链一样挂在他的手臂上。星期一是猪市,农民来挣点钱,买点首饰。我们这位串街走巷的叫卖者就在一辆辆农民的车前头兜售。他摇晃着表,好让表走起来,然后再卖给农民。

现在他成了受人尊敬的生意人。他坐在花店里,把表挂在窗框上,让农民来买。我们那座漂亮的塔楼就这么给糟蹋了。农民来时都牵着猪,脚上穿着肮脏的靴子。于是我们的市长打算另搞一个新的亮点。

世界上所有重要的城市都有雕像,我们的城市却没有。

在我们城市的整个历史中,找不到那么一个值得给他塑像的人。

倒不是我们这里缺少大人物!前边我提到过几个人,可他们当中没有一个人对家乡有过什么影响,或给人留下过什么生动的印象。他们还都具有反抗者、不满者或革命者的危险特征!他们都曾憎恨权威,权威当然不可能用塑像来感谢他们。他们都离开了家乡,家乡对他们也没什么要感谢的。

其实,我们倒是可以给我们的伯爵塑个像,但讲迷信的人不同意。他们说,给活人塑像等于咒他死,而活着的伯爵要比石头做的塑像有价值得多。

要是我们有足够的钱,那些讲迷信之人的意见也许会被否决掉。我们缺钱。为了造塑像,我们的市长需要资助。他得向伯爵伸手借钱。

可怎么能为伯爵自己的雕像向伯爵要钱呢?

我们的城市无计可施了。有人在地方志里查找大人物和值得尊敬的人,找到了一个著名的犹太经师。可惜的是,犹太教禁止塑像。再说,一个犹太经师也代表不了什么。

我们城里还住着一位诗人。他不用我们这里的任何一种语言创作,他写的是拉丁语诗。

他叫拉法耶·斯陶克劳斯,差不多算是个希腊人。他年轻时想当大学教授。但如果一个人出生在离大学城那么远的地方,如果他没钱又没有足够的生活知识,那么他就只能永远当个拉丁语诗人。

斯陶克劳斯用古老和现代的语言授课。人们给他的报酬是提供住房,供他饭食。因为他自己不知道怎么花钱。

市政府几乎就要永远纪念这位活着的诗人了,这时,斯陶克劳斯自己找了个台阶:他说,一位 17 世纪的著名诗人和学者就出生在离我们城市只有六英里远的村子里。

不过,当时我们自己的城市也还是个村子。可它现在却是方圆十英里以内唯一的一座城市了——这样一来,那个村子不就归我们城市管,那位名人不也就属于我们城市了么?

尽管按照那时的习惯,他也用拉丁语写作,但如同这种语言一样,他已死了很久,文学史和百科全书里都有他的大名,他是个名人。

我们的伯爵借钱给市长,然后找了个石匠。斯陶克劳斯搞到了铜版画,就是那个名人的肖像。

石匠造了个戴眼镜的高个子,他穿着一件被风掀起的大衣,手上拿着本书,耳朵上夹着根鹅毛笔。这就是我们的雕像。

雕像站在一个仿大理石的基座上,基座的四周是一小块圈在红铁丝网里的绿草坪。

后来,人们又在草坪上种上了蝴蝶花,美丽的、大大的蝴蝶花,上面有柔软而乖巧的蝴蝶纹。

现在我们有座雕像了。我们站在或坐在雕像前,品评着我们这位伟大老乡脸上的表情。

他翻开的总是书中的同一页。

秋天,人们担心潮湿和霜冻会对昂贵的石像造成损害,于是就建了一所高大的木头房子,把它罩在雕像上。

整个冬天,一直到四月,我们的大学者就一直站在那木板墙的后边,就像动物一样,他也冬眠。

春天到了,公园里开始了敲敲打打,人们把雕像的罩子取走。这也是我们这里春天到来的一种标志。

雕像被打开了!春天要来了!——大家在四月里都这么说。

……

潘达莱沫和我,我们忘不了那个人。

有一天,潘达莱沫在墓地发现了一个吊死的人,是个流浪汉。我们这儿没人认识他。他引起了我们城市以及周边地区的震动。因为可以想象,在一个谁也不认为生活很艰难的世界里,自杀不是件经常发生的事儿。

潘达莱沫没有马上把上吊的人解下来。他先来叫我。我正在削土豆。潘达莱沫进来对我说:“那儿吊死一个!”

“你为什么不把他放下来?”我问。

潘达莱沫没有回答。

我们一起走过去。在一棵孤零零的云杉树的细枝上——周围只有十字架和墓碑——吊着一个骨瘦如柴的人。他的舌尖是蓝的,就像有的傻子似的,舌头斜挂在左嘴角。这人的脚几乎碰着地了。他的屁股上拴了个装得鼓鼓的面包袋和一个在风中哗哗作响的铅皮碗。

他为什么不把面包袋放下?我问自己。为什么他不把铅皮碗放下?面包袋还满着,他为什么会去死?他还能活一天啊!两天也活得了!

为什么有人离开生命,就像冬天离开一间没有火炉的房子?为什么他要把身后的门永远关上,还一个劲傻里傻气地向我们伸舌头?

我见过很多死人,死在洁白的床上,死在肮脏的床上——那是下葬前被送到停尸房里的那些人。所有这些人已经跟生活没有什么关系了,他们已成了墓地的一部分,就像他们都死了好几年,才被送到我们这里来似的。

而这里直挺挺地吊着的这个死人,他好像还活着。他的脚在动,好像还要接着走路。尸体还带着个面包袋,带着衣服。我当时就下定了决心,绝不自杀。

……

吊死在树枝上,还让潘达莱沫找到了,这种死法很糟糕。

顺便说说,对潘达莱沫来说,这倒是件走运的事。谁都知道,很多人都想要那吊死人的绳子。它能带来好运,这是毫无疑问的。

潘达莱沫首先想到的,是给这条绳子找到买家。谁愿意买呢?谁又愿意出个好价钱呢?

有钱人一般都不迷信。他们买金项链和珍珠项链,但不买麻绳。再说,他们用不着费一点气力就能走大运。

有钱人里就只剩下伯爵了,他肯定迷信。只不过那正是一年当中,我们的伯爵不知在什么地方旅行的时候。

"也许我们可以把绳子剪断,"我对潘达莱沫说,"分开来卖!"

"你是个聪明的家伙!"潘达莱沫说,"就是你把那颗钻石藏起来的。"

我们把绳子剪了,买家来了,大家把自杀的人郑重地埋在那棵他吊死其上的树下。没有牧师在场,我们的诗人为这个无名的陌生人发表了讲话。这个孤零零、也许是被逐出家园的人死在了遥远的异乡。没有人知道他的死因。他的命运不仅可悲,而且比可悲更甚,说不清楚。

葬礼过后,买家就来了。当晚,我们的抽屉里就有了很多钱,绳子却一段都没了。

对潘达莱沫的老婆,我们从没提起过这笔收入。

我们决定富起来,绳子给了我们勇气。我们哗哗哗地数着钱,这声音像烧酒一样使我们开心。

“要是我明天早上再能发现个吊死的人呢?”潘达莱沫说。

“很少有人上吊自杀!”他说,“教士吓唬人们说,自杀的人升不了天。教士是怎么知道的?在生活中,人是被封闭着的,得等上帝把那扇监狱之门打开,才能得到自由。但是如果有人在一个鸟儿叫、天儿蓝、苍蝇嗡嗡响的夏天把自己吊在一棵美丽的云杉树上,那魔鬼就会把这可怜人赶到地狱里去。

“也许所有这一切根本就不是这么回事!不管是自己等死,还是找死,都一样,小鬼都要把你送下地狱。

“结果是什么呢?!就是说,我还得等上一百年,才能得到这么漂亮的一根绳子!”

突然,我觉得好像有人给我指了一下那个火炉。我看到了那条用来把便宜棺材往墓坑里放时的绳子。

我拿了把刀,切断了绳子,一段段地放到潘达莱沫面前。“我们可以把这绳子卖了!”我说。

“可要是它带不来好运呢?”潘达莱沫问。

“我觉得,”我说,“所有的绳子都能带来运气!”

也许我是对的。不断有人前来购买这些一段一段的绳子,我们卖很短的绳子头。我们不断地剪断新绳子。

我给自己买了顶新皮帽和一双靴子,潘达莱沫得了个坎肩,他给老婆送了个珊瑚饰品。

我们的腰包鼓起来了。

我该到我一直向往的世界去了。

“等着伯爵回来!”潘达莱沫说,“他会告诉你,你该到什么地方去。”

夏天就待在那儿等着结束。秋天时肯定会来很多外地人。啤酒花商人会从奥地利、德国、英国来。他们是我们城市许多人赖以生活的有钱人。

夏天就待在那儿,滋生出各种疾病。人们会因吃了烂果子而肚子疼,并且因此而死。井水干涸了,有的针叶林会着火,草原上的干草会自燃。夜间地平线上一片火红,一种烧灼的雾气弥漫在空气中。

不断有新来的人被送到停尸房来。政府机关向大家宣传喝生水的危险。于是我们就喝热茶,也不再吃樱桃了,连酸的也不吃。梨和苹果还没熟。

很多人都去蒸气浴,为的是通过出汗来排毒。蒸气浴的老板娘巴尔达荷女士累得生了病。两个星期后,她也死了。在她那远在天边,一年只给她写几封信的儿子回家之前,人们把她埋在了犹太人墓地。

孩子的舅舅,巴尔达荷女士的兄弟,是维也纳富有的木材商。沃尔夫,他的外甥,还是个孩子时,就已经穿过边界,去了他舅舅那里。

有人说,沃尔夫成了一个大辩护律师,成了名人。所有的人都好奇,都想见见他。

他来了。他的确值得一看。这位先生应该成为我们城市的儿子吗?

沃尔夫·巴尔达荷不仅体胖而且身宽,脸的正中戴着一副闪闪发光的眼镜,头戴一顶灰色硬帽,两颊油光红润——他还穿着一条浅色方格的裤子——我们城里头一次见到,这种裤子连伯爵都没有。

巴尔达荷继承了一大笔遗产。开蒸气浴是个好生意。如果巴尔达荷待在这儿,继续经营他母亲的生意,那他肯定会在几年里赚上几百万的。

给他出主意的人也不少。那些在沃尔夫·巴尔达荷还是个小孩子时就认识他的人都来看他,给他各种建议。沃尔夫·巴尔达荷住在宾馆里。嗨,那算什么宾馆啊!

我们当然有家宾馆,就在通往火车站的那条大街的尽头,是幢普通的小房子。里面有个小酒吧,门前挂着一幅可笑的招牌,上边是个胖骑士,抬起的右手拿着一个啤酒杯,他的铠甲护不住他的将军肚。

这家宾馆只有三间屋子,三间屋子里的炉子都不好使。床上都没有床垫,只有草袋子。

是的,也许还有各种各样的小虫子。大家管这家宾馆叫臭虫宾馆。但实际上,它叫饮熊宾馆。那位大辩护律师,名人,穿浅方格裤子的沃尔夫·巴尔达荷就住在这家宾馆里。

他把三间屋子都包了。外地人再没有住处了。就连来我们城市的有钱人也只好在两个面包师家里过夜。面包师夜里要烤面包,所以可以把自己的床铺出租。

也许是我们城市里简陋的交通设施使沃尔夫·巴尔达荷动了造一家新宾馆的念头。

他决定按照美国的式样建造一家宾馆,那该是一家也可以出现在纽约的宾馆。

他开始造了。

沃尔夫·巴尔达荷把蒸气浴室和母亲的房子卖了,买了五所小房子,然后又把它们拆了。

买这些房子花钱，拆它们也花钱，因为在五所房子里，平均每所都住着三户人家，而每家又都有好几个孩子。所以巴尔达荷先生还必须造些木板房来安置这些没房子住的人。

这下我们城市里有活干了。那些年纪最大的，顶多在冬天被人叫来修炉子的白胡子老头儿，都手脚麻利地在脚手架上爬上爬下，身手敏捷得就像长了胡子的黄鼠狼。

我也找到工作了。我拿着记录本，记录着厘米和米数，还负责记下木板、柱子、砖头的数目。

做记录的不光是我一个，和我一起干的还有其他几个聪明的年轻人。

其实，没有我们，这工程也能完成。

这家宾馆有五层，是方圆十几公里内最高的房子。

它洁白、高耸、孤独、突兀地耸立在世界上。我们那儿对进步没有好感的老人被激怒了，宾馆使他们记起了巴别塔。

尽管如此，宾馆的建造还在如火如荼地进行着。

有一天，建造宾馆的工程师爬到脚手架上。他摔了下来，成了肉饼。

人们把他埋在基督教和犹太教墓地中间，因为确定不了他到底信什么教。

他的死掀起了狂澜。但什么也阻挡不住现代人巴尔达荷的脚步，他叫来一个新的工程师接着干。

四个月后,街上已覆盖了厚厚的积雪。他只好停了工。

但当第一批燕子回来时,巴尔达荷先生又来了。

接着干。

在炎热的七月中的某一天,这项工程终于竣工了。不过,现在钱也用光了。

讨债的来了,账单也到了,只有旅游者没来。二百间房子都空着。

为了自救,巴尔达荷先生在底层修了个咖啡馆,一个演奏古典音乐的咖啡馆。

可还是没有客人来。

音乐在空无一人的房子里回响着。几个有钱的军官进来,玩上一局台球,又走了。

我们这里的居民不坐在咖啡馆里享受生活,而是站在外边,站在厚重深绿的窗帘遮挡着的窗子前。

我们城市的人在家喝咖啡,然后走到窗子前听音乐,还不用付钱。这种便宜的生活方式挽救不了我们那位宾馆的主人。有一天,他悄悄打点行装消失了。

不管怎么说,我们都挣了点钱。我们还拥有了一座新的宾馆。如果有旅客来,他们可以住在那里,坐在咖啡馆里听音乐。

但是在夏天,在春天和冬天,这幢大房子还是空着。看门人就像一尊石像，一动不动地站在宾馆前。他明显地见老了，身上的纽扣变得越发暗淡，黑色的礼服也发了绿。

那位胆气颇足的宾馆建造者已杳无音讯。蒸气浴还是每天一个劲地往天上冒气，和宾馆、咖啡馆不同，它一直在运转着。

我们的城市很穷，居民没有固定收入，他们靠奇迹活着。许多人无所事事，举债度日。他们向谁借钱呢？借钱给他们的人，自己也没钱了。大家就靠好机会活着。

总会有些事情发生，能给人带来希望，可宾馆的建造却只带来了失望。这年冬天的霜冻来得早，霜情很重，就像杀人犯一样向我们突然袭来。才十一月底就到了 1 摄氏度。鸟儿直挺挺地从树上掉下来，每天早上都能拾到它们。雪在脚步下呻吟。霜冻把我们的皮肤割出上千条细小的口子。炉子里塞满了木柴，风却把烟倒灌进烟囱，我们在房子里差点憋死。不能打开窗户，因为窗户已经用棉花和报纸堵上了。窗框上像是盖了层厚厚的、不透光的水晶壳。冬天真成了一层古怪的大玻璃。

穷人从我们的伯爵那里得到吃的，但那些不能乞讨的人只能挨饿死去，送葬的人跟着尸体跑过街巷。一身黑的车夫抽打着黑马，好让马跑得快些。死者的家人快步跟在死者身后，好像所有的人，死了的和活着的，都急匆匆地往早已人满为患的墓地赶路似的。没地方了！没地方了！——乌鸦叫着。那些贪吃的乌鸦黑压压地挂在光秃秃的树枝上，就像长了翅膀的果子。它们扇动着翅膀，大声喧闹着。它们飞到房前，像麻雀似的用尖嘴啄着冻冰的窗户。它们像坏消息一样近，像不祥的预感一样远。它们在黑色的树枝和白色的积雪上预示着黑色的凶兆。

夜晚那么快地就降临到我们头上。夜里刮着刺骨的寒风，蓝色霜冻构成的天空上，远处的星星眨着眼睛。夜晚把短暂而强烈的晚霞带进房子，把嚎叫的魔鬼带进炉子，把空灵的鬼怪也带了进来。一天当中只有半个小时能见到太阳。太阳模模糊糊，惨惨淡淡，还被冻住的窗框遮挡着。又长又重的冰凌在低矮的房顶上悬挂着，像是死亡的流苏。狭窄的小路映在深深的积雪之中，行人走在高高的白色雪埂上。没有比雪橇的铃声更让人感到快乐的了，听起来几乎就像春之声。霜冻用短短的，但却尖锐有如玻璃似的回声回应着雪橇的铃铛声，到了远处，铃声就变成了嗡嗡作响的苍蝇声。

针叶林是白色平原上的一条黑线，雾气笼罩着远处和山岗。厚厚的窗子下，水汩汩地流淌着。水井四周结成一圈光滑坚硬、异常危险的冰壳。

在这个把穷人变得更穷的冬天里，我们怀着比往日更焦急的心情企盼着来自遥远北京的布里茨先生。他是一位挺有钱的茶叶商。他的牌子(标志图像是一个天使拿着秤)在整个世界都有名气,而且他卖的保证是正宗的中国茶。

布里茨先生一来,大家的日子都会好过些。他在我们这里待两个星期,给父亲上坟,看望死了的和活着的亲戚,也拜访不认识的人。富人邀请他,他邀请穷人。

每到冬天,隆冬时节,霜冻最厉害的时候,他都来,就像上帝的使者一样。所有的人都为他的到来和离去祝福。

我不知道,这里的人是从哪里得到他要来的消息。总之有一天,人人都知道了。火车只有星期三才到我们这儿。一到星期三,人们就想:还有两星期他就来了!还有一星期他就来了!

火车是傍晚五点二十五分到的。在这个季节里,夜幕早就该降临,百叶窗早就该关闭,而人们早就该进屋了。但这一天不是。百叶窗还开着,所有的房子都亮着灯,所有的窗户都被灯光照亮,灯罩被擦得锃亮,散发出它所有的光芒。一架架载人雪橇滑过通往火车站的笔直马路,扔下黑乎乎的身影,停在那里,形成了一条漂亮的弧形曲线。马的鼻孔冒着蓝色的雾气,马蹄在冰上跺着碎步,马儿不耐烦地嘶鸣着。车夫搓着双手,不停地哈气。人们站在柜台前喝烧酒取暖,像马儿一样跺着靴子。

站长出来了。冰挂在他金色的八字胡上。他报出车次，候车室的门都开了。人们听到站台上响起了信号声，火车进站了，车头的蒸汽哧哧作响。下车的旅客中就有布里茨先生。

他真的是帅气魁梧！穿着多棒的一件海狸皮和海豹皮大衣啊！脖子上还围着一条那么漂亮的丝绸围巾！

他不显疲惫。刮得光光的脸上没有皱纹。他的皮肤呈棕色，泛着红润的光泽，深色的眼睛明亮而有神。他从厚重的皮手套里抽出大而修长的手，和所有的人握手。

车夫都围着他吵，都想让他乘自己的车。要是他把孩子们都带来就好了，可以分坐在好多雪橇里！他行李带得不多，只有一个箱子！他无法分身，不能把两条腿伸到十架雪橇上。他坐上第一辆雪橇，其他的都跟在后面，一排排的小铃铛叮当作响！他从雪橇上下来时，得给所有的车夫付钱。这无所谓！他有钱！

现在我们有了新宾馆，布里茨先生对舒适的设施感到满意。“这家宾馆就是为您建造的。”市长在我们城市举办的一次盛大晚宴上这样骗他说。也许布里茨先生会相信。

他租了底层的五间房，接待穷人，分给他们钱。他每天都乘不同的雪橇出行。他缓解着冬天的严寒，给人们送去木头和煤炭，面包和鲱鱼，茶叶和奶油，给病人买来南方的红酒。他像一百个夏天一样温暖着世界。

他离开这里时,把幸运留给了别人。不过,他看起来已经不像来时那么精神了。他疲惫而沮丧,皮肤泛白,眼睛不再明亮而有神。行善使人如此劳心。

这一年,布里茨先生给我们这儿留了那么多钱,使得我们终于可以准备考察地下通道的装备所需了。多年来,我们一直幻想此事,并希望就此彻底摆脱我们永远的贫困。

据说,这些地下通道是17世纪修造的。从市中心教堂一直通到伯爵的宫殿,它经过许多老房子的地下室,埋藏着大量的金银珠宝,那都是在过去的战争时期,为躲避各种各样的敌人而藏起来的。

我们在地下有大量的金子,我们只不过在地上很穷。我们的挖掘工作能让所有的人富起来。那样,我们就用不着干活了。城里每个居民都能得到足够的钱,使自己和自己的孩子们衣食无忧。

我们缺的只是能让我们得到宝藏的钱,包括一些设备、防毒面罩、特殊仪器。我们特别缺少的是敢于把自家性命搭上去的勇敢的男子汉。给这些人要付好价钱。我们城市有钱心善的人(比如伯爵先生)对此一直持怀疑态度,他们不相信地下有宝,他们也不相信我们地下通道的科学价值。

现在我们终于有钱了。

春天到来时，我们整天都在街上闲逛，谈论着地下的秘密。在街上每走一步，都觉得是踩在金银珠宝上。这是一种怎样的感觉啊！在那些日子里，每个到地下室取梯子、拿酒、拿醋和其他东西的人，都怀着一种崇敬的心情。每个人都动了自己挖宝的念头。有的人夜深人静时干，许多人敲打自家的墙壁，想找到空心的地方。有人听说，某某或某某已经在自家的地下室里发现了宝物。每个人都变得多疑起来。有段时间，所有的人都开始抱怨日子过得艰难，为的就是不让别人怀疑自己发现了宝藏。但抱怨得越多，就越显得可疑。有段时间，人们不再给乞丐施舍。因为人们认为，正是这些人发现了金子和银子，他们乞讨的目的就是为了掩盖自己找到了宝物。商店都空着，谁都害怕因为买个东西就被别人怀疑发了不义之财。当人们注意到，他们的抱怨也受到别人的怀疑时，就干脆闭上嘴，再也不敢言声了。人们日常几乎不再互致问候。要是两个人悄声说话，别人就会用手指着他们，称他们为百万富翁。

有一天，来了一位历史学教授，带着助手、提灯、防毒面罩。房子上贴了布告，说是市政府正在寻找胆大的男人和工人。

潘达莱洙报了名，还把我也捎上了。干墓地里的活，我们是行家。因此，从这方面说，我们已经习惯了干地下的活儿。

我们要求他们预付工钱，因为我们害怕会死在通道里，而且是白死。我们把工钱埋在了旧坟那排的第四座墓里，写了遗书装在口袋里。潘达莱沫把钱留给了伯爵，而没有给自己的家人。我想了很久，该把钱留给谁。我为自己的世界旅行存了点积蓄。我把钱最后留给了去墨西哥的兄弟。

我们早上五点钟起的床。那天是五月十号。鸟儿欢叫着。我们十个人带着钉耙和铲子，穿上了高筒靴，走进严颇勒先生家的地下室，打开一扇钉死了的门，来到地下旅行的出发点。

天！那个臭啊，我再也忘不了那种气味。有坏土豆和烂草的味，菌臭和霉味，还有点像秋天下雨时树林里的味道。我们用专用灯照着路和墙。我们发现了骷髅，箱子。教授记录了所有的一切。水从石墙上滴滴嗒嗒地流下，墙上沾着白色的黏糊糊的东西。我们碰到了石棺、铭文，但就是没有发现金子、银子和宝石。

我们干了整整一天。回到地面上时，已到了掌灯时分。我们来到了宫殿附近。

又挣到了钱，我们把原来的钱刨了出来，和积蓄放到了一块儿。

城市平静下来了，人们不再疑神疑鬼。走街串巷的和沿街叫卖的又出现在巷子里，乞丐的日子也好过了。

尽管如此,有位勃兰德斯先生还是犯了错。

他二十年前移民去了伦敦,发了财,娶了一个红头发长雀斑的英国女人,自己也有了将军肚,身上挂着沉重的表链。

现在他回来了。他的钱多得像草,人们这么说。那么他到我们这穷乡僻壤来干什么?为什么不待在伦敦?

不,他回来了,他成了英国文化的先锋。他要向我们展示,怎么在世界上做生意。他从镇上买了块空地,买下了我们的“空地”,那儿有移动的旋转木马,有动物展览,魔术师也老在那儿搭帐篷。那儿长满了灰白而忧伤的小草和黄色的小花,那一片像是由亲爱的上帝确定下来的空地,是我们的空地,不得做它用的。

勃兰德斯先生建了所房子,不像我们的宾馆那么高,可也总是个有那么一层的房子。特别奇怪的是它没有窗户。人们相当纳闷。没有窗户,那勃兰德斯先生怎么活?难道伦敦人生活在漆黑的小屋里?

当脚手架拆掉,一面面白墙矗立在那里的时候,它没窗户,模模糊糊,平平整整,没有石膏花纹和装饰——这也正是大家所期待的——谁也不再怀疑勃兰德斯先生的怪诞了。

其实,勃兰德斯先生并没有人们想的那么怪诞。他造的不是住房,而是仓库,是百货商店。也许他在伦敦见过这么一个!

约瑟夫·罗特生平简表

1894 年 9 月 2 日	出生于奥匈帝国东部边境小城布朗迪(今属乌克兰)
1905—1913 年	在布朗迪上德语小学及文理中学
1914—1916 年	在林伯格大学及维也纳大学上学
1916—1918 年	参加第一次世界大战
1919 年起	作为记者,为维也纳、柏林、布拉格的报纸和杂志撰稿
1923 年起	为《法兰克福报》撰稿
1923 年	出版第一部小说《蛛网》(*Das Spinnennetz*)
1924 年	受《法兰克福报》委托进行波兰之旅。出版小说《萨沃伊饭店》(*Hotel Savoy*)、《反抗》(*Die Rebellion*)
1925 年	第一次法国之旅
1926 年	受《法兰克福报》委托进行苏联之旅
1927—1929 年	发表杂文《漫游中的犹太人》(*Juden auf*

	Wanderschaft)。出版小说《无尽的逃亡》(*Die Flucht ohne Ende* ,1927)、《齐珀与他的父亲》(*Zipper und sein Vater* ,1928)、《右与左》(*Rechts und Links* ,1929)、《沉默的先知》(*Der stumme Prophet* ,1929)
1930 年	出版小说《约伯记》(*Hiob*)
1932 年	出版小说《拉德茨基进行曲》(*Radetzkymarsch*),半年内再版五次
1933 年	因犹太出身和反对纳粹,被禁止在德国出版作品
1933—1939 年	流亡国外,陆续出版小说《塔拉巴斯》(*Tarabas*,1934)、《皇帝的胸像》(*Die Büste des Kaisers*,1935)、《百日》(*Die Hundert Tage*,1936)、《假秤》(*Das falsche Gewich*,1937)、《先王冢》(*Die Kapuzinergruft*,1938)、《一千零二夜》(*Die Geschichte von der 1002. Nacht*,1939)、《一个虔诚酒徒的传说》(*Die Legende vom heiligen Trinker*,1939)、《列维坦》(*Der Leviathan*,1940,罗特去世后出版)等
1939 年 5 月 27 日	客死巴黎

孩子玩手机，家长怎么办

朱煦◎著

漓江出版社
·桂林·

图书在版编目（CIP）数据

孩子玩手机，家长怎么办 / 朱煦著. -- 桂林：漓江出版社, 2022.9（2023.9重印）
ISBN 978-7-5407-9264-0

Ⅰ. ①孩… Ⅱ. ①朱… Ⅲ. ①移动电话机－影响－青少年－家庭教育－研究－中国 Ⅳ. ①G78

中国版本图书馆CIP数据核字(2022)第102758号

孩子玩手机，家长怎么办
HAIZI WAN SHOUJI，JIAZHANG ZENMEBAN

作　　者　朱　煦

出 版 人　刘迪才
策划编辑　杨　静
责任编辑　林培秋
装帧设计　红杉林文化
责任监印　黄菲菲

出版发行　漓江出版社有限公司
社　　址　广西桂林市南环路22号
邮　　编　541002
发行电话　010-85891290　0773-2582200
邮购热线　0773-2582200
网　　址　www.lijiangbooks.com
微信公众号　lijiangpress

印　　制　香河县闻泰印刷包装有限公司
开　　本　880 mm × 1230 mm　1/32
印　　张　9
字　　数　200千字
版　　次　2022年9月第1版
印　　次　2023年9月第2次印刷
书　　号　ISBN 978-7-5407-9264-0
定　　价　58.00元

目录

第二章　手机 · 内容

第三章　手机 · 误区

第四章　手机 · 方法

推荐序 1

善用手机，健康成长

十几年前，很多家长因为无法处理好孩子过度使用网络的问题而深陷烦恼，甚至要求助精神科医生、心理咨询师、“戒网瘾学校”。近年来，情况有了变化。“网瘾”这个词，更多地被“手机依赖”所替代，因为过度使用手机和网络而造成亲子冲突，甚至家庭矛盾的新闻，时有报道。似乎手机和网络的过度使用，成为很多严重家庭问题的促发因素。

2021 年 5 月 11 日，国家统计局发布的《第七次全国人口普查公报》中，中国大陆的人口数量约为 14.12 亿。2021 年 8 月 27 日，中国互联网络信息中心（CNNIC）发布的第 48 次《中国互联网络发展状况统计报告》中显示，截至 2021 年 6 月，我国网民规模达 10.11 亿，互联网普及率达 71.6%。这样高的比例说明，手机和网络的使用已经是人们日常生活中不可缺少的一部分了。人们每天除了打电话、传递信息来进行社交外，还用手机和网络完成购物、打车、订票、缴费、开会、上课、投资、看书、听音乐、监控等无数事务。第十八次全国国

民阅读调查的结果显示，2020年中国成年人人均每天手机接触时长为100.75分钟。移动数据和分析公司App Annie发布的《2022年移动市场报告》显示，2021年全球移动设备使用时长为3.8万亿小时，创历史新高。在分析的十大热门市场中，移动设备每用户每日平均使用时长为4.8小时。

手机的频繁使用，已经是人们的生活常态。手机的功能覆盖了生活的方方面面，极大地改善和丰富了人们的生活和工作。这样巨大的变化，给个人成长、家庭生活、亲子教育都带来了资源和机会，同时，也带来了意想不到的巨大挑战。

很多家长很高兴，可以利用手机让孩子听故事、练习英语、开发智力，也可以让孩子看会儿动画片、玩会儿游戏，开心一下、放松一下；也有很多家长担心使用手机带来的各种副作用，比如视力下降、游戏成瘾、学习退步等。在手机使用如此频繁的今天，到底该如何让孩子学会合理使用手机呢？这是一个没有教科书、没有正确答案的问题，却是家长，尤其是学龄儿童和青少年的家长的困扰。

朱煦老师，有着三十多年的媒体工作经验和非常丰富的家长咨询经验。他言谈睿智、声音亲切、笑容温暖，总能让听众、观众、读者在轻松的状态中，获得新的理念，掌握新的方法。对于孩子使用手机的问题，他思考了多年，也亲身实践了多年，从而积累了丰富的经验。他用单篇千字文这种

便于阅读的写作方式，用亲切通俗的行文，击中家长管理孩子使用手机中的真实痛点，从“时间、内容、误区、方法、价值、风险”六个方面，详细阐述了有关手机使用的亲子教育新理念和新方式。如果家长能反复阅读、深入理解、尝试运用的话，我相信，这本书会帮助家长和孩子改善亲子关系，让孩子学会与手机健康相处，也更好地实现全身心的健康发展。

刘　丹

2022 年 1 月 22 日于北京双清苑

刘丹，清华大学学生心理发展指导中心副主任，北京大学心理学系临床心理学博士，中国社会心理学会婚姻与家庭心理学专委会副主任委员。

推荐序 2

手机到底是个什么“机”

受到朱老师的邀请，为这本关于手机和教育的书写序时，我毫不犹豫地答应了。孩子沉迷手机？只要亲子关系足够好，这个问题不存在的！来来来，正好给大家讲讲我是如何把手机放在娃面前，结果娃却把它扔在一边，不屑一顾的。

结果，不到两周，正在出差的我收到孩子外婆的一条信息：冬瓜动不动就抱着手机看，我已没收，待你回来处理！

自信满满的育儿经还没来得及写下来分享，我就被现实“啪啪”打脸，使得这篇序也被催了几个月才姗姗来迟。

这次“打脸”的经历，促使我开始回顾我家娃和手机的相处过程。他为什么以前对手机没有兴趣，又为什么忽然开始“沉迷”于它？这样的变化到底是什么原因造成的？作为家长的我该如何对待？手机，一项现代社会的伟大发明，一件现代人片刻不离的“身体延伸物”，到了青少年教育中，怎么就变成了洪水猛兽呢？

冬瓜最开始拥有手机，大概是在5岁多。那时我常常出差，而他希望能方便地和我联系，“和妈妈说点小秘密”。我觉得要求合理，就答应了。我给他买了手机，办了张亲情卡，还注册了个微信号，设置成青少年模式；小家伙就开始了自己的“手机生活”。

我们并没有对玩手机时长之类的规则做约定，因为我觉得，一旦过分强调了，反而像是在默认，手机就是很容易让人沉迷的。

不知道是不是因为没在手机里装太多APP，他倒的确不会在手机上花太多时间。后来我出差频率降低，常常能在家陪他，当朱老师向我发出写序邀约时，我和小家伙竟然都想不起来手机放哪儿了。找到的时候，它早已没电。

作为一个男孩子，他觉得我给他买的那些玩具枪炮、飞机、火车，比手机好玩多了。他每天乐此不疲地用沙发靠垫、被子，甚至快递盒子搭建“掩体”，扛着玩具枪穿梭其中。有时候他还会邀请我来跟他一起“演习”，甚至还会背台词，把电影里的一些片段原封不动地演出来。

原来，有用、有趣才是一个人应该追逐的根本价值；至于手机，可能只有当外界反馈失灵或不足时，才会“乘虚而入”，成了“电子保姆”“电子安慰”。

那时的我就是这么想的，也觉得，按照这样的剧情发展

下去，手机可能不会成为我育儿中的一个问题。

谁知，没过多久，冬瓜也开始“沉迷”手机了。

一方面，去年年底，我公务缠身，工作日甚至休息日都在连轴出差，难得陪在他身边；在家时，也经常是故事讲了一半，工作的电话铃就响。娃听故事听到一半被打断，又不能“打扰妈妈”，只能百无聊赖地刷手机。

另一方面，他强大的探索能力，“解锁”了一项手机的有趣功能——AR 拍摄。

他发现，明明是自拍，却能让自己“凭空”就戴上眼镜、画上脸谱，甚至画面上的卡通形象还会随着他的挤眉弄眼，变换出不一样的卡通表情。

于是，他乐此不疲地拍了一条又一条，见个新朋友就演示一次，在别人羡慕的眼神里洋洋自得。

要干预吗？我不想去强迫冬瓜。“也许祛魅就好了，让他知道，这功能没啥稀奇的。”

这么想着，我找了个机会，跟他详细解释了一下这个 AR 趣拍的原理——识别人脸，定位五官，把随机图像叠进画面，如此一来就有了他看到的有趣的 AR 拍摄。

我还顺便告诉他，这就是人工智能 AI 的一个“应用场景”，而妈妈的工作就是理解技术，然后用这些技术策划好玩

的内容。

“你的工作真好玩！”他投来羡慕又带点钦佩的目光。

几天过去了，他还是会时常抱着手机玩 AR 拍摄，只是没那么兴奋了，玩的时间短了许多。

到了春节的时候，我们去了上海自然博物馆。在博物馆里看得正起劲呢，他不知道怎么的，忽然想起了手机——“快把手机给我！”

“你又要玩手机？在博物馆你还玩？我要没收了哦！”我不太开心。

“妈妈，你不要冤枉我，我只是想试验一个好玩的。”看他一脸委屈，我只好把手机递上。

没想到，他用手机对着动物标本里一只狮子的脸，进行 AR 拍摄。

“你在干吗呢？”我问。

“我想试一下，狮子的脸、老虎的脸、猴子的脸能不能扫出来。”他边说边认真地用手机扫着，“为什么都扫不出来呢？原来真的只能识别人的脸呀。那人的脸和动物的脸，机器是怎么区分出来的呢？不都是有眼睛、有鼻子、有嘴巴吗？猴子不是跟人最像吗，为什么也识别不出来呢？而人和人长得那么不像，为什么只要是人，就都能识别呢？……”

于是，那天的参观自然博物馆，后半段就变成了一段关于“人工智能人脸识别”的亲子讨论。他的问题差点儿把我问倒，差点儿需要现场求助算法工程师同事了。

不过从那天之后，我发现，他似乎忽然就对 AR 拍摄失去了兴趣。

“唉，那有什么好玩的，不就是人脸识别嘛。”几周后，当我小心翼翼地问他怎么不玩了的时候，他一副“你怎么那么没见过世面”的样子，回撑了我。

有意思！如果不是有台手机，如果不是他“沉迷”手机，不知道要到几岁，要在什么时候，我才会跟一个小屁孩去讨论人工智能，讨论人脸识别，讨论“多像的东西才能算成一类，多不像才不算成一类”这样的“科技 + 哲学”问题。

手机，有时候看起来像危“机”，有时候却变成了契“机”。

就这样，手机还是让他用的，但我开始跟他约法三章。比如每天用手机不超过 20 分钟，这是为了保护眼睛；不能因为要用手机，就打破原定的时间规划——写作业、练钢琴等。他好像遵守得也还行。

我出差的时候，他就用手机给我留言。留言的内容有时候是自己和同学发生了小矛盾，有时候是今天被老师表扬了，有时候是被其他人冤枉了觉得委屈，有时候是撒撒娇问我什么

时候回家陪他……因为出差日程太满，手机好像也不太能起到“即时沟通”的作用，反而像是个“树洞”，娃有什么想跟我说的，就来说上几句，等待我的回答与安慰。

我心想，比起两地分离无法沟通，这种沟通方式还是好了许多。这也算是手机对亲子情感沟通的弥补吧。

不过，某次出差回来，我却在我的书桌上发现了很多他画在便笺上的“小画”：有的画了一颗爱心，两头分别牵着妈妈和冬瓜；有的画了一道彩虹，是爸爸妈妈拉着冬瓜一起看彩虹；还有的歪歪扭扭地写着：I miss you , Mom.

我问他：“这是什么呀？”

他说：“我想你了的小画。”

我又问他：“不是每天都在用手机发信息、视频通话吗，怎么还想着画画呢？”

你知道娃怎么说吗？

他说：“妈妈，我发现有些话好像是在手机里不能说的，也说不出来的。只有画下来，我才觉得你一定会收到。只有画下来，我才觉得很开心。为什么会这样呢？”

真的是太有意思的话题了。

那个下午，我先是带着他回顾了人类历史上通信方式的变化，然后又跟他说了“驿寄梅花，鱼传尺素”的浪漫，还跟

他提了提“媒介即讯息”这么一句高深莫测的话。

他似懂非懂地看了看我，然后说：“嗯，我懂，就是有些话在手机里说，就没有那种暖暖的感觉了，必须要画下来，给妈妈一个惊喜，让妈妈在纸上看到……”

说实话，那一刻我想的反而是：如果不是用过了手机，那么他到底会在一个什么样的机缘下，才会对“媒介即讯息”这类问题产生懵懂的好奇和感觉呢？

其实，手机到底是“危机”还是“契机”，完全在于我们家长如何去看待和把握这个“时机”了。

冬瓜和手机的故事还在继续。

不可否认，他真的有“玩过头”的时候，那就按照我们提前说好的，没收手机一段时间。毕竟，孩子的自控力在这种抓住用户心理的手机应用面前，有时候是失灵的，这时候就需要家长从旁来“帮个忙”。

娃会“哭着闹着”要玩手机，也会“心不甘、情不愿”地接受手机被大人暂管的事实。

当然，我们也会找时机再把手机还给他，让他再次尝试自己安排用手机的时机和时长。我们提前说好规则，做到了奖励，做不到就再次“大人协管”。

可以预见的是，这种拉锯、尝试，一定会持续很长一段

时间。对大人而言，烦恼也好、纠结也好、担心也好，肯定会伴随我们养育孩子的全过程。

但就像家长、孩子、手机之间的这种不断尝试、不断调整、不断平衡——左一会儿右一会儿、快一会儿慢一会儿、前进一会儿倒退一会儿，螺旋式进步和上升，不也是世界的真相吗？

没收手机，看起来“一劳永逸”地解决了问题，但这种解决问题的思路，跟扔给孩子一个“电子保姆”——手机，让他安静闭嘴，其实是一样的简单粗暴。

孩子玩手机并不可怕，可怕的是，父母不知道应该如何参与到孩子玩手机的过程中去，无法感受孩子在手机里得到的乐趣，更无法和孩子就手机衍生出来的各种问题进行探讨、争论和分享。说白了，父母对孩子玩手机的愤怒，大概有不少是来自对孩子可能“沉迷手机”的莫名恐慌，以及害怕自己将无所适从、无法干预的慌乱。

想想当年那位被养在皇宫里的王子，他的父母正是因为害怕孩子会远去的预言成真，才试图将他隔绝在一个绝对安全的宫殿里。

然而，王子终将长大，也终将看到真实的世界。

在突然见到生老病死的那一刻，他反而有了更大的震惊，更大的烦恼……最终，他还是离去了，顿悟，证道。

手机的“机”，可以理解成危机的“机”，但也可以是和孩子沟通交流、了解孩子的“机”；是让孩子了解我们、了解世界的“机”。

手机的“机”，其实，是机缘的“机”啊。

周劼人

2022 年 4 月 2 日

周劼人，新华智云科技有限公司副总裁。曾任新华社记者、编辑，获新华社历史上最年轻的十佳编辑记者；曾参与创办国家通讯社第一个关注新经济领域的人物专栏《亚太新经济人物》；曾参与创办医疗大数据类准独角兽企业；曾任多家广播电台、电视台评论员。

自序

在绝大多数家长的眼里，手机就是魔鬼；在全社会的认知里，手机也或多或少地被视为洪水猛兽。我曾见过学校倡议全体学生“远离手机，勤奋学习，健康成长”的标语，这熟悉的句式仿佛在说“手机＝毒品”。你仔细推敲这十二个字，合乎常识、逻辑吗？手机≠毒品，不用手机≠勤奋学习，使用手机的孩子照样茁壮成长。家长们对手机的恐惧，本质上还是在拒绝时代。手机确有魔力，包含着科学技术对人类的馈赠，不只对孩子有魔力，对家长不也是魅惑？打开魔盒，还是消灭魔鬼，对家长来说是考验。

我们的目标是让孩子拿着手机，学会与之健康相处。

手机的危害很多是臆想出来的。手机开始进入青少年生活而引发严重负面影响的比例有多高？大部分人（青少年）都经历了与手机初遇时的沉迷，然后就像审美疲劳一样习以为常。在手机没有到来之前，与之类似的手抄本、动画片、游戏机的干扰其实一直都在，还有打弹球、拍纸壳、抓拐等传统游戏的诱惑。其原理都一样，迎合青少年成长过程中的趣味需求。

家长陪伴孩子逐渐养成与手机健康相处的习惯，其中存在三个难点。

一是强度，即使用时长和频次。通常孩子 10 岁左右开始拥有智能手机，平日每天半小时，周末节假日每天 1 小时，基本属于合理范畴。底线是夜间必须实行手机“宵禁”，保护视力与睡眠，即使为了作业也绝不允许。

二是内容，即涉猎范围。例行检查与软件管控相结合，但不要求孩子提供手机密码。要充分认识到，孩子的兴趣超出你的想象，从来不玩游戏不等于安全，刷短视频不等于糟糕，观看自伤内容比浏览涉性内容更恐怖。

三是平衡，即亲子的共识。不少家长的意愿是一周玩手机半小时，孩子的意愿是每天玩手机三小时，这就没法“谈判”了。平衡是要找到可以相互妥协、能够执行、又有限度的点。家长要针对自家孩子确定谈判筹码，成绩很好与成绩一般应有区别，偏好内容不同应有区别，家庭经济条件不同应有区别。贵在谈，而不在逼。

手机可以是魔鬼的化身，也可以是创新的起点或者情绪的减震器，还可以是亲子沟通的信机。在孩子青少年阶段，消灭手机是螳臂当车的想法，凭紧箍咒管控貌似有唐僧的慈悲。不如多一点智谋，摇摇羽扇，放这个“魔鬼”进来。

写这本小册子，从起念到完稿不过一个多月时间，但关

注家长、孩子、手机三者的关系已经数年。三者关系是“拔河模式”——家长孩子拔手机，也是三角关系——家长与孩子、孩子与手机、手机与家长，挑战家长的智慧，也区分家长的理念。

我选择单篇千字文汇集的方式，是为了家长阅读方便。我选择唠唠叨叨的行文，是为了通俗细致。我选择很小的切口，是为了触及家长的真实痛点。所以，这本小册子通读、选读皆宜，超前读和回溯读（对应孩子年龄阶段）都无妨。家长读时频频点头我偷着得意，家长读时愤愤捶胸顿足我偷着反省。做这件事的想法很简单：给家长多一些视角，多一些攻略，多一些智谋。

家长执拗要同“手机·孩子”联盟对抗是徒劳的，有底线的妥协才有出路。

这本小册子在家长没有读明白之前，先不要与孩子共读。等自己消化了，不妨给孩子看看，别担心孩子得理更“猖狂”。

期盼家长们都能翻一翻这本小册子，让孩子拿着手机在您的陪伴下，学会与手机健康相处。

朱煦

2021 年冬　北京双花园南里

第一章

手机·时间

手机使用中的时间问题，是家长与孩子争夺的第一个焦点。

★ 什么时间给孩子买手机？

★ 如何规定孩子每天使用手机的时间？

★ 周末及其他假期用多久？

★ 个性化时段孩子使用手机时间的松紧度如何把握？

……

相信这些疑问，家长可以在本章中找到答案，解决孩子使用手机的时间问题。

01 手机买晚了麻烦多！

晚一点给孩子买手机，是不是真的能推迟且减少负面影响呢？很遗憾，仅仅是推迟了影响，但同时也积累了更多、更严重的隐患。

对于每一位家长而言，何时给孩子买手机，是一件很纠结的事情。

一位妈妈跟我说：“我身边的朋友都说不能买，我家孩子初一了，我坚持着没买！”

另一位妈妈跟我说，她上初一的儿子对她讲：“妈妈，我们同学都说您和我爸真厉害，就是不给我买手机。”孩子边说还边竖起拇指。妈妈强调，她理解孩子，内心很犹豫，但是爸爸坚决不让买。

两位妈妈都说，她们孩子周围的同学大多数早两年就已经有了属于自己的手机。她们的孩子不得不眼巴巴地望着小伙

伴，很不甘心地听着这些“赞扬”。

以我这几年在讲课中对家长的了解，家庭给孩子买手机大多是在孩子小学四年级的时候，即10岁左右。也有极个别家庭在孩子一年级时就买了，还有一小部分家庭坚持到初中，甚至到高中还没买。我印象最深的是几年前，一名孩子在某著名中学读高二，其家长问我，家里能安宽带吗？我当时很震惊，赶紧回答：“安！赶紧安！”这位家长接着问，宽带能安在孩子的屋吗？我：“……”

我不知道后面的故事，也想象不出来Wi-Fi如空气般弥漫在家庭每个角落的今天，生活空间全方位被4G、5G信号覆盖的当下，那位家长该如何严防死守？

对于今天的家长而言，给不给孩子买手机就是检验家长有没有能力适应移动网络时代，是否相信孩子能与手机健康相处。

进入这个时代，孩子到了一定年龄还没有自己的手机，就算是可以用爸爸妈妈的手机，那也如同在高海拔地区呼吸——缺氧，有个氧气瓶还是爸妈吸剩下的。

进入这个时代，孩子若没有属于自己的手机，与同伴交往时可能不由自主地自卑，远比没有名牌球鞋要严重得多。普通胶鞋不影响走路，没有手机却寸步难行，难道让孩子用儿童电话手表替代手机？

进入这个时代，信息的获取与思维的形成，受到以手机

为代表的载体的深刻影响。如果把载体给消灭了，工具、材料、加工场景等也不复存在，孩子们该如何学会那些本可以随手习得的能力呢？

进入这个时代，手机还是情感交汇的一个枢纽，是个体于群体中的存在符号。成人的身份识别都已依赖一串11位数字，那没有手机的孩子岂不就成了没有身份的个体？

或许会有很多家长认为，手机似魔鬼，早一天放进来，孩子就多受一天的毒害。我还真看到过某次活动的横幅上醒目地写着：远离手机！！！

若如家长所愿，晚一点给孩子买手机，是不是真的能推迟且减少负面影响呢？很遗憾，仅仅是推迟了影响，但同时也积累了更多、更严重的隐患。比如，年龄段不同，建立使用手机的规则难度不一样。所以到了初中家长才给买手机，孩子很可能会报复性地加倍使用手机，补偿那些年不能使用手机的遗憾。再比如，晚买手机，最初的适应期有可能恰逢青春期、小升初适应期，这时候若孩子出现问题，很难说清是哪一个期在“作怪”，加剧了亲子沟通的难度。

我的观点是，在这个时代，反正迟早要给孩子买手机，倒不如在合适的时候（比如小学四年级左右）进行，提前与孩子沟通好使用手机的规则，既表达了对孩子的信任，也可以从一开始就让孩子学会与手机健康相处。

02 每周 20 分钟，吊胃口呢？

我相信，孩子是可以自我控制，合理使用手机的。

每周“投喂”20 分钟并非我杜撰，而是一位家长亲口得意地告诉我，他们家是这么执行的。这里所说的“投喂”时间，就是孩子可以使用手机的时间。

简单算一下，每周 10080 分钟，扣除睡觉时间 3780 分钟（按每天 9 小时，实际达不到），扣除在校时间 2700 分钟，剩余 3600 分钟，那孩子每周被投喂时间（20 分钟）仅占剩余时间的 0.56%。做完这道算术题，家长或许能感觉到，孩子玩手机的时间其实少得可怜。如果每天玩 30 分钟，那么这个占比就可以上升到约 5.8%，而且也低于每天用于洗漱、用餐的时间占比，相对合理。

为什么要如此严格地控制孩子每天使用手机的时长呢？有家长认为，这样一来孩子对手机就没有什么念想，反正一周只玩 20 分钟，几乎可以忽略不计，时间久了，孩子就习惯

了。事实真的如此？我觉得恐怕会是相反的效果，孩子在一周醒着的每时每刻都在热切期盼这20分钟。家长也许会反问，照这样说，就算改成每天20分钟，每周时长变成原来的7倍，孩子对玩手机难道就没有那么强烈的渴望了吗？我们所有经历过物资紧缺的人都能明白，以前过年才能吃饺子，饺子是稀罕物，而现在天天都能吃饺子，谁还会看到饺子就兴奋呢？

在咨询中，家长常常问我：孩子玩手机的时长控制在多久较为合适，尤其是孩子有了自己的手机之后？我给出的使用手机时长的参考建议是：

> 小学生平日每天30分钟为上限，周末每天60分钟为上限，寒暑假每天90分钟为上限；
>
> 初中生平日每天30分钟为下限，周末每天60分钟为下限，寒暑假每天90分钟为下限；
>
> 高中生原则上双方先协商，视孩子个体与家庭情况而定。

以上建议是结合我多年的家庭咨询案例的经验给出的，既不影响孩子的学习，又能满足孩子使用手机的需求，供家长

参考。之所以分成小学生、初中生、高中生，是因为不同年龄段对手机的需求不一样，使用时长自然也要有所区别。

小学生处在接触手机等电子产品的初期阶段，协商余地比较大。他们使用手机的诉求主要是游戏、短视频、动画片等。有些小学生还延续了学龄前的习惯，例如喝奶时要看动画片等，所以在这个阶段，一定要设定上限，让孩子建立使用手机的规则，改正不良习惯。

初中生使用手机的诉求比较庞杂，除了游戏、短视频，还有影视剧、网络小说、电竞、聊天、购物等，所以设定合理的下限非常必要。需要强调，这并不是让家长支持初中生对手机的所有诉求，而是要客观承认他们的实际需求。

高中生的情况很复杂。虽然高中生学习任务紧张，但他们有一定的自控能力。所以家长可以合理地满足他们使用手机的需求，而不是通过“切断食物供给来锻炼其看着食物不恶扑”的能力。具体到使用手机的时长，家长和孩子可以坐下来协商后再决定。

在咨询中我也遇到过一些个别案例，一位家长在孩子小学一年级就给买了手机，孩子到了五六年级大多数时候都能适度自控，如果觉得自控力不足时，会主动把手机交到家长手里，请家长暂时代管。这也说明，孩子是可以自我控制，合理

使用手机的。所以我的建议是，不妨相信孩子，让孩子既有手机可用，又受到一定的制约，逐渐适应规则进入良性状态；告诉孩子，如果出现阶段性失衡就求助家长，自控力恢复了再继续良性地执行规则。

03 用计时器，让孩子放下手机

一个小小的计时器，或许就能开启您和孩子达成共识的心门。

在咨询中，不少家长会问我，跟孩子约定了使用手机的时长，例如 10 分钟、15 分钟、30 分钟等，可时间到了孩子根本停不下来，说辞很多——一局游戏没结束，电视剧或小说刚好到了悬念之处，再宽限 3 分钟看两段短视频；或者趁家长忙不过来，装作时间没到，忘我地继续。一位家长苦不堪言地向我诉说："我总得去厨房做饭吧，总得去洗衣机那儿处理衣物吧，有时候分身接个电话、上线处理个邮件等，孩子就趁机敞开了玩，特别让我抓狂。"

这里涉及一个问题，我们用什么方法来保证孩子到了约定时间就放下手机。在此，我推荐一个叫停神器——计时器。计时器最常出现在厨房，但如今手机自带计时器，传统计时器多被冷落，很多家庭都找不到计时器了。过去三年带外孙的经历让我发现，即使 1 岁的孩子，多次听到计时器的铃声，也能

逐渐建立时间与履行约定事项的对应关系。该吃午饭了，让他去洗手，他会说还要玩，那我们就会跟他说，再玩 3 分钟（现在 3 岁多了，他会讨价还价要求 5 分钟），然后用比较夸张的动作让他看到设置计时器的过程。待计时器铃声响起，他就会停止玩耍，去洗手吃饭。计时器的铃声形成的条件反射是事先约定好的指令，对应的是停止玩、去洗手。当然也会出现耍赖的情况，那我们就将孩子耍赖的行为关联到说话算不算数，下次就没有“再玩 3 分钟”的机会了，以此建立初步的规则意识。

我是想用上面这个例子说明计时器的功能非常关键。计时器特定的铃声会让听者形成刺激性记忆，从而产生下意识响应的效果。就像候机时，起飞前的最后一段广播，即便不听具体内容，你也知道是马上要起飞了的提醒。

计时器铃声是电子合成的音效，不带主观色彩，没有情绪。而家长的催促是主观的，带有情绪色彩，既不固定，又不悦耳，很容易放大家长的主观意志而令孩子生厌。因此，如果家长坚持要亲力亲为地催促，就要设法和颜悦色地施展“催停妙法”。

计时器具有可亲性。计时器的铃声及外形（部分附带光影设置）多种多样，家长可以在这上面花些心思，先用声音和外观引起孩子的兴趣，让孩子接受计时器，说不定哪一天习惯成

自然，孩子就会自己来定计时器。

在这里我们讨论了一个工具，其目的是要给家长传递一个理念：行为、习惯、意识的养成，不是讲一番道理，一朝一夕就能达成的，而是要依靠工具，依循方法，日久方可习得。

孩子一玩手机就停不下来，家长生气发火，缺乏的恰恰是对问题的研究和对解决方法的思索。讲道理必不可少，但只讲道理难免苍白。不妨按照我说的试试，一个小小的计时器，或许就能开启您和孩子达成共识的心门。

04 节假日一天嗨 2 小时，过分吗？

有趣足量的体育运动、高质量的美育活动、丰富多彩的劳动，都可以稀释、消减使用手机所带来的消极影响。

一年 365 天，大约有 165 天是节假日，包括周末、法定节假日、寒暑假，约占全年的 45.2%。很久以来，这些节假日，尤其寒暑假，对于中小学生家长来说形同闯关。对于节假日的安排，首选肯定是“填充”，至于填什么、填多少，多数家长会简单粗暴地选择报班。而令家长头疼的新问题是，寒暑假可报的班，尤其是家长喜欢的学科补习班日渐稀少，就连周末两天的补课档期也越来越难排满。这样一来，原本苦不堪言、头疼不已的家长就更不知所措了：寒暑假、周末，该如何安排孩子的时间？孩子闲下来就会玩手机，那时长怎么管理？孩子每天玩 2 小时手机[①]，长吗？

① 这里我们把 2 小时作为讨论对象，并不意味着节假日每天 2 小时对所有年龄段的孩子都适宜。

要回答这几个问题，我们不妨从过去、现在、未来三个维度来看。

首先回顾一下过去。过去，孩子的节假日往往充满了高强度的补课，海量的作业，密集的特长、才艺课程。家长心里有数，这样一来留给手机的时间十分有限，用“时间安排”来防止孩子玩手机。在那些年里，节假日每天挤出 2 小时给手机简直不可想象，就算真的挤出了 2 小时，家长也会挖空心思，报班补缺。不少家长如今尚沉浸在对过往的追忆中，幻想假如还能继续该多好……

接着来看一下当前态势。眼下，大部分家长经过冷静思考，理解了“双减”的意义，明白从长远看“双减”有利于孩子的成长。但现实问题就摆在家长面前，现在节假日每天至少有 12 小时的时间需要填充，这对于家长来说是前所未有的挑战。不妨换一个角度来看，如果节假日每天使用 2 小时手机，也就是把每天需填充时间的 1/6 分给手机，真的这么可怕吗？非寒暑假一周 7 天只有周末两天增加时长，按周一到周五每天使用 30 分钟，那就是一周增加了 180 分钟，均摊下来约等于周一到周五每天增加 25.7 分钟，也就是非寒暑假平均每天约 56 分钟，寒暑假平均每天 120 分钟。这样算下来，寒暑假玩手机的时间确实差不多是非寒暑假的两倍，但节假日难道不应该更放松一些吗？不然放假的意义何在？一个不得不面对的态

势：想继续恪守节假日低时长使用手机的规则（例如全年每天30分钟）是徒劳的，也存在很大的风险。

最后看看未来趋势。青少年使用手机的趋势必将呈现“一早一高”的特征。“一早”，即更早地拥有自己的手机，会比小学四年级或10岁更早；“一高”，即使用强度更高。至于青少年使用手机的广度和深度，完全不可预测。家长若认识不到这个趋势，很可能会面临亲子关系紧张、亲子沟通困难的局面。

与其死守孩子使用手机的时长这个单一指标，不如多想些对策，比如帮孩子开发更多爱好或技能。德智体美劳，体育、美育、劳动这三方面资源的开发利用——有趣足量的体育运动、高质量的美育活动、丰富多彩的劳动，都可以稀释、消减使用手机所带来的视力疲劳、社交低能、沉迷虚拟世界等消极影响。反之，单纯的“作业 + 手机”模式，别说120分钟，20分钟也是令人担忧的。

05 小小学生使用手机，要“少食多餐”

围追堵截的办法比比皆是，
循循善诱的妙招寥若晨星。

小小学生指的是小学 1—3 年级学生，或者称小学低学段学生。

小小学生通常还没有属于自己的手机，但可能会有自己的 pad（平板电脑），也可能会用爸爸妈妈的手机。据我了解，现在的孩子，很多 1 岁就开始使用手机，从简单地看图片、视频，到用手指滑动、触屏、点开喜欢的内容。我的外孙不足 3 岁时，就能识别手机应用图标点开视频，就能使用我的智能手表找到音乐并点开欣赏。

孩子以这样的基础，进入小小学生阶段，对手机等电子产品的需求必然稳步增加。玩游戏的需求、刷短视频的需求、看动画片的需求、阅读的需求……家长很是头疼。

小小学生的外部环境也是家长的痛点。孩子在校完成作业，回家就有大把空闲时间；家长依赖的补课没了，更加焦虑

了；课后服务虽然可以到 17：30，但是距离晚上睡觉至少还有 4 个小时，扣除吃饭、睡前洗漱 30 分钟，家长还须“严阵以待”将近三个半小时，周末更是压力倍增。小小学生窃喜：时间充裕，可以玩的应用很多。家长很不情愿，但是又没有应对之策。

我推荐给家长的策略是：合理满足，降低（负面）影响。

“合理”，是指家长要理解孩子的合理需求，不要孩子一拿起手机或 pad 就火冒三丈。

“满足”，是指满足孩子每天使用手机的基本时间。家长不要觉得使用手机的时长越短越好，趋近于零最好，而且平日、周末、寒暑假要区别对待。要给孩子传递明确的态度：可以玩，忙闲有别，该玩时玩，该学时学。

“降低”，可以通过遵循“少食多餐”的原则来实现。小小学生使用手机的时段，平日可分配在放学到家晚饭前、晚饭后、睡前，三选二；周末、寒暑假可以分配在每天的 3—4 个时段；单个时段都不能超过 20 分钟。这是保护小小学生的视力、降低沉迷发生概率的重要措施，也平衡了“满足”与“限制”的原则。

“影响”，是指通过双向努力，降低负面影响。对于小小学生使用手机，家长习惯持单方面的“祸害”论，人们的倾向也是防止多于引导。围追堵截的办法比比皆是，循循善诱的妙

招寥若晨星。手机作为互联网产品已必不可少，如何看待手机也反映了家长是如何看待互联网的。小小学生使用手机，虽不可避免地会受到互联网的负面影响，但不可否认也会受益于互联网的正面影响。这就需要家长去发挥聪明才智，扬正抑负。当时间这个要素已确定不变时，负面影响与正面影响的占比就成了关键。

策略性地实施“少食多餐”，可以弱化小小学生使用手机的负面影响。鉴于此，家长要介入小小学生使用手机的内容选择中，增加有益的内容应用，如阅读、英语、音乐等，以此大大降低让家长最担心的沉迷游戏的风险。以上这些内容，恰好又符合耗时短、碎片化的特点，不会影响小小学生使用手机的体验。

06 睡前手机伴听，一刻钟为宜

选好设备，关切内容，把握时长，因孩制宜。

从大人哄睡到自主睡眠，伴听是帮助孩子（0—6岁）入睡最常见的方式之一。伴听就会涉及设备（手机、收音机等）、环境（光源）等。家长该如何处理好这些设备的使用及时长问题呢？

手机伴听入睡是孩子使用手机中较不起眼的问题，也是容易被忽略的一个隐患点。

孩子从小到大，经历了由父母轻声哼唱儿歌到听父母讲故事、读绘本哄睡，再到伴听线上有声节目入睡。可以说，这是孩子从小养成的习惯——需要一个声音陪伴进入梦乡，如同孩子都喜欢怀里抱一个毛绒玩具或手里捏着一个小东西入睡一样，是孩子需要安全感的一种表现。家长切不可因为孩子长大了，就主观臆断没有这个必要，担心手机伴听影响睡眠。在我所了解到的个案里，安抚物的种类无奇不有，比如手绢——

一个孩子一定要把手绢一角搓成细条状塞在鼻孔里，才能睡得香。有的案主自己都当妈妈了，仍然依恋小时候的一个毛绒企鹅，和孩子各抱一个，进入甜甜的梦乡。

不过，伴听入睡也要注意以下几点。

一、设备尽量可听不可视。虽然用一部智能手机搞定一切比较省事——现有的线上有声产品资源，手机上基本都有，但最好还是使用不可视的设备。使用可视设备伴听隐患多：首先，观看视频会直接影响入睡；其次，极容易造成孩子眼睛疲劳，影响视力；最后，睡前这个空间私密性好，孩子很可能借伴听之名去浏览一些网页。若孩子坚持要用手机伴听，并且家里没有其他音频设备，家长就要和孩子严格约定使用规则，只听不看。

二、伴听入睡的内容，一定要尊重孩子的选择。家长可以给予建议，遵循不激烈、不惊悚、不搞笑的原则，兼顾悦耳、助眠的效果。

三、伴听的时长，取决于孩子个体的自控力和习惯。设备最好选择有定时装置的，设定后可以自动停止，设置为5—15分钟为宜，最长不超过15分钟。设备能定时自动停止最为理想，孩子自主关停也不错，家长帮助关停是不得已的选择。但是无论哪种情况，在孩子初中毕业之前，家长还是要坚持待孩子入睡后取走伴听设备，尤其是手机，绝不能图省事。不得

不说这是最大的隐患点之一：家长睡了，伴听设备一直播放，孩子能睡吗？

四、对于小学低年级的孩子，可以大人哄睡（讲故事、读绘本等）与音频设备伴听交替进行，这样可起到一个过渡的作用，也让孩子逐渐适应由爸爸妈妈哄睡转入自主入睡。很多家长都很发愁孩子分屋睡的事儿，而伴听入睡的模式对孩子自主入睡非常有帮助。

归纳起来，伴听是针对低幼期儿童入睡的一个辅助性行为。帮助孩子养成不依赖他人、自主入睡的习惯是家长努力的方向，也为孩子今后高质量睡眠打好基础。对于孩子的伴听入睡行为，要选好设备，关切内容，把握时长，按不同年龄段以及自家孩子的不同个性选择适宜的管理方式。

07 清早玩一刻钟，没大事！

发自内心地接受孩子清早用手机的合理性，把心态放平稳。

不是每个孩子都有清早起床就玩一会儿手机的习惯，可要是遇上这样的娃，家长肯定头疼不已。确实有孩子宁愿早醒半小时，牺牲睡眠来玩手机。对此，家长是粗暴禁止，是喋喋不休，还是睁一只眼闭一只眼呢？

在家长的咨询中，不止一位家长跟我说，孩子清早醒来，在极为紧张的早间时段，还硬要挤出时间看手机、玩手机。家长心里很想管，也尝试过，但孩子很反感，家长就拿不准要不要禁止，问我该如何处理这件事。

我们注意到，这个情况多发生在初一、初二的孩子身上。初中头两年是青少年使用手机强度最高、需求最迫切的阶段之一。孩子的青春期、小升初不适应期、与家长关于使用手机的“博弈”期——三期叠加在一起，肯定给孩子造成了不小的压力。想要借助手机来舒缓情绪，借助手机来丰富谈资，捧着

手机勇闯几关游戏，用手机跟同学说几句悄悄话，都是孩子清早起来看手机、玩手机的动机。

清早使用手机基本发生在周一到周五，也就是平日，而周末或节假日则鲜有发生，这是因为孩子对时间的安排有基本的考量。平日，孩子可使用手机的时段通常只能是放学后到晚上睡觉前，而周末或节假日可选择的余地就大得多，付出少睡觉的成本来“过瘾”性价比很低。平日，一想到即将到来的长达 9 小时的校园生活，孩子对手机除了思念还是思念，于是就想从睡眠、洗漱、早餐中挤出宝贵的 15 分钟来玩手机，哪怕 10 分钟也可以。

基于上述分析，家长遇到这种状况不妨先抑制住心中的怒火，换个视角来看待。以下是我的建议：发自内心地接受孩子清早用手机的合理性，把心态放平稳。

早晨待孩子醒了，家长把由自己保管的手机主动给孩子“呈上”（前提是了解孩子有需求）。这个动作的最大意义在于，让孩子感受到家长的包容和信任。

保证早饭所必需的用餐时间，允许一定程度的“节时”，不允许任何程度的节食，这是早晨使用手机的底线。若孩子不接受这个底线，家长可以等放学后再“放行”手机。

若是家长开车送孩子上学，在确保孩子不晕车的前提下，可以允许孩子在路途中使用 5—10 分钟。家长或许会担心孩子

的视力，不过路上时间较短，实际上影响有限。这个安排是为了不让孩子因为早上想用手机而提前醒来，牺牲睡眠。

不要催促孩子，要迟到啦、赶紧别看手机了、快吃早饭、别磨蹭，等等。对于初中生，迟到的后果——同学的目光、老师的批评，以及因违反校纪而影响评优评先，应由孩子自己承担。家长一定要避免成为孩子的依赖，要让孩子逐渐具备自律、自控的能力。

孩子平日的morning call，家长最好不要亲自来，尽量用闹钟。可以找铃声悦耳有个性、颜值高又别致的闹钟，多备几个，顺应这个年龄段孩子的心理及情绪特点——敏感、细腻、不稳定，但又充满好奇心。没有了家长重复、单调、充满主观色彩的morning call，也可以极大地避免亲子关系在这个节点上因相互嫌弃而恶化。

从孩子早晨用手机说到清早如何叫醒孩子，其实我想表达的是，亲子沟通的诸多场景和节点，换个角度思考就能有效避免冲突。比起和谐的亲子关系，孩子清早玩一刻钟的手机，真的不算个事！

08 对于孩子结队玩手机，要控制时长吗？

家长要用平常心对待，不要喝止，不然很容易伤害到孩子的自尊心。

一位家长向我咨询，家有五年级小男生，平日家长对其使用手机的要求是张弛有度，孩子也能守约执行。但在放学后或假日里，孩子会邀请小伙伴们到家来玩，为了减少家长的干扰，还会关上门。家长发现，接下来屋子里没有孩子们嬉戏玩闹的声音，只传出热闹的音效声响。家长敲门进去一看，原来小哥儿几个已经转入手机游戏战斗时段和短视频观赏时段。消停倒是消停了，可家长心里也很担心：是毫不犹豫叫停，还是任由孩子们玩耍？如果先让他们玩一会儿再说，那时长控制在多久为宜？

家长焦头烂额，苦无对策，只能眼看着孩子和小伙伴一起，在房间里肆意地玩手机。在这里，我们首先要达成一个共识：小伙伴们凑在一起玩手机游戏是合理且正当的娱乐活动。

酷爱游戏是这个年龄段孩子的天性。不管男生女生，如果连游戏都不爱玩，那才需要担心！不少家长表示，可以接受孩子们玩游戏，但不能接受孩子玩手机游戏。这就是家长对手机游戏过度担心的表现。

家长不妨这样想：如果孩子们在一起不玩手机游戏，而是玩敲三家（一种扑克牌玩法）或沉迷收集乐高，cosplay（角色扮演），家长就能接受吗？答案的关键在于，家长对孩子玩游戏的心理了解多少。

家长担心手机游戏的不良影响，是因为内心的传统观念及周边的舆论对手机游戏的一致否定，于是一棍打死手机游戏。但实际上，敲三家可能通向“小赌怡情”；沉迷收集乐高会忘记积木搭建的初心，激发要积攒全部乐高产品的欲望，享受占有的乐趣（一位同样是五年级的男生对我讲，他的梦想是做一位国王，有很多很多钱，拥有每一款最新的乐高）；角色扮演是最常见的少年儿童活动之一，可是动画片人物的多元性，会让孩子的认知产生模糊，一些错误的意识观念有可能潜移默化地影响孩子。因而，手机游戏不一定是危险的，其他看着安全的游戏也未必完全可以放心。这些游戏都有多重属性，需要家长客观、综合地来判断。

回到本文主题，孩子与小伙伴们在一起结队玩手机游戏，家长要用平常心对待，不要喝止，不然很容易伤害到孩子的自

尊心。结队是游戏的需要，传统的攻城游戏就需要多个小伙伴一起，分成两队对抗。结队游戏，也是小伙伴之间人际交流、分工合作的训练场。孩子在结队游戏时可以学习处理矛盾、谦让妥协、据理力争、坚守原则等。

至于家长关心的时间长度问题，总时长可以控制在60—120分钟，其间每隔20—30分钟以茶歇来“打断”一下，提醒孩子喝水、上厕所、吃点心水果等，避免孩子连续玩手机游戏太久，影响视力。

另外，家长还可以“智取”，鼓励孩子们一起玩别的，唱歌跳舞、下棋或玩桌游、运动（打羽毛球或者乒乓球）等，用丰富的活动来代替手机游戏。这样一来，小伙伴组团结队玩手机游戏的难题，就迎刃而解了。

09 学龄前宝宝，用时上限

学龄前儿童使用手机时间上限的确定，不仅对孩子有当下的现实意义，而且从长远看也是孩子未来与手机健康相处的重要基础。

看到这个题目，不少家长可能会惊呼：“疯了吧！学龄前宝宝就开始使用手机吗？”但若是把手机换成 pad、电视，就会发现这个问题非常普遍。

据我了解，对于学龄前宝宝，看电视，家长是严防死守的，不惜与孩子的爷爷奶奶、姥姥姥爷展开斗争；使用 pad，家长也相对限制；而家长疏于防范的，反倒是使用手机。

为什么这么说呢？

从孩子出生，手机就是记录孩子成长的监控摄像头、影像记录仪、生活起居记录本……家长时不时打开手机记录孩子吃饭睡觉、拉屎尿尿等日常，孩子时不时就会看到手机这个东

西出现在眼前。若要追根溯源孩子长大后为什么如此迷恋手机，家长请先自问，是不是打孩子一出生，手机无形中就与之形影不离了……

因为家长的一些无意识之举，孩子对手机十分熟悉：大床对角线的第一次爬行，目标是闪闪发亮的手机；用指肚按压滑动屏幕，可以听到音乐、看到视频。3 岁之后，孩子对手机的熟练操作令大人目瞪口呆，中班小朋友自主逛淘宝，拖拽喜欢的玩具到购物车亦是稀松平常。如此一来，宝宝使用手机的需求就不再以大人的意志为转移。另外，大人也会因自身的实际需求，用手机来吸引孩子的注意力。要去厨房忙活，要处理一个着急的邮件，还有一个材料没有写完，这些情况下大人往往会把孩子丢给手机，让手机来兼任一下“阿姨”角色。

问题来了，既然学龄前宝宝就已经开始使用手机了，那使用时间上限是多少？以多年的家庭教育咨询经验来说，我的建议如下：

0—18 个月的宝宝，不看手机、pad 或电视。

18 个月—3 岁的宝宝，手机观看单次不超过 5 分钟，每天不超过 3 次；pad 或电视观看每次不超过 10 分钟，每天不超过 2 次；用手机或 pad 听音频，每次不超过 10 分钟，音量适中，每天 3—5 次。

3—6 岁的宝宝，手机观看单次不超过 10 分钟，每天不超过 3 次；pad 或电视观看每次不超过 15 分钟，每天不超过 2 次；用手机或 pad 听音频，每次不超过 10 分钟，音量适中，每天 3—5 次。

学龄前儿童使用手机时间上限的确定，要考虑视力保护、听力保护、内容等因素。保护视力重在防止用眼疲劳和避免强光刺激，听力保护重在避免强度较大的声音刺激，内容方面重在避免成人化内容影响——毕竟，孩子虽可以通过手机增长见识，但还不会分辨信息好坏。以语言学习为例，电视广告词的影响远胜于动画片中的语言。我们不可能屏蔽宝宝成长环境中所有的广告——像电梯广告就不可避免地会被宝宝看到，可我们还是能够尽量减少孩子对广告的接触。

学龄前儿童使用手机时间上限的确定，不仅对孩子有当下的现实意义，而且从长远看也是孩子未来与手机健康相处的重要基础。

10 早晨洗漱听手机，着啥急？

不能把孩子因为各种原因造成的、看上去很像“磨洋工”的做作业现象，全部判定为做事拖拉。

这是一位小学高年级女生的家长讲到的案例。孩子早晨洗漱用时 15—20 分钟。“晨间洗漱不就刷牙、洗脸、照镜子、梳头嘛，为什么要用这么长时间？”家长说，孩子全程都要用手机伴奏，以听为主，偶尔也会瞟上几眼。手机播放的内容不固定，音乐、视频、小品、评书或自媒体音频。原本孩子这样做也没啥大不了——就像大人听着收音机包饺子，开着电视收拾屋子，无非是要点背景声音，可令家长难以忍受的点在于，孩子清早的洗漱用时被严重拉长。家长认为这是继做作业拖拉、穿衣服拖拉、吃饭拖拉等之后新冒出来的洗漱拖拉。而且家里就一个卫生间，晨间被孩子占用 20 分钟，其他人不得憋坏了。何况，中间还有手机扮演了重要角色，也难怪家长很反感。

这让我想起另一个案例，是关于一位小学二年级女生的，其中倒没有手机参与。这位女生早晨洗漱时，单是挂毛巾这个环节就需要耗时 15 分，让家长特别崩溃，绣花都比这快！但是无论家长怎么催，孩子都一声不吭，极有耐心地反复挂毛巾，反复整理，似乎怎么弄都不能满意。

把这两个案例放在一起，是想和家长朋友说：第一个案例中的家长不要因为有手机参与就无法容忍，第二个案例中的家长不妨用手机来干预孩子的毛巾整理行为。

家长面对此类情况，先要分辨早晨洗漱用时被拉长，是不是孩子有舒缓情绪的需求，想要通过这样的方式实现。中小学生家长还需要注意一点，不能把孩子因为各种原因造成的、看上去很像“磨洋工”的做作业现象，全部判定为做事拖拉。这对孩子不公正，孩子会感到很委屈。

那家长除了生气，还能做什么？

首先，要看这样的用时延长是否会造成迟到。若是不会迟到，家长可以暂时不管；若是可能迟到，家长可以先尽提醒义务，但总数不能超过 3 次；若孩子还是继续这样，迟到的后果由他自己去承担。如果家长总是不厌其烦地提醒，迟到的责任就转移到了家长的身上，孩子不会有任何改变。

其次，需要了解手机伴奏涉及的内容。若内容健康，就不要干预。切记，家长莫以自己的好恶来判定内容的价值。常

常有家长会对孩子手机播放的内容妄加评论——无厘头、幼稚、于学业无用、好高骛远等，但实际上很可能是家长故步自封。孩子对内容选择的出发点很简单，感兴趣，喜欢。

最后，观察孩子的情绪状态：如果是轻松愉快的，家长就大可包容孩子的行为；若情绪低沉，家长就要多加注意，观察几天，但不要急于下判断。家长也可以连续一两周记录孩子每天早晨洗漱的用时，看看用时是起伏不定，还是基本保持均衡。有了数据，就可以与孩子探讨，能否在保留手机伴奏的状态下，把用时控制在一个更合理的范围内，例如 10 分钟以内或 8 分钟以内。

在第一个案例里，我最担心的是，家长关切的核心不是耗时多久，而是其中手机的影响。我甚至担心，家长会不会把孩子早晨洗漱手机伴奏的用时，计入孩子全天使用手机的用时之中。这样反而会激化矛盾，造成亲子间的冲突，那才得不偿失。

第二章

手机·内容

这里所说的内容，是指孩子用手机做什么。手机中的内容无所不包，家长担心孩子受到不良信息，包括游戏、短视频、聊天、电竞比赛、网络小说等的侵害，甚至自伤。

这就需要家长具体内容具体甄别，不可一刀切，直接“捂眼”。我们的目标就是，让孩子在家长的帮助下学会辨析，筑起抵御不良信息的堤坝。

01 良莠不齐，捂眼管用？

孩子可能就是在和家长的讨论中学会辨析，筑起抵御不良信息的堤坝。

手机上的内容与现实世界的内容没有本质区别，所谓虚拟世界、实体世界，不过是展现的方式不同而已。现实中的纯洁与污垢，在网络世界里也存在。这就是家长们最担忧的问题。

摆在家长面前的难题是：手机肯定是要不过来，手机上好的坏的内容孩子都能看到，怎么办？难道家长要冲上去捂孩子的眼睛？

在二十世纪七八十年代，捂眼睛是有的。露天电影放到了男女主人公就要相吻的时刻，电影放映机没有停止旋转，但银幕上的画面却被一只手掌遮盖住了。人们戏称的“一手遮片”，实际上是放映员在有关人士的要求下做的特殊处理。在场的观影者无不叹息，大一点的孩子们起哄，小一点的孩子们

一脸蒙。这样的画面也会出现在家里，家长的选择是关电视或捂住孩子的眼睛……

其实家长心里也明白：

一、来不及捂——不知道何时需要捂，也不可能时时等在孩子身旁目不转睛；

二、捂不过来——要捂的内容（家长认为的）实在太多了，“罄竹难书”，按下葫芦浮起瓢；

三、捂了白捂——就算家长自以为成功了，转眼，孩子逮住机会又继续看；

四、不捂闹心——家长没有定力对“有害内容”视而不见，不妄想孩子受害就已经是万幸了；

五、白捂也要捂——家长心想，管它有用没用，求个心理安慰。

由此可见，家长面对这些问题时急需帮助。

家长能否分清，你是确实掌握了孩子在看什么，还是说只是你以为的孩子在看什么？关于内容的利害，是家长完全根据自身经验的判断，还是通过阅读、请教专业人士后得出的结果？例如孩子追的网红小说，可能会涉及凶杀、情色等内容，家长拉响警报，捂眼，直接没收手机，难道问题就解决了？孩子已经读过的内容难道随着手机没收就消失了？

到了这里，重点就转化成对孩子看到的内容，家长是想

“格式化删除”呢，还是进行辨别处理。

在孩子的成长过程中，即使没有手机的闯入，没有互联网的传播，各类有害信息的影响也始终存在。这非常像细菌、病毒与人体免疫系统的关系。好的机制是建立免疫系统，抗击细菌、病毒，而不是让人体与细菌、病毒完全隔绝。

家长会问，如何帮助孩子学会分辨？

方法就是，在关键期做关键的事。小学高年级学段是孩子使用手机的第一个高峰期，也是孩子初步认识公序良俗，建立是非概念的关键期。好与坏可能会有歧义，但脏与干净是显而易见的。在孩子很小的时候，从卫生出发建立起来的洗手观念，就是孩子对干净与脏的最初认知。到了小学高年级学段，可以把网络上的不良内容归纳到“脏”的范畴，方便孩子理解。比如，身体过于暴露是脏，说话粗野骂人是脏，动粗打人伤人是脏，不诚实诬告害人是脏，铺张浪费是脏，虚荣消费是脏，等等。孩子可能就是在和家长的讨论中学会辨析，筑起抵御不良信息的堤坝。

02 惦记手机里有啥

家长不妨回到初心，多想想自己为什么想知道孩子手机里有啥。

孩子有了自己的智能手机之后，第一个问题就是要不要设置属于自己的密码。很多家长向我咨询，他们的基本态度是不让孩子设，否则就完全不知道孩子在手机上干了什么。

事实上，对于大多数使用手机段位不高的家长而言，就算孩子的手机敞开了让你看，你也未必能发现什么。依赖未成年人管理软件的家长中，也不止一个人跟我说过，他们设定了孩子使用手机的时间限制，就自以为万事大吉了，殊不知孩子很快就不动声色地破解了。家长被蒙在鼓里还暗自庆幸总算看住了熊孩子，实际上熊孩子偷着乐，玩嗨了！

关于孩子手机的密码，家长往往有两层考虑：第一层是让不让孩子设密码，第二层是设了密码家长能不能知道。我知道一些家长图省事，不准孩子给手机设密码，觉得孩子手机不能

对家长设防。那万一家庭之外的人打开手机怎么办？一些家长同意孩子手机设密码，但密码必须告诉家长，家长可以随时随地解锁。但是如果孩子已经上初中了，这样做还合适吗？我认为，密码要设，家长不要过度干预。

在这里还要强调一下年龄节点——进入初中时，是孩子设置自己手机密码的最好时机。这个时间点，可以体现家长对孩子成长的信任，以及对孩子隐私的尊重。家长若是想不通这点，可以回忆一下自己在这个年龄段是如何嫌弃家长偷看自己日记的。

接下来的难题是，如果不知道密码，家长怎么了解孩子手机里的内容？我给家长提供的选项如下：

1. 通过破解密码闯入孩子的手机；

2. 趁孩子忘了锁屏，悄悄打开手机了解；

3. 借用孩子的手机时偷偷浏览；

4. 从孩子身边经过瞟上一眼；

5. “威逼利诱”让孩子打开手机；

6. 让孩子自己交代；

7. 在与孩子的交谈中捕捉蛛丝马迹；

8. 从给孩子手机时就约定监护人有义务、有权利不定期查看手机。

听到这些选项，大多数家长都认为第七和第八两种方法

合情合理。

有的家长说，检查手机可以洞察孩子的心理变化，对可能发生的极端事件可以早发现、早干预。我理解家长的心情，但是采取第一至第五种方法来检查孩子的手机，很可能会适得其反。而大多数家长选择的第七和第八选项，本质上都是加强亲子沟通。只有亲子沟通顺畅，孩子在家长想知道手机里有啥这件事上才会理解配合。家长不妨回到初心，多想想自己为什么想知道孩子手机里有啥。家长的初心，无非是怕孩子学坏，受到手机里不良信息的侵害，这点完全可以通过亲子沟通来了解。若家长发现异常，就按照第八选项执行，行使监护人的职责。但是一定要公开进行，当面向孩子提出要求，当面查看。若家长能放平心态，只是客观地去了解孩子的手机使用情况，相信孩子是不会反感的。

查看手机后如何与孩子交谈是一门技术。是不是看到的都要说到？是不是只说问题、只管批评？是不是要板着脸显得格外严肃？是不是说的时候想着还会有下一次？是不是留出时间听孩子解释？这些都是需要考虑的问题。

03 短视频

家长对孩子沉迷短视频的担忧，本质上还是对短视频的陌生，对手机的陌生，由此导致对孩子的不理解。

记得前两年到北京一个区教研院组织的优秀班主任培训班讲课，有老师提出孩子沉迷短视频的问题。我问：“老师们认为自己对自己的学生熟悉吗？”讨论一阵后，一位有着二十多年教龄的资深班主任老师站起来回答：“朱老师，您的这个问题是在给我们挖坑吧？我当然熟悉我的学生，我对他们太了解啦！”接着，这位老师又说：“我也有百思不得其解的疑惑，您说，这小小的手机，里面的短视频到底有什么魔力，让孩子们这么迷恋？家长的亲、老师的爱、课本的博、作业的慧、校园生活的魅，都不能胜过短视频的诱惑！”听了这位老师的话，我当时心里就在想，这位资深老师，您真的不了解今天的学生……

那，咱们的家长朋友会对孩子更了解、理解一些吗？情况同样很不乐观。

手机里有什么？这个问题并不难回答，家长们每天机不离手，不正是因为手机的世界奇妙精彩吗？尤其短视频，随着这几年网速日渐提升、费用不断下降，短视频风起云涌，铺天盖地地触及生活的每一个角落，也让许多默默无闻的普通人秒变主播达人。如今，1 岁的小朋友就已经开始消费短视频，到了小学阶段，孩子们已跻身短视频消费人群，与老年人群并驾齐驱。

短视频良莠不齐，那是“良”多，还是“莠”多呢？

短视频恰恰是因为短，所以音画效果强烈、切换快、涵盖广。短视频也兼具趣味课堂的功能，很多小学生喜欢跟着短视频学习制作手工、烘焙、化妆、绘画、编辑视频等。

家长要承认，一些短视频制作者的夸张搞笑能力、语言凝练精准能力、天马行空的想象力、独门的钻研能力、对大众信息的收集能力等，不知要甩出家长多少条街，孩子对他们做的短视频着迷是有理由的。

短视频存在海量的无聊、低俗、重复、低智的内容，这点不容否认。但孩子兴趣的转移也是很快的，家长担心沉迷是过虑了。短视频是单向输出的，没有互动支持，所以黏性很难持久，家长大可放松心情。

是否有能力对孩子接触短视频采取有区别的对策，是对家长的严峻挑战。一刀切难免误伤，孩子接触一些积极健康的短视频不该被打击，因好奇而开始的积极学习也不该被阻止。

家长也不要因为自己没兴趣，自己不懂，自己懒得去弄懂或是关乎家长面子等问题，便义正词严地批评孩子看短视频。这些在我的咨询案例中也不少见。

孩子两三岁时看消防员救援失火车辆、直升机高楼救火的短视频，家长并不在意孩子看了多少遍。怎么到了小学阶段就高度提防起短视频，把它们视作洪水猛兽了？

家长对孩子沉迷短视频的担忧，本质上还是对短视频的陌生，对手机的陌生，由此导致对孩子的不理解。因此，未必是家长主观上错怪了孩子，而是因信息不足，造成家长对形势的判断有误。

家长应该认识到，孩子长大了，看得多、看得广的同时，辨别能力也提高了。

04 知晓聊天对象，很重要

关键在于家长要有城府，不打草惊蛇，不放松盯防。

用手机聊天不单成人喜欢，孩子也喜欢。说到孩子使用手机聊天，家长首先关心的，是聊天内容。在家长看来，这是掌握孩子思想动向的重要途径。其实，除了要知道聊了什么，还得知道跟谁聊、在哪儿聊、私聊还是群聊、聊天频率等，这些同样重要。

一名初一女生不爱上学，成天抱着手机，也不爱打游戏，就喜欢泡在各类社交平台里聊天。结果她还遇到了一位“知音”——一名小学六年级女生，也是不爱上学，是已经“辍学”的老油条了，小姐儿俩相谈甚欢。

以下是我们的对话：

我问，见过面？答，没有。

我问，想见面？答，想！

我问，为何不见？答，心里一直没想好……

我问，你能确认对方的信息是真实的？答，我有办法核实，我还知道我俩住得很近。

另一个案例是关于一名初二男生的，这名男生热衷于泡在一个成人群里。该群喜欢针砭时弊，特别关注一些正在发生的社会新闻，观点偏激，缺乏理性。这个年龄段的学生，极易被这样的群带节奏。结果在一段时间里，这名男生总是陷入对现实的种种不满和抱怨之中……

上面两个案例：第一个是两人惺惺相惜，一见如故；第二个是聊天群有迷惑性，孩子以为参与其中就是在关心天下大事。据我了解，两个孩子的家长都有一点察觉，但并未给予足够的重视。

回到本文主题，关于孩子使用手机聊天的风险排序，我认为如下：

聊天对象 > 线下面聊 > 聊天内容 > 私聊 > 群聊 > 线上聊

之所以把聊天对象放在第一位，是因为聊天对象的身份、

人格、价值观、思维方式是影响孩子的核心，后面的所有风险都以此为起点。家长切莫只盯住聊天内容，而放过跟谁聊这一核心要点！

让家长们抓狂的是，如何判定与孩子聊天的对象是否可靠。我给出的衡量指标是：

一、不怕陌生，就怕身份不实。在互联网上只跟熟人聊天，例如孩子只跟同学聊天，那是不太可能的。接触陌生人也是成长过程中的必修课。在没有互联网的时代，中小学生给陌生人写信不是常常被传为佳话？陌生并不可怕，可怕的是身份不实。家长一定要提醒孩子，防止被骗。

二、不怕忘年交，就怕交忘年。忘年交是指年龄悬殊的个体之间有相互理解、相互认可、相互尊重、相互促进的关系。其中一个很重要的前提是，年长者自始至终没有忘记对方的年轻或年幼，不会故意去在意所谓的平等。而交忘年，则是年长一方重交往，故意忽略年龄，甚至企图抹去年龄的因素，对年幼一方在精神上控制，在思想上毒化，在行为上教唆，在意志上消磨。

三、不怕同病相怜，就怕同愁言弃。上面第一个案例就属于这个情况，孩子厌学的情绪获得了共鸣，两个孩子可以切磋对付家长的策略，研究编造什么理由不去上学。

所以，家长无论是例行查看孩子的手机，还是通过平常

不动声色的闲谈了解，如果发现孩子有新的聊天对象，不要急于谈及聊天内容，而是巧妙地查一查对方的“底子”，是含含糊糊还是清清楚楚，即刻一目了然。关键在于家长要有城府，不打草惊蛇，不放松盯防。

05 观看电竞比赛

不管在哪一个专业领域，如果连义务教育都没有完成，就臆想走捷径获得成功是绝无可能的。

北京降下 2021 年第一场雪的那个晚上，EDG 夺冠啦！

微博上相关热搜有 80 条之多，相关词条阅读量接近 30 亿，大半个娱乐圈的明星相继在微博为 EDG 打 call。

网络世界已被“EDG”这三个英文字母全面占领。人们并不明白这场《英雄联盟》赛事夺冠的意义是什么。有游戏玩家表示，自己也不完全知道。如果从谱系上溯源，这个游戏竟还流着些许《沙丘》的血脉——《英雄联盟》早期所借鉴的 dota，最初正是《魔兽争霸》中的一个地图。

当晚英超的曼彻斯特德比，反倒没有引起惯常的关注。朋友圈里的男女老少，除了看上去为 EDG 夺冠而兴奋的一部分人，更多的人感到困惑：EDG 是啥？

在中国，当真有那么多人喜欢电竞？

我是在搜索之后才搞明白EDG是啥的。这件事倒让我想起一个案例：一位初中女生不去上学，把自己反锁在房间里，不与家人交往。那孩子成天在干吗呢？经了解，孩子做得最多的两件事，一是在电脑上画画，二是观看电竞比赛直播——通俗地说，看别人玩游戏。

从现实情况来看，在玩游戏这方面，男生明显多于女生。但女生一旦迷上游戏，强度绝不逊色于男生。可本案例中的女生并不玩，仅仅观看，那么家长要不要干预呢？

玩游戏与观看游戏相比较，有什么差别呢？

在时间占用上，两者并无差别。

在激发孩子的兴奋度上，两者有区别，但孰强孰弱也不一定。

从缓解压力和释放情绪来衡量，两者都可以起到转移注意力的作用，稍有区别的是紧张感来源的变化（从自己着急变成为他人着急）。

就过程而言，观看游戏可以随时中断，任由个体抉择；可是玩游戏，一关没有结束很难停止，那种被吸引、怕半途而废的心理，比起观看游戏，黏性和附着力更强。

另外，比起独自观看，玩游戏有时候还涉及团队合作，或存在对手约束的因素。比如说，你和同伴约好打“3 VS 3”篮球，说好打4节，结果你打了1节就跑，显然是不合适的。

同理，你在线上与对手下棋，刚下 5 分钟，你就推盘消失，属于棋品不佳。观看游戏就不存在这些问题。

归纳起来，家长不要因为孩子观看的是“游戏”，就拉响警报；也不能因为只是观看，便听之任之——几个小时下来，难免眼睛疲劳、精神不振。这也是令人担忧的。

家长朋友也许会说，你这是和稀泥，说了跟没说一样。别急，我还没说完……

如果孩子睡觉、吃饭、运动、上学都正常进行，只是假期看一把，就没大事；如果孩子不睡、不吃、不动、不上学，一心沉迷看游戏，那就是大事，需要家长介入、干预。

每次观看不超过 30 分钟，隔三岔五一次，那就不要干预。家长可以把它看作孩子的调节，孩子不选这个也会选别的调节情绪。家长别老是一厢情愿，指望孩子不玩游戏就会去学习。

所以，把观看电竞比赛作为孩子的娱乐活动来看待，只要合乎适时、适度的原则，就不用太担心。

观看专业的电竞比赛，可以从中学习刻苦训练的精神，致敬永不言败的意志，了解电竞比赛选手的职业伤病，知道电竞没这么轻松好玩，了解电竞选手也以学科学习为基石。不管在哪一个专业领域，如果连义务教育都没有完成，就臆想走捷径获得成功是绝无可能的。上学是义务教育阶段未成年人的首要任务。

06 互联网时代，你是否能跟上孩子的脚步？

争取跟孩子有一拼，让孩子感受到家长不竭的学习动力和超强的学习能力。

我曾经多次在家长会上对家长讲，在你们小时候，还是初中生、小学生的你们，即使敞开了想象，思绪也飞不出多远——几百里地就算远了。记得20年前单位里分配来的大学生，生在北京、长在北京，没出过北京，没坐过火车。可今天的孩子，几个月大就被爸妈抱着飞渡大洋，满世界溜达。现在，作为家长，心也该与时俱进，放宽放大，别总在一亩三分地里转悠。

手机作为移动互联网的使用终端之一，让人类的触角跨越时空，飞向远方。一个有趣的事情是，不少家长在咨询中提到，孩子不爱阅读（在家长心目中，只有读纸质书才算阅读），成天拿着手机在网上瞎溜达：刷个短视频，看个小文章……很多专家也指出：这是一个知识碎片化的时代！家长们很担心，

同时也时不时感到尴尬。担心孩子知识吃得太杂不消化可以理解，但尴尬就有些令人费解了。原来，孩子们（尤其小学生）在手机的庞杂世界里，会主动发现自己感兴趣的事情，导致家长很难跟上孩子的脚步。

一个三年级男生，鼓捣了一个晚上，用一张 A4 纸做一个弓，勒上皮筋射箭，辅助材料就是胶水，方案来自短视频。经过几个小时的努力，还没有完全成功，孩子自己总结是胶水太厚，影响了弓的强度。可在家长眼里，一晚上鼓捣这没用的东西，最后还不成功，真不如做作业看书。

还有一个小学男生，在手机上看了很多关于天体、昆虫的视频，特别想与爸妈分享，但爸妈的反应十分敷衍。其实家长对此压根儿就没兴趣，觉得对成绩提分没用。

有的孩子还会从短视频里学多层着色绘画，让家长很是震惊。

有的学食品加工工艺——孩子爸爸靠知识储备勉强抵挡了一阵，但内心深处还是觉得既吃力又无趣。

有的学习化妆，让家长买化妆品套装，对着镜子描眉画眼——妈妈担心这么小就爱化妆，会不会思想变坏。

有的听历史故事，拉着家长说古道今——妈妈心想，历史不是要到初中才学吗？

……

上述的例子说明，在家中的心中，孩子的好奇心是无边际、无厘头的，孩子关注的内容，大多是无聊、无用的。家长很多时候因听不懂而陷入尴尬，又不肯去试着弄懂，又不肯跟着孩子学一学。家长放不下架子向孩子请教，往往无法耐心且饶有兴致地听孩子分享。

人到中年心有倦怠，主动学不容易，也不容易学，对孩子的要求又不能降低。照我说，那就干脆做个跟随者，孩子关注什么，学什么，你就跟着关注什么，学什么。不以家长的好恶选择，多一点为人父母对自己的高要求（就像对孩子一如既往的高标准要求）。争取跟孩子有一拼，让孩子感受到家长不竭的学习动力和超强的学习能力。

孩子在手机上的“杂学”，源自短视频还是其他途径，并不重要。家长也不用每回都要争个谁知道得更多，适当示弱对孩子也是一份鼓励。这种因为闲趣得来的亲子交流反而更真切、自然。

07 警惕从手机上习得自伤

青少年的自伤行为，首先受到网络的影响。

说起“自伤”，或许大家会陌生，说“自残”就都明白了。其实，“自残”的准确表述是“自伤”。我理解专业术语中用“伤”而不用“残”，是因为自伤者不以严重残害自己为目的，仅仅是有限度地对自己的身体造成局部伤害。其中，自伤中发生概率最高的是割伤（55.9%）。

自伤的官方术语是“非自杀性自伤”（non-suicidal self-injury, NSSI）。

自伤是为了应对、表达或控制情绪上的痛苦，或作为对自我的惩罚。自伤者能够从行为中感受到暂时缓解。

多数研究认为，自伤是一个独立的心理问题，不应被归类为心理健康障碍。

自伤在中学阶段发生的概率为7%—24%。自伤一次以上的个体，有80%会在两年之内停止这种行为。家长要以开放

的心态看待孩子的自伤行为。

首先建议家长了解一些常见的自伤预警信号：

★ 非常了解那些自伤的人是怎么自伤的；

★ 身上有不明伤痕；

★ 总是穿长袖，从来不会脱下来；

★ 披着或穿着宽松的衣服；

★ 戴宽腕带，永远不摘；

★ 有神神秘秘的行为；

★ 发现家中可以用来割伤人的工具不见了，或是被放在奇怪的地方（如抽屉深处）；

★ 需要长时间独处；

★ 进行身体或社会隔离；

★ 发现血迹；

★ 在其他物品中发现尖锐物品；

★ 事故频发；

★ 睡眠和饮食发生变化；

★ 对日常娱乐失去兴趣；

★ 情绪上有变化；

★ 避免露出胳膊和腿，例如在进行体操或游泳训练时；

★ 开始自己洗衣服；

★ 在学校成绩下滑。

研究表明，青少年的自伤行为，首先受到网络的影响。有报告称，在自伤的年轻人中，超过半数（51.3%）曾在互联网上搜索过“自伤”或相关材料。视觉冲击强的图像，可以诱发一种身体反应，唤起人们参与其中的欲望。其次是来自同伴、读物的影响。如果发现孩子使用手机进行自伤相关搜索的话，家长要密切关注。关键词也许不是“自伤”，而是“无忧无虑”“猫”“血”“我的秘密家庭”“厌食症”等。

当孩子与你谈及同伴有自伤行为时，家长要告诉孩子，作为朋友要怎么做：

★ 倾听并关心他们的感受，然后继续谈正常的事情；

★ 一起做正常的活动；

★ 如果你担心他们的安全，可以和成年人谈谈；

★ 不要做“不把这件事告诉成年人”的承诺；

★ 认识到每个人都有自己的局限。如果你感到有压力，和成年人谈谈；

★ 鼓励你的朋友去寻求专业的支持，如果他们

还没有的话，你可以和他们一起去找学校心理辅导员，帮助他们迈出这一步；

★ 和朋友约定，如果你担心对方的安全，可以联系一位成年人（双方都同意此人）；

★ 如果收到一条令你不安的信息或图片，拍下它，然后联系一位成年人。

作为朋友不应该做的：

★ 尝试扮演他们的父母或参谋的角色；
★ 逼问或要求他们谈谈自伤；
★ 强迫他们和成年人去谈；
★ 添油加醋地与其他朋友谈论此事；
★ 向其他朋友展示自伤文本或图片；
★ 轻视他们或他们的自伤。

上述介绍引自澳大利亚学者米歇尔·米切尔的专著《折翼的精灵：青少年自伤心理干预与预防》——这本书作为一本严谨、通俗的科普读物，值得家长们阅读。作为家长，我们要密切关注孩子有关自伤的动向，正确面对孩子可能发生的自伤行为，克制对孩子的责备，平静温和地陪伴孩子度过困境。

08 正面应对“脏视频”

家长想开展科学健康性教育，正犯愁找不到合适的契机，这时正是可遇不可求的机会。

这是一个经典案例，虽然已经过去很多年，但家长焦急的神情我至今难忘。

讲述者是一名小学六年级男生的妈妈。一天，孩子跟她说：“班上有个男生总来找我玩，给我看存在手机（当时手机能带到学校）里的脏图片和脏视频，有时还会故意给女生看，可脏了！”家长注意到，孩子说这些的时候，脸上笑眯眯的。孩子嘴里所谓的“脏”，就是身体裸露或涉及性。我问家长，你怎么回答？她说，她很生气地对孩子说：“别跟我说！去跟你爹说。”孩子转身没事人似的，把原话向爸爸又说了一遍。孩子爸爸哈哈大笑，胡撸胡撸孩子的头，说长本事啦！语气里透露着对孩子长大的得意。就这样，孩子兴奋期待的一次交流沟通，在母亲的又羞又恼中，在父亲的嘻嘻哈哈中结束

了……事后孩子的父母也交流了该怎么办，结论是安排孩子住校，让老师来管。这也是一类家长的教育方法，搞不定亲生孩子，就交给不是亲生的人（主要是老师）来管。

家长朋友们读到这里，也许会产生困惑：这类事情在前手机时代就有啊……我想说，这些情况在智能手机时代，发生的概率不知道是之前的多少倍。

怎么办，砸了手机？难道砸了手机问题就能解决？当然不能，手机只是背锅侠。我们唯有学会如何跟孩子聊“脏视频”，才能根本地解决问题。

从事发当时的心态来分析，孩子是好奇，说“脏”并非有意为之。这样的事一般发生在小学五六年级。等进了初中，孩子就不跟家长聊这个了。小学生其实不确定父母的态度，用“脏”字试探，又存有幻想，万一爸妈能聊几句。妈妈的反应在意料之中，爸爸的反应稍稍令孩子感到意外。

妈妈的心态很典型，传统观念作祟，男女之间怎么可以聊这个！妈妈的生气、恼怒，其实会让孩子更好奇。

爸爸的回答隐隐地透露着对儿子成熟的欣赏，认为这才是男子汉。

在这对父母眼里，这是一次危机，仿佛孩子在悬崖的边上，一不小心就会跌入深渊。

冷静下来想一想，可否换个角度来看呢？家长想开展科

学健康性教育，正犯愁找不到合适的契机。总不能吃半截晚饭、看半截电视、散步半道上、睡觉道晚安前，突兀地发起性教育小课堂吧？所以孩子主动聊起“脏视频”，是可遇不可求的机会。这个时候，家长不妨尝试和孩子交流，看孩子是否有困惑、烦恼，了解这些“脏视频”“脏图片”是否对孩子有负面影响，然后做出正确的引导。

若是妈妈当时很镇定、不动声色地问儿子：都是些什么“脏图片”“脏视频”？妈妈和你一起看看？你认为“脏”在哪里？你真的是觉得“脏”才来跟妈妈说？这些器官你不认识？你都 12 岁啦，一定知道男生女生都有性别隐私，你可以看女生身体吗？是图片视频里的身体“脏”吗？你若是认为那个同学很“脏”，你就应该远离他，指出问题；你若只是嘴上说“脏”，心里又很好奇很想看，那你不就和他一样？如果你是想了解相关知识，爸爸妈妈愿意同你一起科学地了解，我们还可以讨论。案例中爸爸回避自己责任的言行是要狠狠批评的。

这个案例让我想到，父母要守卫孩子健康的成长环境，更要有能力在孩子陷入迷茫时，不慌乱、不躲闪，沉稳有力，为孩子拨云见日。

09 5 岁男生逛淘宝

何不让孩子随手学习数量，
建立金钱的概念？

这是一个偶得的案例，既不是来自咨询，也不是来自给家长讲课时家长的讲述，而是一次纯粹的偶遇。

我和孩子的爸爸在交谈中聊到了孩子使用手机的问题。我问：“头疼吗？”他说：“甭提了！真是愁死我了，我儿子才5岁，就能拿着大人的手机逛淘宝了！”我吃了一惊，虽然自许很了解眼下孩子对手机的使用情况，但是5岁逛淘宝等电商平台的水平还真没遇到过！爸爸接着说：“儿子不光爱逛，还能熟练地把自己喜欢的玩具拖进购物车，择机与爸妈讨价还价。之前爸妈要求背个诗、写个字、算个数、来几句英语等，孩子要么乖乖就范，要么撒泼打滚；现在购物车里有了囤货，孩子觉得底气足，议价筹码多，对阵的态势发生了逆转。”

我好奇地问爸爸：“你紧张吗？孩子毕竟这么小，电商平台上可是应有尽有，你不担心他闯入其他店铺？”爸爸无奈地

回答：“紧张是难免的，但也想不出啥好办法。都学会了，也不能让儿子假装不会吧。有时会想，反正他也没钱，逛着玩、拖着玩，随他去吧……”

虽然这是个特例，不太可能普遍存在，但若是发生在您家里，您还能淡定吗？

积极地看，一个中班的小朋友有如此能耐，说明他的学习能力很强；也反映出了这个时代的孩子从小接触手机，对手机有天然的亲切感。过去我们常常以会打酱油来形容一个孩子长大了，那现在能逛电商平台就类似会打酱油。家长总不会因为孩子会打酱油而紧张吧？

5 岁小朋友逛电商平台用的是爸妈的手机、爸妈的账号，说不定哪天掌握了支付密码，就会造成财产损失。家长可不能后知后觉，一定要严加防范。强调这一点，不光是为了避免不必要的支出，更是要防止孩子建立错误的消费观，以为按一按、滑一滑，就可以轻易获得喜欢的玩具或别的什么，对金钱没有概念。

我接着和孩子爸爸聊，询问孩子对所选的玩具是否有价格概念，爸爸说没有。我就试着和爸爸讨论，可否因势利导对这件事做一个“开发”呢？我坚决反对“鸡娃”“内卷”，但我十分推崇“随手”教育。孩子喜欢认车标，那下一步就随手认一下车牌上的数字、字母。孩子把玩具拖进购物车，何不随手

了解他选择玩具的理由，让孩子随手学习数量，建立金钱的概念？这可不是早教，这是知识来源于生活。孩子学习的重要诱因是场景，直接动力是好奇心。了解价格后，再进一步就是了解价值。价值在交易中体现为性价比，价值在成长中体现为时间管理，时间管理又离不开价值比较。

随手学习了这些，就不怕孩子 5 岁逛淘宝了。

10 当孩子沉迷网络小说

网络小说，关键是“网络”，家长往往戴着有色眼镜看这两个字。

培养孩子的阅读习惯是家长极力推进的一件事，但是阅读网络小说除外。

有家长跟我说，孩子沉迷网络小说，没日没夜地捧着手机看。家长既担心孩子的视力，又担心孩子被网络小说带歪了。您说网络小说的作者得多伤心，其作品在家长眼里如此不堪。

一个有意思的现象是，往往这个时候你问家长，孩子读的网络小说叫啥名字，家长肯定摇摇头。

再问家长，您跟孩子聊过正在读的网络小说没，家长还是摇摇头。您说孩子是不是也挺冤的，在家长眼里，读网络小说不仅不能算阅读，而且还是问题行为。

还有一个案例，一名高中男生酷爱网络小说，立志要成

为网络小说作家。结果，高考考砸了，只能去复读，可他还是矢志不渝地要写网络小说。

上述两个案例告诉我们，讨论一下网络小说很有必要。小说不是问题的关键，家长期望孩子阅读的经典名著有不少就是小说。网络小说，关键是“网络”，家长往往戴着有色眼镜看这两个字。

网络小说是网络作家依托网络平台发表的小说。风格自由，文体宽松，以玄幻和言情居多。网络小说的语言会更接近口语，并充斥网络流行语，会利用符号图案排版。正因如此，网络小说深受中小学生喜欢。

网络小说发展至今大约有 30 年时间，随着移动互联网终端的普及，网络小说进入一个更流行的阶段。网络小说存在篇幅冗长、情景无厘头、口水话泛滥、结构枝蔓错杂、内容前后自相矛盾等缺点，也难怪家长担忧孩子追捧网络小说。

网络小说的“急就章”写作模式，大大降低了小说写作的门槛；市场盈利的驱使，导致网络小说“萝卜快了不洗泥”。相比于传统小说的爬格子、成册出版的模式，网络小说属于连载模式。每天数千字更新的压力，使得作者很难顾及文章的质量。体量的不同，也使网络小说相较于传统的报纸专栏，缺乏自省。

网络小说中不乏科幻、军事、历史、二次元方面的作品。

一些中小学生读得痴迷，毕竟这是时代的流行语。

家长首先要平和地对待孩子阅读网络小说这件事。

平和源自家长知道孩子在读什么：网络小说的书名，属于哪一个类别，小说中的主人公名字是什么，小说更新到哪里了。

平和源自家长对时下流行的网络小说有所了解，包括网红作者、网红作品、网络流行语，以及关于网红作品的争议。

平和源自家长愿意倾听孩子阅读网络小说的感受。家长会与好友叽叽喳喳神侃正追的热剧，会八卦角色的表演，会有感而发自己的思考。同理，孩子阅读网络小说也会有分享需求，家长要去满足、去理解。

平和源自家长同孩子一起学会辨别。家长不能武断地告知孩子网络小说不好，而是要给孩子鉴别的方法。

当然，除了平和，还要有基本的规则，夜间睡眠时间不能用手机、电子阅读器、pad 读网络小说。这与孩子在读什么网络小说无关，只关乎睡眠、视力。

第三章

手机·误区

关于手机，家长的思想中存在着很多根深蒂固的成见和误区：孩子成绩好，沾手机一准滑坡；先玩手机后做作业就是坏习惯；孩子手机上瘾戒断无望……这些观点，都来自家长咨询过程中的讲述，都是真实的例子，这里列举的不过冰山一角。而我所说的话，很可能戳到家长的痛点，但是如果您想要让孩子与手机健康相处，还请耐心读下去。

01 成绩好，沾手机一准滑坡

要区别对待成绩不同的孩子，
要信任孩子的基础学习能力。

有好几个案例，家长都在控诉孩子玩手机不节制，把手机当饭吃。要么打游戏，要么追网剧，要么刷短视频。可当我平静地问家长，孩子学习成绩怎么样时，家长都很不情愿地回答，成绩挺好的；接着，忙不迭地补充，那是昨天、今天，再这么玩下去，明天一准滑坡……

孩子特别高强度地使用手机，一般为以下情况：刚刚拥有自己的手机，新鲜刺激；受疫情影响，孩子使用手机有了更多的正当性（网课、线上作业等）；小学高学段，课业负担不重（孩子认为学业驾轻就熟，可以玩会儿；家长观点恰好相反，要抓紧这一段时间，为初中打好基础）；孩子们发育整体提前，个体自我意识增强，开始拒绝家长习惯的“你听我说”教育模式。客观地看待这个问题，孩子渴望拥有手机的时间，远远早于家长给买手机的时间，其中积聚下来的能量是不可能不释放的。

有家长说，原本一个挺听话的孩子，有了手机好像一下子变了一个人似的，竟然提出每天使用手机到凌晨 4 点，还声称这个要求不能退让！让家长尴尬的是，孩子期末考试照样门门功课优秀。阻止吧，担心孩子反应强烈会出事；不阻止吧，这样下去，成绩肯定下滑。这应该是很多家长的共同焦虑。

沾手机，成绩会不会滑坡？

首先我们要分清孩子这样使用手机，是堰塞湖决口，还是江河洪水泛滥。两者看上去都是水灾，其实是有明显区别的。堰塞湖的水是被陡然截流，聚集的水量有上限，整体是一过性的；江河泛滥是破堤，溢出的水量在某种意义上是无上限的，整体是持续性的。

家长们担心孩子玩手机肯定是江河洪水泛滥式的，可对于学习成绩优异的孩子来说，也许只是堰塞湖决口，影响有限。家长会认为这是侥幸心理，而且，这事不能试点，万一不可逆呢？

我们要重新界定一下所讨论问题的条件，即成绩优异的学生，是不是一沾（接触）手机，学习成绩必定滑坡。

事实上，成绩优异的孩子学习有余力，这意味着其可以调整的空间大，即使一时落后了，后期再追，难度也不高。这也是成绩优异孩子的底气，不可否认。强调这一点是想告诉家长，要区别对待成绩不同的孩子，要信任孩子的基础学习

能力。

沾手机，这是个特别模糊的概念。是从孩子拥有自己手机算起，还是从使用强度过高的时候算起？是从家长主观感觉算起，还是从疫情以来手机使用强度增加（线上课程）算起？不同的认定，决定了家长对孩子使用手机程度严重性的不同判断。建议家长给孩子两个月以上的观察期，然后再下判断。

判定成绩滑坡要有客观指标。至少要分清是已经滑坡——作业、测验、考试已经出现明显退步，还是家长认为有滑坡趋势而已。说到这里，家长又焦虑了：就算今天没有影响，难道明天就不会影响？我建议还是以客观指标为依据。

回到上面那个例子，若家长不是以成绩为由阻止孩子高强度地使用手机，而是以睡眠、视力为由来阻止，那么对于学习好的孩子，理由就不会苍白无力。反之，以学习成绩可能滑坡为由，孩子会抗辩，成绩我能保证，你们还管我做甚！

02 先玩手机后做作业是坏习惯

与其做作业时惦记着玩手机，倒不如了却了玩手机之念，然后再利利索索地做作业。

家长几乎都有一个根深蒂固的观念：放学回家先学再玩——先做作业再做其他事情，就是好习惯；先玩再学——先玩会儿（特别是玩手机）再做作业，就是坏习惯。这个问题早在没有手机的年代就已经存在，至今仍旧是家长心头的执念。

小学生，如果作业在校内都已经完成，到家理所当然先玩手机。在咨询中，家长说，想给孩子追加作业，孩子就大声嚷嚷表示不满。同时，家长也说，孩子在校各方面都很优秀。我说，这不成了吃饱了，家长还要塞，孩子能不反感吗？

而高年级学生都有家庭作业。进家门先“亲近”一下一整天没见的手机，也属合理。当下，多数孩子参加完课后服务到家，距离吃晚饭满打满算半个小时。那么，这半小时用来做作业是好习惯，用来玩手机就算坏习惯？

我们推崇良好的学习习惯，其核心是为了完成学习任务，取得良好的学习成绩。那么，请问家长朋友们，你们认为完成任务的顺序对学习成绩的影响是：

A. 先做作业后玩手机就成绩好

B. 先玩手机后做作业就成绩差

C. 成绩和次序没有相关性

被我这么一较真儿，家长犹豫了。是呀，严格来说，这个问题似乎没有标准答案。若是让我回答，我选择 C。理由嘛，首先，我认为顺序不等于重视程度。在物质紧缺年代，最爱的红烧肉不管是第一口就吃，还是最后一口才放进嘴里，都是对红烧肉的重视。其次，让孩子稍微停顿一下，再继续学习，不正是劳逸结合、张弛有度的体现吗？家长们在这个问题上太执拗了。

高年级的孩子，上了一天课，放学到家正处在一个疲劳节点上。若是继续绷紧这根弦写作业，孩子的厌烦是会积累的，效率也会降低。莫不如换一个心情，玩手机、户外运动、和同伴嬉闹、做一些手工、看一会儿电视或闲书，都可以起到调节作用。在没有手机的年代，孩子放下书包也多是到院里、胡同里，跳皮筋、滚铁环、拍纸壳、打弹球。现在，玩手机、

打篮球、练跆拳道、跳绳，其实都不比先做作业差。

我很理解家长的心情，他们见不得孩子进门就抱着手机不放。可我不赞成喝止，不赞成夺下手机让孩子先做作业，太一厢情愿了。请问家长，你在职场，老板刚刚吼过你，你能立马就投入工作，而且还是全神贯注地？反之，如果老板刚刚表扬你，送上一杯咖啡，说歇一会儿再干吧，你感觉怎样？

关于次序，我不主张千篇一律，每个孩子都有自己的个体偏好，就如同吃红烧肉，有的喜欢第一口吃，有的喜欢最后一口吃。家长会说，我一开始就规定，先做作业再玩，作业没做完就别玩，不也是一种偏好吗？实际情况是，手机一分钟没玩，作业从放学做到睡觉前，仍没做完。洗漱没时间了，睡觉时间也被严重拖后。

一个基本共识：玩手机和做作业对于孩子来说都不可或缺，与其做作业时惦记着玩手机，倒不如了却了玩手机之念，然后再利利索索地做作业。加一个时限，作业总用时有上限，这才是绝对良好的学习习惯。

03 孩子一旦手机上瘾就戒断无望

大多数家长口中的孩子“手机上瘾”，是不符合诊断指标的。

讨论这个问题的前提是，科学认知“手机上瘾”的概念。

手机上瘾是行为成瘾，是指长时间依赖于玩手机，和网络成瘾本质一样。对于网络成瘾的诊断与鉴别，并没有公认的标准，有学者认为病态赌博的诊断标准最接近过度使用网络的病理特征。参考问卷如下，包括 8 个题项，在每天上网超过 4 小时的前提下，若全部是肯定回答，可以诊断为网络成瘾。

1. 你是否着迷于互联网？

2. 为了达到满意，你是否感觉需要延长上网时间？

3. 你是否经常不能控制自己上网或停止使用互联网？

4. 停止使用互联网的时候，你是否感觉烦躁

不安？

5. 每次在网上的时间是否比自己预想的要长？

6. 你的人际关系、工作、教育或者职业机会，是否因为上网而受到影响？

7. 你是否对家庭成员、医生或其他人隐瞒了你对互联网着迷的程度？

8. 你是否把互联网当成一种逃避问题或释放焦虑、不安情绪的方式？

根据《中国青少年健康教育核心信息及释义（2018版）》中的解释，网络成瘾，是指在无成瘾物质作用下对互联网使用冲动的失控行为，表现为过度使用互联网后导致明显的学业、职业和社会功能的损伤。诊断网络成瘾障碍，持续时间是一个重要标准，一般情况下，相关行为至少持续12个月才能确诊。

通过上述标准我们知道，每天上网超过4小时，符合8项指标，相关行为持续12个月以上，才能被确诊为网络成瘾。而大多数家长口中的孩子“手机上瘾”，是不符合诊断指标的。

若孩子被专业机构诊断为网络成瘾，单凭家庭的能力是不可能完成对孩子成瘾的治疗的，需要专业机构的帮助。注意，不是那些所谓的治疗机构，社会上那些标榜自己能够帮助

孩子戒断网络成瘾而漫天要价的机构是极其危险的。破财事小，孩子的身体、性命遭受威胁事大。从媒体曝出的新闻来看，确有一些家长病急乱投医，想花钱“消灾”。事实上，专业机构有完备的注册登记手续，从业人员一定具备良好的心理学背景，收费也不会是天价。这些年来，我国关于这方面的专业机构积累了丰富的经验，有着成体系的科学方法，运用心理学原理开展干预、矫治，效果明显。

若只是家长自己诊断孩子“手机上瘾”，很可能是不准确的。家长常说的手机不离手，成天除了睡觉、吃饭就是玩手机，往往是印象性判断。若追问，孩子每天玩多长时间，分布在什么时间段，游戏的名字，功课是否被影响，睡眠、饮食好不好，人际关系有没有变差……家长就含含糊糊答不上来。家长会反问我，按这个趋势，成瘾难道不是早晚的事？

孩子在接触手机之后总会有一波使用强度高峰，不能简单判定为“上瘾”，更不可认为“戒断”无望。手机不过是孩子成长过程中的伙伴之一，不是唯一。“上瘾”不成立，“戒断”就无从谈起。给孩子贴上“手机上瘾”标签，就好比江湖郎中依据假阳性指标诊断某人得了癌症！

04 住校生周末回家，给吃的比给手机重要

家长总是希望孩子理解自己职场的辛劳，那么，家长能否也理解一下住校生的辛苦呢？

目前学校里住校生的比例并不高，小学住校很少，初中会增多。相比较，初中阶段的住校生在家庭教育方面的问题要更加复杂困难。

讨论一个最常见的场景，周五傍晚，孩子经过五天的封闭住校生活回到家，家长做的第一件事是：A. 端上可口的美食；B. 递上满格电的手机；C. 布置周末的补课安排。若是让您选，您会选哪个？

我来猜一猜，家长心里最想给孩子选的应该是 C，学习最重要；也有可能会选择 A，符合家长对孩子的关爱，学校的伙食肯定不能和家里比；最不愿意，也不可能选的就是 B——这还得了，到家就玩，而且是玩手机，还要家长主动递到手里，想都甭想！

中肯地讲，选 A 在情在理，饮食是长身体的本钱，饮食也是情绪快乐的源泉，爸爸妈妈做了好吃的，犒劳辛苦了一周的孩子，是疼爱的表现。

说到手机，家长脸色就凝重起来，这可不是营养啊，更不是爱，我们做爸妈的得负起责任，哪怕做个“恶人”也在所不辞。在咨询中，一位爸爸推心置腹地跟我说：“想想孩子住校 5 天，摸不到手机，将心比心，也是挺难为孩子的。周五到家，我是愿意让他先玩会儿，解解渴的。可是孩子妈妈不同意，我也拗不过。”人心都是肉长的，这位爸爸非常理解孩子的心情。

住校生，上初一、初二年级时遇到的困难相对而言最大。集体生活的要求，整齐划一的作息，非独处的寝室条件，学习的压力，人际关系带来的焦虑……这些问题在没有手机的年代也同样存在。孩子可以通过读书、听音乐等来舒缓情绪，也可以通过体育活动来释放压力，也可以通过同学之间的谈心来缓解焦虑。这些方式，很多都可以用手机实现。但我了解到也有一些学校规定，住校生的手机不能出宿舍楼，不能进教学楼。

家长们若是能像我文中提到的那位爸爸一样，共情体谅，在孩子进家门时就主动递上手机，让孩子先玩一会儿，那么对于孩子来说，这将是整个周末最好的打开方式。有家长说，我的做法是 A + C，先吃顿好的，然后就布置周五晚上起至周日

下午（周日晚上就返校了）的学习任务，如果完成得好，周日下午晚些时候可以玩一会儿手机。言外之意，若是学习任务没完成，玩手机也就无望了。这样安排必然导致周末的大部分时间，孩子一直在翘首以盼玩手机那一刻的到来。这难道不会干扰到学习？家长可以自己试试，不用5天，5小时不触碰手机就成，自己体会一把“思念”手机的感觉。

还是回到孩子住校5天进家门的那一瞬间，建议家长采取B + A。给吃的是生理层面、物质层面的关心、疼爱、补充；给手机，而且主动、满格电，那可是心理层面、精神层面的认同、支持、信任。这些对初一、初二年级的孩子有特殊的意义，对改善亲子关系将产生积极促进作用。家长总是希望孩子理解自己职场的辛劳，那么，家长能否也理解一下住校生的辛苦呢？

05 孩子拥有手机，会更渴望玩手机

孩子拥有手机后，最终会控制好玩手机的欲望，理性地使用手机。

在和很多家长谈及手机的时候，听到最多的是：不能给孩子手机，否则孩子就会时时刻刻想玩手机；不给孩子买手机，孩子就不会想这事了……家长的逻辑是，拥有手机后更渴望玩手机。

我们试着倒推一下，孩子们是不是最终都会有自己的手机？答案是肯定的。是没有手机的时候更向往玩手机，还是有了手机的时候更向往玩手机，家长可以参照孩子玩玩具车的状态。孩子向往最强烈的阶段一定是从家长宣布要购买至玩具车到家的那几天，玩具车一旦到手，新鲜几天就被扔在一边了。

孩子在还没有自己手机的那些日子里，一般都是玩家长的手机。那么孩子是这个阶段更渴望玩手机呢，还是有了自己的手机后更渴望玩手机呢？显然是前者。因为不知道下一次触

摸手机是什么时候，所以会把握住手机到手的每一秒钟。家长的心理也与此相吻合，反正手机所有权在自己手中，一切尽在掌握中。

手机的特性决定了其所有权对个体身份的象征意义，手机不同于玩具或衣物。拥有手机说明孩子拥有了一份自我，没有手机说明自己的从属身份丝毫没有改变。孩子在长大的过程中，经历了无数个拥有之后，才确立了自我。从这一点看，拥有手机不仅是一个物权概念，而且是一个心理层面的标识。孩子渴望的不只是玩手机这个行为，也包含了拥有手机所带来的自我确认。

拥有手机的孩子，会不经意间流露出淡淡的不屑：不就是个手机嘛，跟我的书包、文具、玩具、衣物有本质的区别吗？仔细想想，这样的类比有道理，我的书包、我的文具、我的衣物，表征的都是我。当然家长坚持认为，手机不是书包文具衣物，是可有可无的。

孩子拥有了手机所有权，与之前只能用父母手机的时候相比，使用手机的便利性发生了根本性的改变。拥有手机的孩子可以理直气壮地告诉家长，你要拿走我的手机，要先征得我的同意。而之前，家长拿回自己的手机，孩子内心是无奈的，因为本来就不属于自己。

孩子拥有手机后，就不太可能对手机产生更为强烈的渴

望。家长听了肯定会反驳。家里没汽车的时候，不会想着开车上班；可家里有车了，恨不得去哪儿都开车去，这就是拥有带来的渴望。有趣的是，当更多家庭拥有了汽车，停车难，路上堵，很多人开车前会思量再三，谨慎出行。汽车从显摆道具回归代步工具，是理性的必然。

孩子对手机的态度，必将回归理性：从新奇的玩具、令人着迷的游戏机，到寻找未知的搜索引擎、无所不能的生活助手，再到沟通世界的工具……我们有理由相信，孩子拥有手机后，最终会控制好玩手机的欲望，理性地使用手机。

06 家长少用手机，做孩子的好榜样

人生阶段不同，要求也是不一样的。

生活中我们常听到一种说法，家长要少用手机，为孩子树立榜样。类似的说法还有：家长多读书，为孩子树立榜样；家长收拾好屋子，为孩子树立榜样；家长说话文明，为孩子树立榜样……这些倡议看上去都非常好，逻辑上也符合有垂范就有效仿的基本原理，但具体分析一下，会发现这几件事不可同日而语。

说话文明是一项基本素养。家长是孩子的第一任老师，家长的每一句话都是孩子学习的对象。这在0—3岁尤为明显，孩子的牙牙学语中刻印着家长的痕迹，家长务必做好榜样。

收拾屋子是家庭生活最寻常的事，每天都在发生。收拾屋子没有一定之规，有的家庭洁净有序，有的家庭凌乱无章。关起门是家事，可出了门，孩子的习惯在集体环境中、职场环境中与其他人一比就高下立见。家长要克服自身的缺点，为孩子

做个爱整理、讲卫生、有序有章的好榜样，孩子会受益一生。

读书是精神范畴的高层次需求。家长的成长经历不同，原生家庭的环境不同，职业压力不同，甚至上下班距离的不同，都给读书这件看上去很简单的事，增添了难度。生活中我们都希望看到一幅画面，家长在读书，孩子在旁边读书，但单从时间来说就很难实现。有不少家长会在睡前，借着台灯的微光读上几页，多半也是起到催眠作用。所以，家长读书的榜样作用，除了是要落实在读，还可以体现在欣赏孩子读，听孩子讲读书的快乐和收获，和孩子一起讨论书中的问题，向孩子推荐家长了解到的读书热点。这些是不是也在给孩子做读书的榜样呢？

重点来了，敲黑板！到了使用手机这件事，我们首先要知道，家长要不要少用手机，从根本上讲，体现的是家长对手机、对互联网的基本态度。回答 Yes，说明我们认定手机有百害无一利；回答 No，说明我们认为手机利弊兼具。实际上，家长不用或少用手机极不现实。把一个不现实的事情提出来并作为要求，就会产生矛盾。

我认为，家长使用手机的正常频次是不需要改变的，以同一标准来要求家长与孩子的生活既不合情，也不合理。家长使用手机的强度，在这个时代是客观必需的。这也是家长需要向孩子说明的，人生阶段不同，要求也是不一样的。

07 厌学的孩子更需要限制使用手机

对这类孩子的最大伤害是，家长内心不能放下对学业的执念，仍旧认为孩子厌学是学习态度的问题。

在咨询中，不少家长抱怨，孩子学都不想上了，还惦记着玩手机！家长往往认为，孩子不玩手机，就会乖乖去上学了。家长总是一厢情愿地希望看到这样的画面，把手机收走后，孩子除了吃饭、睡觉、上课，就是阅读名著，户外运动……然而，这样的画面真能出现？

孩子厌学集中发生在小学五年级至初中二年级。厌学的原因很多，学习困难、人际关系问题、亲子关系紧张、小升初不适应、青春期问题、心理问题、精神问题、家庭遭遇特殊变故、游戏成瘾等。厌学的具体表现：不完成作业，无视考试测验，不到校上课，拒绝关于学习的任何交流。

厌学不只发生在成绩差的群体，成绩优异的学生也会厌

学，拒绝到校。比如一位原本成绩优异、做了多年班长的学生，因为疫情期间居家线上学习，状态松懈，加上班级同学对自己的固有认同骤变，而自己又处理不当，被老师调整了班级职务。这位学生承受不了巨大的落差，拒绝到校学习，无法面对同学们的目光。

厌学也常发生在身体状况出现问题的个体身上。对这类孩子的最大伤害是，家长内心不能放下对学业的执念，仍旧认为孩子厌学是学习态度的问题，责备孩子没有学习目标、没有学习动力。这就如同一个看上去健康实则身体虚弱的人，因为挑不起重担，被旁人指责偷懒。

厌学也可能源于青春期的纷扰，是一过性的发生。家长不妨给孩子一些耐心，几个月、一学期，等待孩子消化自己的情绪。家长也许担心，这一等就全耽误了。那就必须掂量清楚，是耽误学业严重，还是闹出个什么病症严重。

厌学常发生在学业困难的个体身上。学习没有动力，没有成就感，自卑，不肯下力气去克服困难；同时有可能还迷上了网聊、电竞比赛、网剧，厌学的情绪直线上升。

通过列举上述厌学的可能原因，我们会发现，厌学的行为不过是深层次问题的外化。家长只盯住去不去学校这个行为并没有意义，厌学的孩子就算去了学校也不能达到家长所期待的学习效果，身到心未到。积聚在孩子心理上、精神上、情

绪中的压力丝毫没有消减，很有可能会加剧孩子对学校的厌恶。反应强烈的孩子，可能会越过临界点，以极端的方式表现出来。

重点来了！手机的角色，是最好不出现，还是必须保留？我认为，适当放松“管制”，对处在厌学困境中的孩子格外重要。厌学的孩子能够向谁诉说苦闷，又有谁能听得懂，并给予安慰？家长、老师、心理专业人士、同学、社工？若是与这些人交流有效，厌学的孩子是幸运的；若是没有人能交流，或者交流无效，手机或许有舒缓的作用。对这一代孩子而言，厌学时，无手机是不能想象的；厌学时，手机是可以依靠的。家长会担忧，孩子本就是因为沉迷游戏而厌学，还给他手机，岂不“助纣为虐”？可若强行拿走手机，留下不可预测的风险，家长是否能承受呢？

所以，对于厌学的孩子，根据实际情况，考虑要保留手机。

08 家长悄悄查看孩子手机是本分

家长想看孩子手机的心情我特别能理解。但是，切记不能悄悄看！

不少家长对孩子手机里的内容充满好奇……他们天经地义地认为，悄悄查看孩子的手机是监护人的本分。一位“80后”朋友跟我讲她当年为保护自己的日记本，跟爸妈斗智斗勇的故事：她学谍战剧进行“痕迹保护”（类似进门后往脚垫上撒点粉末），但家长门儿清，偷看不留痕。多年后，女儿才知道爸妈棋高一着，慨叹自己还是太嫩！听完故事，我倒是好奇，厉害的爸妈，偷看了女儿的日记，心里憋着想跟女儿谈谈，是毫不犹豫呢，还是思量再三……

从前偷看日记本与如今偷看手机，家长们的动机是一样的，一是想把隐患消灭在苗头上，二是想掌握孩子的动向。虽然出发点是好的，但做法太过粗暴简单。家长的心思是，直接看比旁敲侧击来得痛快，还能查获证据。

日记本没锁的时候，家长可以直接翻开，有识字能力即可。待出现了带锁笔记本，就要看是机械锁还是数码锁，前者可以针捅杠撬，后者可以靠数学排列组合打开。眼下孩子的手机，很多时候没有锁（家长不许孩子设密码），想打开很容易，可家长知道什么才是“核心内容”吗？我必须要说，悄悄查看手机也是有门槛的。

初级门槛：掌握如何查看手机的历史记录，最起码溜达一圈能大致清楚孩子看过哪些网页。

中级门槛：要知道不掌握社交账号的密钥，你就只能望着城门抓狂，进不去。倒不如依赖亲子间良好的沟通，和孩子关系好了，孩子也许会打开大门，请你到他的社交账号里瞅瞅。

高级门槛：家长有高超的“雷达预警”技术，依靠非接触、全场景的扫描，捕捉到孩子使用手机的相关信息，即不看孩子的手机，却掌握手机的内容。方法主要靠平日生活中的细腻观察，从孩子的言谈举止中获得信息。例如，孩子对新闻细节了如指掌，说明经常浏览媒体类网站；孩子对边缘人群生活关注，说明他可能加入了某个社交群体；孩子对某一个品类的价格细目了如指掌，说明这个品类被孩子盯上了；孩子若是经常关上房门说话，多半是在视频聊天……

上述说明不是为了鼓励家长提高能力去查看孩子的手机，而是想让家长知难而退，尊重孩子的隐私，不要莽撞地干傻

事。核心是要家长放弃低级的技术手段，做到心中有数即可。

最后我想说，就算您成功查看孩子手机，发现问题，又该如何与孩子沟通呢？比如，您看到孩子与异性同学的“暧昧”聊天，又气又急。请问，您确信自己有足够的智慧向孩子提及您的关切？说不定孩子淡淡地一笑，反问您这是从哪儿知道的？瞬间，您的面部僵硬了。说实话吧，您自己也觉得心虚；说谎话吧，又与多年来教育孩子的理念相悖。我都替您着急……

家长朋友肯定疑惑，难道我就不能看孩子手机的使用内容？当然可以看，您是监护人，有义务、有权利看，这绝对是您的本分。家长想看孩子手机的心情我特别能理解。但是，切记不能悄悄看！

09 怕孩子通宵玩手机而推迟分屋睡

阻断孩子通宵玩手机的唯一办法，就是不让手机与孩子同睡。

提出这个问题是因为一位家长向我咨询，儿子已经四年级了，特别迷恋手机，玩起来不吃不喝不睡，若是不管，他可以玩一通宵。家长的问题是："我们想推迟分屋睡，以便监督孩子，这样做对吗？"

面对家长的提问，我很纠结。一个屋睡肯定对孩子有"震慑"作用；可一直一个屋睡，也不是长久之计，对孩子的独立性、性别认知都有负面影响。

在这里，我想先说说分屋睡开始的合适时间和分屋睡的重要性。

在居住环境有了巨大改善的今天，多数家庭具备给孩子准备一个独立房间的条件。孩子出生时睡婴儿床，稍大一点后挤在爸爸妈妈的被窝里睡，再大一点则独自被窝、独自小床（挨着爸妈大床）睡，下一个阶段就是和爸妈分屋睡了。分

屋睡比较理想的时间节点是上小学，6 岁左右。当然不是一键切换，而是需要数个月的过渡，大方向不能犹疑——尽早、彻底。我注意到实际情况是，女孩家庭完成得更顺畅，原因是女孩对自己小空间的向往和认同比男孩要早，父女之间的性别认知也相对清晰，家庭整体也会促使分屋睡顺利完成。可男孩家庭的情况就要复杂得多，男孩子对“妈妈被”的依恋，男孩对妈妈在性别上的模糊，使得不少家庭的男孩分屋要比女孩分屋更迟、更难。孩子成长中分屋睡这个重要节点，要从独立的空间开始，是要在心理上去体会独自面对黑夜的种种，也是要让孩子到了一定年龄后懂得回避爸爸妈妈之间的私密。

另外，分屋睡，可以帮助男孩进行性别认知。妈妈是女性，不单纯只是“妈妈”。多少年来，我接触的诸多案例显示，男孩子凡是晚于 10 岁还和妈妈一起睡的，在成人后或多或少都会留下影响：性格偏弱，举止扭捏，对异性缺乏界限感，对自身的性别认知存在偏差，甚至婚姻生活也会受到影响。可以想象一下，如果一个 14 岁的男孩还与妈妈睡，他能分辨得清楚，睡熟时抱着的胳膊是妈妈的还是女人的？已经在发育的身体会因为是妈妈就没有任何生理反应？家长们对分屋睡的认识要上升到这个高度，分屋睡的必要性、时间点都是刚性指标。

回到本文主题，用推迟分屋睡来阻止孩子通宵玩手机，对吗？毫无疑问，是错的。家长们低估了自己睡眠的深入程

度，俗称睡得死。一位孩子奶奶跟我讲，我孙子趁我打盹儿，疯狂玩手机不睡觉。家长和孩子一个屋睡、一张床睡，都存在着家长睡熟了，孩子戴上耳机继续战斗的可能性。最终结果是，半夜手机照玩，爸妈觉照睡。

阻断孩子通宵玩手机的唯一办法，就是不让手机与孩子同睡。孩子无论跟爸妈睡，还是自己睡，手机都不能带着，包括其他电子设备也一样。这点要从孩子认识手机，特别是从孩子能够自主操控手机等电子产品那一天就开始，这是一条红线！

10 手机伴听 干扰做作业的效率

孩子做作业时的伴听究竟是干扰还是气氛，家长对此不宜武断。

手机伴听对于做作业是一种干扰。因为个体不同，手机伴听对学习效率存在着不同程度的影响，这一点毋庸置疑。在多年的家庭教育咨询中，不少家长都反映自家孩子存在这个问题，所以我想对这个简单行为做一些复杂的补充，为不同学段孩子的家长提供一些参考，期待家长们对孩子行为的“合理性”有所了解。

这个话题其实要从二十多年前说起。那时手机还是奢侈品，并不普及，可随身听却很常见，收音机也早已从笨重的台式机变成小巧的便携式，最小的甚至只有一指长两指宽。当时还是中学生的女儿，就特喜欢戴着耳机，边听广播节目，边做作业，手上转着笔，摇头晃脑地很是享受。我看着肯定来气，有时也会叨叨她，但基本没效果。她也不跟我争执，依然

我行我素。进入高中后，我无奈地妥协了，但心里还是犯嘀咕，这会不会影响高考？直到高考结束，女儿取得高出当年北京一本线 64 分的成绩（其实她中考成绩也很不错，但我觉得是撞大运），我才彻底松了一口气。这件事也让我反思，当事人——孩子做作业时的伴听究竟是干扰还是气氛，家长对此不宜武断。

与随身听相比，手机容量大、这就导致孩子们更喜欢用手机来营造氛围。听的内容以流行歌曲为主，其次是一些文娱类广播节目，或下载存储在自己的手机里，或听直播。如果是听直播，就会有互动，这个时候如果没有手机就太难以想象了，毕竟不是电话热线、短信时代。互动有的是表达对明星的喜欢，有的是发表观点，有的是竞猜答题得奖品。随着各类 APP 的涌现，孩子们还会听脱口秀、相声等语言类节目，以及有声书等。

读到这里，家长更坚信自己的判断了，这不就是干扰吗！岂止是干扰，还可能是“毒化”！莫急，莫急，若是孩子仅仅停留在听，并无进一步的线下参与，具体内容只停留在纯音乐、纯幽默或有一定知识性的内容，家长就不要干预。

手机伴听做作业，家长还应根据年龄段来应对，不要一刀切地严禁。

对于小小学生（1—3 年级），严令禁止。

对于小学高年级，要关注内容，可以通过沟通了解。应区分做作业时是全程听，还是中间听一段；是每天都听，还是隔三岔五听一回。最后结合作业完成的速度、质量，来判断是禁止，还是限制手机伴听。

对于初、高中学生，我建议让孩子自己掌握，适时提醒他们即可。态度要温和，频率不能太密集。若是孩子控制得比较好，家长还可以给孩子推荐优质的内容。至于是做作业伴听，还是闲暇时听，由孩子自己决定。

与大家探讨一个观念，“一心二用”该怎么理解？家长内心肯定是希望孩子全神贯注，一分一秒都不走神。可我要负责任地提醒一声，“向往”距离现实往往很遥远。如果知晓孩子在不同年龄段自控能力不同，家长逐步降低管控，减少孩子对家长管理的依赖，那么手机伴听做作业就不是大事。家长管得越久，孩子的自我管理能力提升得就越慢；那才是真愁人！

手机伴听做作业于多数孩子来说，不过是紧张学习氛围的调节，家长做家务的时候，不也喜欢闹个动静？因而不宜过度解读。当然，也不能完全放任，特别是对低年级孩子，应作严格要求。

11 家长不如手机亲，罪魁是手机

家长可以借助手机与孩子交往、沟通、分享，孩子会重新发现家长的好，从而化解亲子间的矛盾，改善亲子关系。

在咨询中，有家长会很愤慨、很无奈地问：怎么在孩子心中，亲爹亲娘都不如这个小疙瘩——手机亲？罪魁祸首就是手机！

的确，在孩子小学五年级至初中二年级这个阶段，最可能发生手机不是爹娘胜似爹娘的情况。孩子宁愿搂着手机整宿不分离，也不听爹娘哪怕一分钟的谆谆教诲；对手机讲心里话可以千言万语，对爹妈挤出来的就是只言片语；与手机厮守地老天荒，对爹娘貌似路人……家长很绝望。

冷静下来，我们试着回忆，在没有手机的年代，孩子到了这个年龄是不是也会跟家长不亲？家长年少时是不是也跟自己父母疏离过？有一些孩子很少用手机，难道就跟爸妈很

亲？进一步追问，孩子在10—14岁这个年龄段，跟父母话少，甚至不主动交流，就是不亲的表现？家长对这个年龄段的孩子是不是存在误解呢？看来有三个问题要厘清：

一、如何来判定孩子与爹妈亲不亲？

很多爹妈心里非常怀念儿女在自己怀里腻的时光。我见过一个男生（初二），当他妈妈向我咨询时，他就在妈妈的脸上狂舔，直到口水淌满妈妈的脸颊。我明白家长要的不是这样夸张的亲密，而是孩子能说心里话，能告诉家长自己的想法，能挽着爸妈走在街上，能跟爸妈撒娇。现实情况是，进入青春期的孩子大多会减少与家长的交流，不爱说话，叛逆、顶撞，你说东他偏说西，避免与家长的肢体接触。但这就被判定为不亲？当然不是。您不信，可以想想：您不舒服时，孩子给您递杯水，会先试试温度合不合适；您拎重物，孩子抢着帮您拎；您工作不顺或家里有事，孩子会跟您东拉西扯，转移您的注意力；您忙不过来，孩子会自己洗衣收拾屋子……在我看来，这些都是孩子和您的亲。

二、孩子跟自己不亲（家长感觉），错全在手机？

实话实说，多数情形的“不亲”是家长主观认为孩子没有原来跟自己亲了。

至于手机的使用，在被家长夸大后，容易陷入恶性循环。家长抓学习打压孩子玩手机，孩子就厌学、亲手机；孩子玩手

机越着迷，学习成绩就下滑得越快，家长对手机就更加反感。

家长不妨对比两副十分熟悉的面孔：一副是好玩有趣、基本不问作业的手机面孔；一副是喋喋不休、阴云缠绕，像复读机一样唠叨的爹娘面孔。换作家长您，会对谁更亲呢？试问只知道挥舞学习大旗的家长，让孩子如何亲呢？

三、孩子不亲，家长有能力借用手机与孩子亲吗？

若亲子关系紧张，家长不妨把手机作为队友，孩子跟朋友的朋友当然会越来越亲。家长可以借助手机与孩子交往、沟通、分享，孩子会重新发现家长的好，从而化解亲子间的矛盾，改善亲子关系。

归纳起来，家长正确认识手机，理解孩子与手机的关系，接受孩子在任何时代都会出现暂时疏离的状况，切勿主动不亲，亲子之间的关系就不会出大问题。

12 离开手机就能回归学习

解决学习问题要根据个体的特点，有针对性地找路径、方法，而不是简单地拿走手机。

一位家长跟我抱怨，不知道是谁发明了手机，还弄出个互联网，迷惑住孩子，孩子再也不爱学习了。很多家长都有一个幻想，孩子离开手机就能回归学习……

乍看家长的这个推论好像没问题。玩手机占用了学习时间，不玩手机，时间回来了，就可以去学习了。然而，家长情绪平和之后发现，这不过是愿景，很难实现。

实际上，在没有手机的年代，占用学习时间的内容也很多很多。男生拍纸壳，女生跳皮筋；男生看武侠，女生迷言情……这些都是在与作业抢时间，也都曾经让家长头疼不已。家长内心应该很清楚，自己小时候就算被父母拎回家里，按在书桌前，其实也无法静心作业，心思仍徜徉在玩乐当中。

孩子的生活内容有玩手机，有做作业，还有很多其他项

目。孩子学习目标不明确，学习动力不足，学习方法不当，学习效率不高，学习习惯不好，等等，确实与手机有关联，但手机绝不是唯一原因。

解决学习问题要根据个体的特点，有针对性地找路径、方法，而不是简单地拿走手机。而且就算出了手机的坑，孩子一路走来，身边难道就没有别的坑？

以不爱学习为例，至少可分几类情况：学不动，学会了，学无趣，学压大（学习压力大）。

学不动就是学习遇到困难，上课听不懂，下课不会做作业。用过功，还是没学会，家长夹枪带棒地督促，孩子自卑、自弃。

学会了就是学前班学过了，补习班学过了，个体能力强已经掌握了。上课出神望远方，下课不交作业。我遇到一个案例，一名初一男生，进了中学各科就没交过作业，期中考试语文 59、生物 92，都是百分制，您说他这是爱学习还是不爱学习？

学无趣就是对上学厌恶。这类个体占比很低，家长遇上了，必定头疼不已。这类孩子未必是能力不行，也未必是没有志向，就是对上课做作业感到厌恶。但他也许其他方面很突出，比如在家做面包糕点像模像样，比如会做志愿者去救助流浪小动物。这个时候家长就不能局限在学习这个狭窄范围来考

虑问题，毕竟于成长而言，有很多方面都比学习重要，例如健康。

学压大，这是我造的概念，特指孩子个体对自己有超高的学习要求——分数、名次等。可在学校里，孩子难免会遭遇成绩低谷、人际关系危机，会遭遇竞争激烈、对所在集体不认同等问题。这些汇集在一起，就变成学习压力。个体承受不住，就会逃避，会拒绝到校，会陷入好高骛远、无法脚踏实地的状态中。这种情况落在家长眼里就是不爱学习，所以孩子是很委屈的。

在上述各类情形中，孩子大都会表现出对手机的高度依赖。在孩子的心里，手机是一份安慰。家长企图拿走手机，期望孩子能浪子回头专注学习，是开错了处方，会产生不良反应。孩子需要解决的有关是学习的一系列问题，而不是解决家长所认为的手机问题。孩子没了手机，可能去发呆、睡觉、看电视、读闲书、见网友，但就是不去学习……

13 让老师管理孩子手机

家长对老师提出这样的请求，是为难老师，效果也极为有限。

一次与家长的对话，我至今难忘。

那次我去一所中学给家长讲座，结束后被一位家长拉住，她说："您和学校老师熟，能否帮我跟我女儿的班主任说，把我女儿的手机没收。"我稍稍了解才知道，她上初二的女儿特喜欢玩手机，尤其喜欢夜里玩，甚至不睡觉地玩。虽然家长想管，但女儿连门都不开。爸妈欲哭无泪，只能在女儿房门外叹气。家长想出的办法就是，让老师发威，没收孩子的手机，这样一来女儿断了念想，玩手机的问题就解决了。

家长的这种行为，不是在请老师帮助管管孩子，而是想让老师担负起监护人的责任。

这类家长，往往在履行监护职责上问题多多。初二的孩子如此不节制地玩手机，而家长无可奈何，家长与孩子之间的沟通想必也一直不畅。

比起家长的话，孩子的确更听老师的话。但这不等于家长可以把属于自己的活儿一股脑地推给老师，自己坐享其成。手机的主要使用场景都在家里，家长的责任是推卸不了的，何况手机也是亲子关系的重要命题。

寄希望于让老师来解决孩子玩手机的问题，实际上也实现不了。按照大多学校的管理规定，孩子白天在校期间，手机等电子产品不能进课堂，若是进校园必须统一保管。孩子带手机到学校被老师没收的情况已成历史，家长应跟上时代发展的步伐。不过，老师即使没有受到家长的“拜托”，也会引导学生与手机健康相处，会提醒学生要注意保护自己的视力，要减少手机使用对睡眠的负面影响。至于孩子在家使用手机的问题，以及孩子同家长在手机使用上的矛盾，老师是鞭长莫及的。家长对老师提出这样的请求，是为难老师，效果也极为有限。

家长因为孩子手机使用问题陷入焦灼的时候，要认清几个问题：首先，世上没有灵丹妙药，早上喝，晚上就见效，这是根本不可能的；其次，要循序渐进，以本案为例，最务实的策略是，跟女儿沟通，将玩手机的时长从整宿降到半宿；再次，降低学习要求，缓解学习压力，目标定为完成义务阶段教育，顺利取得初中毕业证；最后，家长要反省过往教育中的问题，发现女儿身上的优点，给予孩子信心，改善亲子关系。

写这个问题，是为了告诉家长，孩子使用手机的问题必须立足家庭内部，不要奢望外援。在此也提醒各位家长，一定要从小帮助孩子建立与手机健康相处的意识、习惯。回避、延迟，必然导致问题复杂化，导致亲子矛盾升级，有可能带来更大的问题。

14 有了未成年人手机使用保护程序就万事大吉

不要迷信技术，除非你真的弄懂了全部技术。

这些年来，不少平台机构，特别是网络游戏运营商，都推出了未成年人手机（网络）使用保护程序，限制未成年人使用手机的时间，协助家长掌握未成年人使用手机的动态。这些程序成为家长管理孩子使用手机的得力助手。这也是有关部门一直督促相关企业落实的要务。

不过，在咨询中我不止一次听到使用保护程序的一些乌龙事件。家长以为用了保护程序，孩子使用手机的情况就尽在自己掌控中——我让你玩多长就多长，多一分钟都甭想！家长把心放在肚子里踏实了，而孩子的神情里并没有流露出不满、渴求，好像立马就接受了爹妈的技术管控。过了好几天，家长有点品出味儿来，怎么感觉孩子在偷着乐？家长再去检查发现，所谓的技术管控早已被孩子第一时间破解。孩子还故作什么都没发生，尽情享用手机带来的快乐。家长恼羞成怒，很抓

狂却又不知如何应对。

需要声明一点，未成年人手机使用保护程序大多是可靠的，是这些企业社会责任的具体体现。出现上述问题，应该有两个方面的原因。

一是家长对保护程序的使用规则没有掌握到家：对程序不熟悉；没有设置加密级保护；设置权限密钥时偷懒，用了自己的万能密码，而孩子在使用家长手机的那些年，对这个万能密码早已烂熟于心；最初设置程序密码时，不小心被孩子看到；家长怕自己忘记，把密码记录在自己手机备忘录或笔记本里；还有就是家长选了一个形同虚设的“渔网”保护程序，孩子可不就随意进出嘛。

二是孩子破解的意愿强烈，毕竟这关乎每天能玩手机的时间有多长，可以浏览的范围有多广。从技术层面来说，孩子的钻研能力完全超出家长的想象，无师自通也罢，搜索寻觅也罢，冥思苦想破译也罢，与小伙伴切磋攻关也罢，总之是难不倒这些“小工程师”。记得一位家长跟我讲过自己和儿子（当时上初中）关于电脑上网密码的持久“谍战”。家长刚开始在数字、字母的组合上下功夫，难不倒儿子；然后就在汉字上下功夫，依旧被儿子破译；最后家长被逼到黔驴技穷，用生活用品做密码，如拖鞋、扫把，但还是被儿子破译。家长方才明白，在这方面，自己是斗不过孩子的。通过亲子沟通，家长明

白了密码不是关键，儿子也明白了要限制电脑使用时间。令人欣喜的是，妈妈为此写了一篇心得反思自己，成了通情达理的家长；儿子努力学习，如愿考上浙江大学竺可桢班。

这个案例告诉我们：不要迷信技术，除非你真的弄懂了全部技术；不要轻视孩子，他们对技术的掌握可能远远超出家长的预料。家长要承认，这也是孩子学习能力的体现。

15 成绩好的孩子不玩手机

家长不要完全否定爱玩手机孩子的学习积极性，也要认识到成绩好的孩子同样有痴迷手机的可能性。

很多家长都有一个刻板的印象：成绩不好的学生都爱玩手机，玩了手机成绩更糟糕；成绩好的孩子都不玩手机，不玩手机成绩就更好了。

这是一个十分典型的成见，不管是对于孩子，还是对于手机。如果按照上面的逻辑，那么“微信控”就是闲得发慌，不然哪有时间鼓捣手机。事实上，“微信控”可能特别善于抓住碎片时间，切换能力很强，做事的效率也高。而有位先生，虽然屏幕使用时间很少，但做事效率也很低，意志消沉，社交需求少。那能够得出结论说这位先生玩手机很克制吗？显然不能。实际上，他患有眼疾，不能过度用眼，所以很少玩手机，与他的克制力无关。

回到学习成绩与玩手机的关系，家长不要完全否定爱玩手机孩子的学习积极性，也要认识到成绩好的孩子同样有痴迷手机的可能性，不可掉以轻心。

对于成绩好的孩子使用手机的问题，家长会有这样一些特点：

因为放心而大意。例如孩子上初一或高一，家长会因上一阶段孩子的整体表现自觉、上进且成绩优异，而放松对孩子的管理。孩子自己一个屋，之前使用手机节制有序，家长不觉得晚上睡觉手机在孩子手里是个事。直到有一天，老师联系家长询问，孩子上课怎么总是犯困，甚至睡觉打呼噜。家长了解后才发现，孩子大半宿地玩手机已经有两个月了，只是家长睡着了不知道。不过，孩子功课照做，考试成绩保持平稳，没受什么影响。这就说明，玩手机有可能短时间内并不会影响到成绩，所以很容易被家长忽视。

因为优越而小心。还是上一个案例，家长弄清情况了，可拿不定主意怎么管。孩子成绩好，有优越感；家长长期地哄着，生怕得罪了孩子。如果家长犹豫两星期，孩子夜里疯玩手机就会进入到一个新高潮，使得行为矫正的难度成倍增加。孩子的心里还会留下家长不敢管我的错觉，更加嚣张任性。所以家长必须吸取教训，不能因为孩子成绩好就不干预。

因为被骗而恼怒。也有的家长及时发现了情况，立马变

脸，甚至拎着棍子来到孩子面前。与其说是愤怒，倒不如说是恼怒，觉得自己被孩子要了，丢了面子，想出气的冲动远大于和孩子沟通交流的意愿。

因为崩溃而失信。有的家长崩溃之下，会撤下平日里的斯文面具，失去理性，否定孩子的一切，也不承认之前的所有约定（例如每天可以使用手机的时间，每周的零花钱额度，可以安排一些活动的自主权）。这也说明，之前约定中缺少关于夜间睡觉不能玩手机的条款，所以并不全面，需要重新修订。

通过本文的分析，家长只要记住一条，玩不玩手机，和成绩好不好关系不大，玩手机后成绩也不一定绝对变差，毕竟手机游戏高手与学霸的结合体也不少见。

第四章

手机·方法

如果家长想在这一章读到对付孩子使用手机的方法，恐怕要失望了；到最后可能还会反问我，合着不是在说怎么对付孩子，而是帮着孩子对付家长。

确实有点这个意思。实际上，家长、孩子、手机三者，并不是对立的关系，要做到和谐健康相处，也并没有想象的那么难。家长要根据自家的实际情况来选择合适的方法，做到“一家一策”。

01 给孩子旧手机应储存空间足、电池佳

用一个旧手机向孩子传递家长的心声，也应格外郑重，饱含信任。

很多家长把旧手机给孩子，作为孩子人生的第一部属于自己的手机。不过出于对孩子的尊重，起码要保证存储空间充足，电池状况佳。

家长已经克制住内心千万个不乐意，给孩子属于自己的手机（虽然是家长用过的旧手机）了，为什么我还要提出储存空间、电池的要求？

在此我先夸赞一下当下的家长，在这一方面做得很好。对于二手的衣物、玩具，大家都很乐于接受；也会把自己孩子用过的衣物、玩具送给亲戚朋友，或者到二手网站出闲置——不是为了卖钱，而是为了让这些物品能继续发挥价值，坚守绿色环保的理念。对于接受一方来说，穿过的衣物往往更安全，用过的玩具核心功能没有改变，省下购买新衣服、新玩具的

钱，岂不是又安全、又实用、又节约？

送出二手物品的家长，大部分都会坚持做好一件事：把物品洗干净、消毒，检查零部件是否完好、各项功能是否正常，检查说明书是否有残缺等。这是对接受方的尊重，也是对接受方的感谢。

回到本文主题，家长把自己用过的旧手机给孩子用，是否也同样需要对孩子表达尊重？家长先给孩子一个旧手机，是担心孩子小，会保管不好，发生磕碰、丢失的情况。反正是旧手机，丢了坏了都没事，值不了几个钱。那么家长要不要给这个二手手机赠予弄个仪式感很强的交接呢？我认为是必要的。

二手车交易时，原车主在交车前都会去洗一次车。对照一下，家长也应该给旧手机做一次清洁，擦拭、消毒、换贴膜，配上孩子喜欢的手机壳。

比照家长自己换手机，给孩子旧手机前最好把旧手机原有的存储内容删除，恢复出厂设置，个性化设置留给孩子自己选择。这样做，一方面是把家长的使用痕迹清理干净，另一方面也是给孩子一个“新芯”。

若是旧手机已经使有几年了，一定要检查电池的状态。若有充蓄电不良的情况，建议更换电池。手机充电器也要状态良好，这关乎手机充电的安全。

如此啰唆地说这么多，主要是想努力消解家长的顾虑。

既然下定决心给孩子手机，就不要给人不情不愿的感觉，孩子都是很敏感的，能够从家长的一举一动中感受到家长的心绪。

在给孩子手机这件事上，家长关注的点在于从此管教孩子恐怕就更难了，孩子关注的点在于终于可以自己掌控手机了。实际上，还有一个家长常常会忽略的点，就是信任。家长把手机交到孩子手里，就是在用行动告诉孩子，我们对你有信心，我们是信任你的。

亲子沟通中，家长总是抱怨，孩子不爱跟父母说话，交流很少，或者只说对自己有利的内容。为什么呢？实际上就是孩子对家长不信任，不相信家长能包容自己，不相信家长能客观讲理，不相信家长会耐心倾听。同理，家长对孩子能否与手机健康相处也是疑虑重重的……

所以，用一个旧手机向孩子传递家长的心声，也应格外郑重，饱含信任。

02 布置手机任务，占位游戏时间

如果有家长陪伴一起去手机里开疆拓土，孩子就不会完全陷入沼泽，反而能掌握在沼泽上铺木板的办法，拥有在沼泽中发现矿藏的本领。

管理孩子使用手机，除了减少玩的时间这个办法，可否考虑通过“占位”来解决孩子高强度使用手机玩游戏的问题呢？“占位”，这个术语常常出现在医学中。“占位性病变”是医学影像诊断学中的专用名词，是指被检查的部位里有一个“多出来的东西”，这个“多出来的东西”会使周围组织受压、移位。

我在此借用“占位”，是想说用其他任务来占位玩游戏等内容，前提是不能脱离使用手机这个基础。也就是说，不是让孩子去做作业——这就不是占位，而是换位了——而要在使用手机这个基础上来实现。

如何巧妙地实现占位呢?

让孩子帮忙用手机搜索一个生活用品的信息，包括价格高低、对应的规格数量、品牌因素、外观风格、口碑等，至少货比三家，形成一份市场分析报告。

让孩子用手机查阅已购家电的使用指南——常见问题、功能详解、问题处置、操作禁忌、外文缩写，帮助家长解决使用家电过程中遇到的难题。

让孩子用手机帮家长做一个短视频：文字、背景音乐、特效、裁剪……这本身也是孩子进行美育学习的好机会，刺激孩子文思泉涌、创意迭出。

让孩子用手机为家庭周末出游做一份攻略：玩，选择好目的地，了解其主要景点、历史文化，为老人孩子安排娱乐方式；吃，寻找特色美食，兼顾每个人口味；穿，提前了解天气状况，准备好适合的衣服；住，根据出行人数预订好住宿；行，行车路线、时间行程都需要细化安排。

……

上述列举，涉及两个关键词：孩子，手机。也就是说，必须是孩子去完成，必须要用手机完成。这样的占位，占了孩子，占了手机，但不会把孩子与手机分开。

相比较家长“别玩手机”的吼声，这样的任务布置，让孩子与家长达成了共识：手机可以不放下，还在孩子手里。

家长在咨询中不断向我提及，孩子对手机怎么就能一学就会、无师自通？这其实不难理解，人类的兴趣是敲开顽石的利器，心之所向，无坚不摧。孩子对陌生事务的学习，各有高招，并不是必须通过他人的教授才能掌握，4 岁小朋友识字 4000 个也不是奇闻。家长接受这个现实，积极地引导，发挥孩子对手机强烈的钻研实践精神，反而可能创造家长和孩子共同学习、与手机健康相处的机会。

家长反感手机，主要是觉得手机占据了孩子成长的宝贵时间。若是家长能用更多内容去占位手机，岂不是实现了共赢？孩子爱手机，不仅仅是因为游戏，还因为手机里丰富的世界、迷人的江湖。如果有家长陪伴一起去手机里开疆拓土，孩子就不会完全陷入沼泽，反而能掌握在沼泽上铺木板的办法，拥有在沼泽中发现矿藏的本领。

03 设置违约“处罚盒”

孩子违反约定，就按照约定规则对手机进行“关禁闭”，把手机关进“处罚盒”。

提出这个“处罚盒”的想法，完全是我拍脑门的结果。

在家长咨询或家长讲座中，我总被问到：“孩子不按约定超长使用手机，该怎么处罚？”强行没收手机的后果很严重，其中不乏极端案例。既要让孩子暂停使用手机以示惩罚，又不能刺激过度以免引发悲剧，于是我就想到了这个“处罚盒”。

关于这个“处罚盒”，形状可圆可方，也可异形；材料以全透明的塑料为宜；大小，可以放入一个大尺寸手机即可；一定要带锁，且牢固。我曾多次开玩笑说，义乌小商品市场为何还没有生产此类物件，我坚信销量一定差不了，家长会疯狂抢购。

“处罚盒”的使用方法极为简单。孩子违反约定，就按照约定规则对手机进行“关禁闭”。注意！不是对孩子关禁闭，

也不是简单地没收手机，而是把手机关进“处罚盒”，时间长短以约定内容为准。

敲黑板，重点来了！这个“处罚盒”放置的位置颇有讲究，建议放在孩子书桌的显眼处，或者放在孩子的床头柜上，也可以放在餐桌上。手机放入前最好是满格电，不关机，设置静音。

这样的处罚有几重特点：

1. 约定知情性。家长与孩子要充分协商处罚条款，并保留定期调整的机制。处罚方式应事前明确告知孩子，并可提前演示效果。

2. 处罚安全性。之所以会因家长简单粗暴地没收孩子手机而酿成悲剧事件，是因为孩子很绝望——不确定家长的处罚要持续多久（有些家长很随意，可能气消了就还给孩子，也可能很久都不提处罚结束。）；目击家长暴怒下直接砸摔手机，不知道何时再买新的；家长开出的考试成绩达到多少分才能结束处罚的要求遥不可及。但是，如果我们用“处罚盒”的方式，就能让孩子清楚地知道手机没有离开自己，近在咫尺，不会消失。有具体明确的条款限制，家长也不能随意延长处罚时间。

3. 心理刺激性。用“处罚盒”的方式的确能产生强烈的刺激效果。家长图方便直接没收手机，以为断绝了孩子玩手机的念头，哪怕几小时也行。实际上，孩子可以用暂时忘却的心理

调解自身的难受劲儿，俗话说“眼不见心不烦”。可是一个透明盒子就放在眼前，孩子隔着盒子却不能触摸到手机，在心理感受上有多抓挠，可想而知。这样处罚所产生的心理刺激程度更强。

4. 价值权衡性。孩子虽然还未成年，但权衡利弊得失的能力并不比成年人差。摆在孩子面前的选择很明确：遵守约定，可以触摸使用心爱的手机；违反约定，就只能“望机”兴叹。两相对比，孩子当然会做出趋利避害的选择，克制多玩一会儿的欲望，规避被“折磨”的窘境。

家长或许会觉得我在讲段子，其实我是认真的。家长和孩子之间，是拔河关系，而手机就是中间那个绳结；三者还是一个边长动态变化的三角关系。前一种关系是无限地争夺，谁胜了都会破坏亲子关系；后一种关系是让家长学会张弛有度，不断调整三者间距离，达成平衡。

04 家长的游戏段位，决定孩子的游戏沉迷度

游戏的本意也不是为了让玩家成为瘾客，而是倡导克制，希望玩家是有克制的个体。

在咨询中，不少家长抱怨孩子沉迷游戏。可是一旦被问到，孩子玩的游戏叫什么名字，家长，特别是妈妈，基本都是摇摇头，一脸茫然。一些爸爸倒是能说出游戏的名字。我接着问孩子爸爸，是否玩过那款游戏。爸爸回答，以前玩过。我再问，水平怎样，有没有跟孩子比过？爸爸就露出腼腆、羞怯的神情。也有家长这样回答，我以前也玩游戏，但是孩子现在玩的，我不熟。

之所以提出“家长的游戏段位”这个想法，是因为我想解决亲子间关于游戏的对话、双方水平对等的问题。围棋，也被称为手谈，对弈的双方需要棋力相当，不然就会通过让先或授子来缩小差距。让先是先行者不贴目，授子则是允许实力较弱一方先在棋盘上布下数子。如此一来，手谈双方可以一搏，不

然，弱势一方毫无招架之力。

关于游戏，若家长和孩子之间实力悬殊，便难以对话。家长自以为有监护人的身份，具有充分的发言权。可孩子会轻蔑地回应，你懂吗？家长会怒吼，管你什么游戏，管你打得多棒，打游戏就是错，无休止地打游戏就会坠入深渊。到了这种时候，孩子多半会转过身去，露出一副懒得理你的不屑样子！

一名四年级女生的妈妈对我说，她家孩子一年级的时候家长就给买了手机，从此孩子就踏上了游戏征程，而且还是那种大型游戏，不是消消乐一类的小游戏。母女俩组队，从一年级打到四年级，孩子功课没受影响，也没有沉迷。妈妈很自豪地对我讲，到目前为止，女儿还无法战胜她。在这对亲子关系中，女儿深深佩服妈妈懂游戏，是高手，妈妈说的话很有分量。

讨论至此，我要说明一点，家长游戏段位高，不是说家长打游戏沉迷程度深。生活中也存在这种情况，孩子不打游戏，反而家长自己打得昏天暗地；但这不在本文讨论之列。

很多大型游戏的设计，包含着内容、智慧、价值取向的引导，游戏段位高意味着玩家懂这个游戏的精髓，段位低的玩家，缺少的不只是技术，还有境界。游戏的本意也不是为了让玩家成为瘾客，而是倡导克制，希望玩家是有克制的个体。家

长若是段位高、有境界，在孩子心里就是一个能力上超过自己的同道，有共同语言，能共情体验，分享悲喜。这样一来，家长要求孩子节制的话，孩子是更能够听进去的。进而，家长因为段位高，在具体的攻略上可以点拨孩子；孩子攻坚克难，也会更耐心地倾听家长的“谆谆教导”。

家长会说，我对游戏毫无感觉，你让我怎么成为有段位的玩家？如果这话是妈妈说的，我能谅解；如果是爸爸说的，我会着急。父母在家庭教育上需要分工合作，相对而言，爸爸来负责陪伴孩子游戏，是更合适的。很多爸爸在青少年时都是游戏战士，此刻就不要怕挨老婆数落，故作游戏“小白”。退一万步讲，家长即使不能披挂上阵，起码也要进行游戏扫盲，做孩子的学生，记住孩子所玩游戏的名字、类型、特点，当孩子讲起玩游戏的故事时，不要听着听着就睡着了。

内行谆谆千言少，外行叨叨半句多。

05 阻孩子卖货 不如帮孩子发货

有了学业就一定有未来？若是在青春期留下了严重的心理问题，未来又在哪里？

中小学生做买卖，不知道家长们是否有所耳闻。先来说两个线下“游商”的故事，发生在六七年前。

一名小学五年级男生，请爸妈从超市购入大包装零食，然后按照自己掌握的行情，分装成小包装；充分考虑到购买的同学一次性解馋所需要的分量和支付能力所承受的范围，由此来确定数量及定价，保证利润。在具体销售时，男生允许赊账（想吃的孩子当天兜里没钱），到月末，他也可以按时、不伤和气地收回全部欠款。

另一名也是小学五年级男生，刚开始是卖文具，从市内的批发市场进货。之后班级里出现了低价竞争，男生就请爸爸帮忙，从义乌进货。后来因为文具竞争激烈、利润太薄，就转行卖手写游戏攻略，1元一条。男生爸爸也是可爱，给儿子出

主意说：“你为何不复制粘贴，打印在一张 A4 纸上，裁成一指宽纸条。”男生采纳了，顿时生意大好。

如今，孩子们的生意早已扩展到网上，特别是一些二手闲置电商平台——孩子支个摊儿，就可以卖点文具、时尚玩意儿、复古摆件等。货源既可以是孩子闲置的东西，也可以是从网上淘的货。大人听了也许会惊讶，这也有人买吗？令人想不到的是，一个月能挣大几百，甚至一千多元。当然，这是要花费时间抱着手机忙乎的。

若卖家是个初中生，家长一定心急如焚，恨不得砸手机断网。但是这类情况实际上很复杂，并不能简单掐断。通常这些学生，对学习缺乏动力，但是学习能力并不差；自我情绪管理存在困难，亲子关系不顺畅，在学校的人际关系一般；对自我的认可度不高，不自信。而沉浸在网上卖货，可以给这类个体带来良好的体验，带来成就感，促使其钻研门道，不断提升自己的寻货能力和出货能力；也能使其学会一些与买家交往的技巧，自身的综合处理能力也随之提高。进价低、出价高是最简单的原则，此外还需要掌握：要价准确以促进成交，出货速度快以避免影响资金占用，介绍卖品激发买家欲望，等等。因此，孩子在这个过程中并非一无所获。

摆在家长面前的，看似是上学与做生意的矛盾，实际上是如何维护孩子情绪稳定的难题。初中三年，是义务教育的重

要阶段，也是度过青春期的关键阶段。家长的关切点一定是在学业，因为家长笃信没有学业，孩子就没有未来。然而，有了学业就一定有未来？若是在青春期留下了严重的心理问题，未来又在哪里？孰轻孰重，家长要谨慎而行。

现实的情况是，孩子若是处于不稳定的状态中，就算不卖货，也未必去上学；就算去上学，也未必能用功做作业；就算做了作业，对知识的消化也未必良好。到头来孩子不过是表面上到校，家长也不过是求得表面的心安。

与其反对，不如帮着发货，充分与孩子沟通，在确保初中毕业的基础上，考一所不错的高中，或选一所合适的职业院校。这样既可以让孩子安全度过青春期，又能让孩子结合自身特点，过得务实快乐。

06 已手机中度依赖的初中生如何渐进分离

一句话，手机的问题，未必出在手机上。

初中是手机中度依赖的高发阶段。尤其是初一的孩子，正处在青春期、小升初不适应期、手机困境期三期叠加的状态。

手机依赖达到中度的表现包括：使用手机没日没夜，通宵达旦；玩游戏占比最高，其次是刷短视频、沉迷交网友；严重厌学，时常拒绝到校学习；亲子间几乎无交流。生活上正常——胃口好，吃嘛嘛香，睡眠好；与除父母之外的人能保持礼貌，在学校与老师、同学关系尚可；保持自己个人卫生整洁，注重衣着形象。不良状态持续时间尚未超过三个月，发生在初一、初二的某一阶段。

若不符合上述界定，则另行讨论。

家长面对陷于手机中度依赖的孩子，惊恐、焦虑、愤怒、绝望，认为孩子没救了！我想对家长说，且慢，不妨这样

试试。

家长的第一目标绝不能是孩子不玩手机，这太不切实际，而应该是恢复亲子关系。家长要克服内心所有的情绪，去改善亲子沟通的基本状态。做到有话说，不会把天聊死;关心体贴，在饮食和用品上投其所好；克制住唠叨，让孩子体会到家长的包容和谅解，这也是家长表达对孩子长大的认可。

家长要做到一守一放。一守，即守住孩子夜间睡眠期间不能使用手机。这个时间段孩子若能不使用手机，交出手机由家长保管，家长就取得初步胜利了，同时也阻断了重度依赖的发生。一放，即在一守之外的其他时间要尽可能放开，由孩子自己来管理使用手机的时间。一守一放必须同时进行，孩子不能违反，家长也不能随意变更。

对于孩子的厌学，家长应要求孩子依次达成：到校学习；部分科目及格；一个学期后所有科目及格；到初三第一学期结束，达到中等水平。家长不可一下子提出高要求，应分步进行。有两个例外情况。其中一个是在初一阶段，可能会出现个别孩子表面厌学，结果成绩还能单科优秀或部分良好或仅一门功课不及格。这时，家长就不要以成绩为由管控手机，不如以睡眠、视力为由来切入。另一个例外是，家长不理会孩子遇到的学业困难，拼命去阻断手机的影响，这样是不可能改善学习成绩的，反而会加剧亲子关系紧张，让孩子感到委屈。

家长要有一个最基本的判断，即孩子达到手机中度依赖非一日之寒，与许多因素有关系。例如，孩子拥有手机较晚，就可能出现报复性使用的状况；父母婚姻变故，未向孩子说明详情，孩子可能用手机来寄托情感；孩子得不到自己期望的认可，在手机里寻找安慰；孩子正艰难度过小升初阶段，说不出来的烦恼，只能在网上和小伙伴聊；孩子得不到父母的关怀陪伴，于是在手机里求关注；因为家庭的成员——弟弟或妹妹的出现，孩子内心的失落无处诉说，用过度使用手机来表达不满；孩子周边的伙伴中正火热流行一款游戏，孩子害怕自己落伍，被排斥在外……

一句话，手机的问题，未必出在手机上。从中度依赖到恢复正常，至少要经过轻度依赖。

07 祖孙的手机智斗

祖辈要对孙辈负责，就要从一开始学会说不。

隔代亲子教育始终是家庭教育的高难区。加上手机，教育更是难上加难。祖孙关于手机的斗智斗勇，堪比情景喜剧。

祖辈与孙辈的手机智斗，几乎从孩子出生后就开始了。难点分为两个方面：一是长期与短期的兼顾，二是具体场景的侧重点。

长期与短期的矛盾表现为：孩子幼小时，为了让孩子停止哭闹，一味地顺着；等到大一些了，再纠正就很困难。不管是手机，还是 pad、电视等电子产品，都会有同样的问题。孩子很小的时候吵着要玩，祖辈还能用“充电”等理由蒙混过关；等孩子超过 3 岁，这一招就完全不灵了。孩子不达目的绝不罢休，撒泼打滚耍赖的做派，对祖辈来说就是撒手锏，百试百灵。所以，祖辈一定要一开始就下定决心、硬着心肠，不管孩子是哭是闹，决不允许孩子单次使用手机超过 10 分钟——若

是用手机看图片视频，必须控制在5分钟以内。这就为长大后健康使用手机奠定了基础。一些祖辈习惯进家门就开电视机，让家里有个动静，现在就得注意，当孙辈在时，一定要改变这个习惯，电视尽量不开机，就算要看动画片，也得设置15分钟上限。

关于具体场景，在此我举几个例子。

放学回家，是孩子玩手机的第一个高峰时段，特点是孩子急不可耐，一定要先玩手机再做作业。祖辈的观念是先做作业再玩，双方往往争持不下。我的建议是有退有进。退是放弃先做作业的想法，进是要求有足量的户外运动，顺序让孩子自己决定——先运动再玩手机，或者玩手机后再运动。按照当下很多学校的课后服务安排，上面两个内容完成，基本就到晚饭时间了。注意，若是运动安排在后，需留出15分钟的过渡时间，不要刚刚运动完就吃晚饭。

晚上临睡前，是孩子使用手机的第二个高峰时段。可能是边洗漱边玩，可能是坐马桶上玩半小时，也可能是故意拖延做作业或借口要完成各种老师布置的任务来偷偷玩。祖辈可以通过限制手机带入卫生间来避免孩子洗漱、上厕所时玩手机；约定做作业结束的时间（无论是否完成作业，到点就结束），约定玩手机的时段及时长，不然祖辈分辨不清楚孩子是在学习还是在玩。

进入晚间睡眠时间，是孩子玩手机的第三个高峰时段。一些家庭因为居住条件的限制，会有祖辈与孙辈睡在一个房间的情形。本以为可以实现祖辈对孙辈的监督，结果却是孙辈把祖辈熬睡，然后撒欢儿地玩手机。声音可以靠耳机屏蔽，光线可以借一些遮挡来避开。祖辈睡了一觉醒来发现孙辈玩疯了，气得血压高。对此唯有一策，即睡前收掉手机，锁起来，确保孩子拿不到。执行能否顺利，全凭祖辈平日里是否能收放自如地根据自家孙辈的特点来掌握手机使用时间。当然，祖辈拿身体不适说事，对于半大小子闺女也是有用的，可以唤起孩子内心的柔软。但这招不可多用。

祖辈对孙辈，有着天然的疼爱、娇惯、心软。祖辈要对孙辈负责，就要从一开始学会说不，必要时祖辈也要把严厉的形象植根在孙辈的心中。

08 查资料掩护玩手机

亲子关系紧张，问题往往都出在这类“恶语伤人”“全盘否定”的细节上。

随着线上教学的开展，孩子的学业与互联网的黏性越来越强。孩子们会巧妙地以查资料为由，达到玩手机的最终目的。家长如果想不出好对策，亲子间的战火就会燃起。

首先，从时间上进行判断，孩子是否真的在查资料。一般资料查询，从搜索到确认，再到信息处理（抄写或复制、粘贴、保存），10 分钟内就可完成。如果超出这个时间长度，就很可疑。孩子可能会提出，要查的资料很多，这个查完，还要查另一个。那家长就要在手机使用约定里注明，在做作业时如需查阅资料，5—10 分钟 / 次。操作细则是，用手机在书桌前查阅，查完把手机还给家长，或放回到客厅。若还有需要，再来取手机，以此类推。家长不要因为这样来回来去很麻烦，就不执行约定。孩子倒是会在这样一个细碎的约定流程执行中，

被磨掉耐心，放弃“此道”。

其次，如果遇到查阅量大的情形，就由孩子列出需求，家长负责查阅整理。这样做可以让孩子学会明确地提出需求，不失为一种思维训练；同时，也可以节省孩子的时间。家长通过这种方式，可以了解孩子学习的进程，了解孩子的关注点；家长整理的过程，也是给孩子做出示范，让孩子学习资料的梳理——梳理本身也是一种消化。

最后，要不要戳破孩子借查资料之名行玩手机之实？我的建议是，根据发生的频次和单次持续的时间长度来决定。如果一周只发生一次，单次持续时间 15 分钟以内，就不要戳破。等过一段时间后，找一个气氛好的时机，不经意间提及，也不过分指责，仅仅表明家长早已知道其中奥妙，让孩子知道家长有洞察力，也有包容心。若是这种情形频繁发生，且单次持续时间超过半小时，家长就必须心平气和地跟孩子指出这个问题。当然，家长也要事先查明，避免误会。家长可以以送茶、送水果为名，近距离观察孩子是否在玩游戏或刷短视频。切记，进入的时间不宜过早，发现了也不要立马发作，而是平和地说：“你查完了？”“咦！玩游戏？要休息就出来爽爽快快地休息，不用这么躲躲闪闪的。”

之所以要如此烦琐地交代细节，让家长小心谨慎地处理这个问题，就是要强调，亲子关系紧张，问题往往都出在这类

“恶语伤人”“全盘否定”的细节上。若家长从一开始就对孩子持怀疑态度，或者刚开始发现孩子以查资料为幌子玩手机，就给孩子贴标签，防贼一样地防着孩子，就是破坏了亲子间的基本信任。家长常常挂在嘴边上的一句话——“你这个孩子，让我怎么相信你！”——一语成谶，孩子日后就干脆“你爱信不信，不信拉倒”！

查资料这个行为，在互联网时代，只会越来越多。除了用手机，还可以用 pad、笔记本电脑。相比较而言，pad、笔记本电脑的屏幕尺寸比手机大数倍，孩子是在查资料，还是在玩游戏、刷短视频，一目了然。所以，家长也可以考虑让孩子在 pad、笔记本电脑上查资料。不管在哪里查，家长要给予孩子信任，用信任的眼光看待查资料这一行为。

09 约定时间到了，故作不知

家长应追求正确的力量，而不是发泄的音量。

这个问题在计时器一文中就有涉及，本文是想深入分析一下家长与孩子各自的心理活动，也探讨一下这种情形下如何进行亲子沟通。

一位妈妈在咨询中跟我说，因为孩子爸爸工作很忙，周一到周五几乎每天都在加班，所以自己与孩子的单打独斗就成了常态。下班后，自己要在厨房忙着做晚饭，不能分身陪伴在孩子身边；晚饭后，自己尚有白天没有处理完的工作需要加个班赶一赶，于是在屋里对着电脑全神贯注，而孩子在屋里摆开做作业的架势，似乎相安无事。

两个场景都可能发生妈妈主动给孩子玩一会儿手机，或孩子向妈妈申请玩一会儿手机的情况。前者，妈妈觉得孩子放学回家放松一下不算过分，而且事先也有约定，玩多少时间就停下来；后者，孩子以做作业累了来个课间休息为由，跟妈妈

申请玩 10 分钟手机再继续做作业。大家都会说这位妈妈通情达理，也认为孩子的申请合情合理。

但孩子毕竟是孩子，玩着玩着就忘了周围世界的存在，玩着玩着就忘记了时间的流动。等到妈妈端着热腾腾的饭菜走出厨房，只看见孩子低头忙着按动手机键盘，等到妈妈终于赶完了工作，又累又乏地从电脑前支起身子，回头一望，孩子还在鼓捣手机，妈妈的崩溃可想而知。那么妈妈会怎么做呢?

选项一：咆哮！夺下手机，责骂如雨点般砸向孩子。

选项二：怒目！一声不吭，把饭菜端回厨房；自己去卫生间，默默洗漱——以此来表达愤怒。

选项三：沉默！坐在桌边开始吃饭；坐在孩子身边，静静地阅读。

选项四：询问！你还要玩多久?

选项五：计时！等孩子停下来的时候给他看，到底玩了多久。

……

在比较选项之前，我们先分析一下孩子行为的心理基础。

家长会觉得孩子不遵守承诺，贪玩，趁妈妈忙不过来赶紧玩，心存侥幸妈妈会不计较。实际上，我们要根据孩子所处的年龄段来进行分析。

小学低年级孩子贪玩，很有可能是忘了约定，属于主观非恶意；小学高年级孩子，多是侥幸心理，钻个空子，到头来还会装天真地对妈妈说：“啊！时间到啦？”

若是初中生，应该是还没建立起遵守亲子间约定的自觉性。

总结一下。若是第一次发生，建议家长明确一下约定即可。若是三番五次发生时，建议：

对小学低年级学生采取选项四。对于贪玩的孩子，“你还要玩多久”的询问直接触及问题本质。孩子停下来了，就说明孩子有意识，知道自己做错了。家长只需借此机会讲一讲超时的概念，并声明以后再出现超时，需承担什么样的后果。

对小学高年级学生采取选项二。对于心存侥幸的孩子，家长要表达鲜明的态度，不要让孩子以为占了便宜可以轻松翻篇。待双方冷静后再好好沟通。

对初中生采取选项三或五。对于无视约定的行为，最有力的反击不是喋喋不休，也不是暴跳如雷，而是冷处理，记录

行为的持续时长。试想，孩子会有什么反应？装作没看见？初中生很难能忍耐住。

为什么不选选项一？因为粗暴简单，效果为零。家长应追求正确的力量，而不是发泄的音量。

10 跟短视频学化妆

谁说化妆就不是美育的实践呢，妈妈何不让化妆学得很不错的女儿给自己也画一个美妆！

在一次团体咨询中，一位妈妈提到自家小学五年级的女儿特别爱刷短视频。最近，女儿沉迷于跟着主播学习化妆，还让妈妈在网上买了主播推荐的化妆品套装。我问这位妈妈："贵吗？"妈妈回答，一百多元。妈妈很担心地说："钱倒不是问题，我就是担心孩子这么小，就对着镜子描眉画眼，长此以往还不得学坏了？"

这里有两点值得关注：第一点是，手机短视频具有强烈的互动性，孩子的兴趣很容易被激发；另一点是，家长思维有局限，一遇到此类事情就上升到道德品质层面，接下来就对孩子进行义正词严的教育，或者来几句慨叹。

还有一个类似的例子。一位中学校长跟我谈起件事，说对于一名爱化妆的初二女生，自己很是看不惯，总想根据校纪

校规来管束一下。曾有新闻，某校长一大清早拎着毛巾、水桶守在校门口，看见化了妆的学生，就叫过来当场卸妆。网友的评论也好玩：校长手里的毛巾擦几个学生到桶里投洗一把？桶里的水投过几把毛巾才换水？

我问那位妈妈："家长，给您两个选择——孩子玩游戏和学化妆，您更能接受哪一个？"这时候，那位妈妈就犯难了，心里一定在想：两个我都不接受，我一开始就不能接受手机。家长要真这么回答，我就没办法了。

那天的团体咨询，一共有30多位家长参加。我问大家："对于这位妈妈的担心，你们还有要补充的吗？"见没有人回答，我接着问："在座的妈妈们，你们肯定有价格概念吧？化妆品套装（包含粉底液、腮红、遮瑕膏、粉饼、粉扑、眼影、睫毛膏、睫毛刷、眼线液笔、眉笔、口红、卸妆水、套刷）的价格是多少？短视频主播推荐想让小学女生买的，并能说动家长给买的，肯定'性价比'超高。问题来了，这位妈妈，你有关注过产品本身的卫生资质吗？有没有产品质检说明？这些化妆用品的原料成分是什么？制造过程中有什么添加剂？这类明显属于化工产品的东西，作为家长是不是应该首先想到女儿皮肤的安全，而不是女儿思想品德的安全？电商平台确实也有不到两百元单价的同类商品，可是能随便买来用吗？成年人和十一二岁的小女孩，她们皮肤的条件能一样吗？出现过敏、损

伤怎么办?

在这个案例中，我们更应该关心的是孩子的安全。家长、老师不能因为自己成长的年代没有条件化妆，就对孩子较早接触化妆心存忧虑，带着成见看待孩子的行为。

家长、老师都应该正面引导孩子的这一行为。家长可以根据家庭条件，尽量给孩子购买更安全的产品，并提醒孩子谨慎使用化妆品；若是孩子化好了妆，可以让她对着镜子仔细端详，或给孩子拍照，一起来品评。在这个过程中，美的概念就有了输入的可能。谁说化妆就不是美育的实践呢，妈妈何不让化妆学得很不错的女儿给自己也画一个美妆!

11 短视频辅导孩子出门运动

与其无奈地看着孩子玩手机，不如利用手机激活孩子的运动细胞。

面对各地都在调整中考体育的考试内容、考试年级段、考试分值，不少家长的第一反应是考虑需不需要去报个班。在家长的逻辑里，考试是绝对的指挥棒，若是没有中考的要求，家长对体育恐怕就没有那么上心。德智体美劳，五育并举，体育运动是孩子成长中的重要内容。现实情况是，本来就不爱运动的孩子，如今更是被手机像吸盘一样吸在家里，甚至是吸在床上——使用手机可以不要书桌，有一根充电线就可以，几乎不运动了。如何帮助孩子走出家门，来到户外，跑起来、跳起来、动起来，是很多家长苦恼的事。

我给大家的建议是，用手机——这让家长们大吃一惊，为何又是手机？

要回答这个问题，就得先说一说家长在把孩子推出家门

的过程中的几个关键点。

第一肯定是孩子的兴趣。个体存在着差异，有的孩子好动，有的孩子好静。但最重要的在于孩子能否从中感受到快乐、趣味、刺激、挑战。

第二是示范的作用。这个示范作用，可能来自电视里的比赛，可能来自小区里追跑打闹的小朋友，也可能来自一堂有吸引力的体育课，还可能是最要好的伙伴的带动。

第三是条件，包括场地条件、器材条件、同伴条件。以网球为例，有教练带练肯定最好——不管你是什么水平阶段都可以跟着教练。但一直请教练成本会很高。这时候，一个合适的球友就变得非常重要，技术上和你处在同一个水平档次，相互鼓励、相互进步、相互包容，投缘默契。

第四是持久性。体育运动是一个积累的过程，没有足够的时间，肌肉是没有记忆的。如果没有足够的生理体验，没有兴奋的心理体验，没有挫败感和成就感的交织，那么从运动中积累自信也就无从谈起。

如果家长能够陪伴孩子运动当然最好，但是家长受成长经历的局限，不一定有运动基础。就算有运动基础，也不一定有足够的时间。另外，家长与孩子喜欢的运动项目可能不太一样;家长带着孩子练习的时候，不一定能准确专业、耐心细致。

这时，家长极其厌烦的手机就成了好帮手。孩子看到手

机很亲切，手机又能播放相关运动的短视频。家长们当年听着广播做操，心里也会渴望操场上竖一块大屏，上面播放一位老师在领操的视频。手机短视频里，既有录播的课，也有定时定点的直播课，还有互动的私教课。运动的榜样特别丰富，孩子完全有可能因为喜欢这个主播就迷上这项运动。我认为，短视频里大多数的运动类主播是健康且积极向上的，即便他们是以营利为目的，而不是纯分享。短视频里的内容可谓无所不及，应有尽有，不像健身房出于运营的考虑，总是在有限的项目里打转儿。这就极大地丰富了孩子们的选择。

家长可以这样想，与其无奈地看着孩子玩手机，不如利用手机激活孩子的运动细胞。

12 如何评论孩子朋友圈

家长要设身处地地去体会孩子的心理，而不是急着去做人生导师。

孩子有自己的手机后，总会时不时地发个朋友圈。若家长未被孩子屏蔽，看见孩子朋友圈内容时不免纠结：要不要评论？怎么评论？干脆不评论直接线下约谈？家长急寻建议。这类情况在孩子初一、初二阶段高发，且女生比男生多。

例如，孩子在朋友圈里提到课间被异性同学摸了一下头，自己也没生气，打打闹闹；在课桌里发现一张纸条，没有抬头也没有落款，只有一行字“我喜欢你”，孩子觉得莫名其妙；晒给哪个偶像刷了礼物，狂点 100 个赞；晒今天真郁闷，很想骂人、砸东西；还会晒一封好像不是自己写的信，内容充满烦恼、焦虑、不安……

对此，很多家长，特别是妈妈，都很难淡定。

第一个烦恼就是要不要评论。不评论吧，难以表达心头

的焦虑，总觉得应该和孩子说点啥；评论吧，又心有忐忑，万一哪个字不慎，惹恼了“小祖宗”，直接屏蔽，从此不让看朋友圈，那就因小失大了。

对此，家长有三个选项：A. 每次评论；B. 基本不评论；C. 没准儿。我倾向选 C。选 A，若是哪次忘了评论或评论被淹没，会让孩子觉得不被重视；选 B，又会让孩子觉得爸妈对自己漠不关心；选 C，就给家长一个弹性空间，压力较小。

第二个烦恼是怎么评论。最简单的是点个赞，可要注意这么做并不保险。我就见过一个哥儿们习惯性点赞，结果人家在朋友圈里发家人离去的哀痛信息时，这哥儿们没细看就点赞，非常不合时宜。所以，家长要先仔细读内容，不能闭着眼睛点赞。发表情包稍微复杂一点，表情的图案很小，最好看清楚才发，若发错了，很容易把意思弄拧了。再复杂一点是文字评论，建议只言片语即可，不要超过 30 个字，免得说多错多。文字的口吻要讲究，总体要平和，能俏皮有趣更好。上面举例的内容，家长就可以这样评论，“摸一下头 + 调皮表情，把你的发型搞乱 + 惊讶表情”“这个偶像抄上了！ + 惊喜表情”“没问题，把咱家沙袋挂好，你回来锤”“这封信需要静静地读一读”……评论的总原则是不急着下结论、分是非。朋友圈有很多功能，表达瞬间的情绪是其中最主要的。得意、自信、失意、沮丧、好奇、不解，皆有可能。家长要设身处地地去体会

孩子的心理，而不是急着去做人生导师。实际上，孩子在朋友圈公开发表的，都是他们认为安全的、不必隐藏的。因此，家长也不必东想西想、自寻烦恼了。

第三个烦恼是想和孩子线下谈。这完全可以，不过要注意三点：

1. 时机。要不要第一时间谈，是即刻、当天，还是次日睁眼谈？多数时候，家长都不必着急。上述的例子，唯有那封信的状况需要稍早一点谈。

2. 切入点。要不要专门谈？我认为，多数时候并不需要。挑一个不经意的时候谈效果更好，比如散步时、让孩子陪着去购物的路上、开车接送的路上等。

3. 核心。要不要定性下结论？注意，千万不能劈头盖脸就定性！谈的核心是要知道发生了什么，这样家长才能准确地帮到孩子。

归纳起来，给孩子的朋友圈评论是个技术活，家长要好好钻研。真心希望家长们能一直看到孩子的朋友圈，不被屏蔽。

13 pad 是幼童的手机预科

用 pad 给幼童做预科，首要条件是家长要彻底接受。

这个时代的孩子从出生开始就接触手机等电子产品，其中 pad 的使用率仅次于手机。pad 承担着孩子从无意识到有意识地建立电子产品使用规则的重要职责。虽然电视也有类似的功能，但在实际使用中，pad 更接近于手机。

孩子 3 岁前，家长很随意，时不时地拿手机拍摄来记录孩子成长的点点滴滴；有时会直接把手机递给孩子玩，有时会把手机作为一个目标物放在床的一角，鼓励孩子从床的对角奋力爬过来。比起毛绒玩具等其他东西，闪亮有声的手机更能吸引几个月月龄的孩子。等到孩子有手劲拿住手机的时候，自主使用手机的人生就开启了。这时候，家长要有意识地陪伴孩子知晓与手机等电子产品健康相处的基本常识，而 pad 在这个过程中可以充当预科的角色。

时间常识。这个时间主要指的是每次使用的时长，根据

屏幕的大小，手机要控制在单次 5 分钟以内，pad 要控制在单次 10 分钟以内，电视要控制在单次 15 分钟以内。孩子刚开始也许会哭闹，家长要事先讲明看多少时间（例如看 2 集动画片）；可以设置好计时器，到点就停止，就算孩子不干也要停下来。孩子月龄越小，家长越要从一开始就说到做到，孩子也就渐渐习惯了。

距离常识。这里主要指设备与孩子的距离，间隔要在 25—30 厘米。pad 最好支在桌面上，不要像手机一样拿着给孩子看——一是拿不稳画面抖动，二是距离不好控制。若孩子把 pad 拉近，一定要再推回到合适距离，以保护孩子的视力。

场景常识。孩子最常使用 pad 的场景包括喝奶、游戏间隙、拉臭臭等。建议家长不要为了转移孩子注意力或者为了喂饭顺利，就给孩子看 pad。不管是吃饭、喝奶，还是睡觉，都要让孩子一心一意。家长一定要有意识地培养孩子专心致志的好习惯。

内容常识。不少孩子大约 18 月龄时就会刷短视频，能熟练地找到 APP 点开，小指头在屏幕上横竖滑滑滑。建议家长不要粗暴喝止，而是要观察孩子停留在哪些内容上：如果孩子是在看消防车救火，就让他看几分钟，看几遍没问题；若是在看一些声音刺耳、光线刺眼、受伤流血的画面，家长就要立即借故关掉。

安全常识。有时家长忘记提前给 pad 充电，会边充电边给孩子看。这时，孩子可能会去揪扯充电线，也有可能会去探究充电器与插座之间的插拔关系。这样做很危险，既可能就势把 pad 拽下来砸在自己头上，也可能不慎触电，或者碰翻附近刚刚泡好茶的水杯。所以，要反复告诉孩子，看 pad 的时候不要乱动，家长要注意清理环境，看着孩子。

预科这个概念，是大学为不能适应最初学习难度的学生而特设的一个阶段（半年或一年），帮助学生掌握必备的基础知识、基本能力。关键在于，学生已被学校录取。

用 pad 给幼童做预科，首要条件是家长要彻底接受这一事实：孩子从出生就已经拿到使用手机等电子产品的录取通知书。自然，对于已经被录取的孩子们，不妨用 pad 给孩子上好预科，为以后孩子与手机健康相处打好基础。

14 电子书信

试一试吧，让文字成为亲子沟通的桥梁。

自从家长与孩子因为手机杠上之后，面对面的亲子谈判常常不欢而散。原因很多，双方缺乏信任，各自没有耐心，等等。

中国入世谈判首席代表龙永图先生多次提到：谈判是一门妥协的艺术。也就是说，谈判要抱着双赢的态度。如果你心里只想着自己赢别人输，即使达成协议，也不会长久。只有达到双赢，协议才有可能长久实施，因而妥协是必需的。我想，关于手机的谈判，家长和孩子是不是也要有妥协的艺术，方可达成共识……

妥协包含很多方面，如谈判时机、谈判内容、谈判时长、谈判参与者、谈判地点、谈判形式等。说到家长和孩子的手机谈判，谈判时机、谈判内容基本由家长决定。对于谈判参与者，孩子有一定的选择权，选择跟爸爸谈或跟妈妈谈。谈判时

长不完全由家长决定，因为孩子有可能拂袖而去，致使谈判戛然而止。谈判地点和谈判形式，双方都有选择权。

本节主要和家长探讨，如何突破传统的谈判场地、形式局限，尝试从“线下—对话”转到“线上—文字”。家长可以借助微信或书信 APP，也就是说，可以用电子书信的方式与孩子谈判。需要注意以下几点：

首先，必须按照书信的格式，抬头、落款齐全，起始问候语、信尾敬语都不能省略。这样既正式、尊重，也严肃、严谨。

其次，利用线上工具，对文字背景做处理，增加信笺的样式和质感，图案或装饰要体现家长的审美。字体选择手写感强些的，如楷体；字号选择宜小，全文以单色为佳，倒不一定是纯黑；横排或竖排都可以，若孩子是一个历史迷，竖版的信更有吸引力。若是有 APP 支持做动画信封，家长就不要怕麻烦，学习制作，给孩子一个惊喜，也能消解谈判的紧张气氛。

最后，也是最关键的，当然是信的内容，要遵守六个原则——

平等原则：谈判双方处于平等地位，监护人要尊重孩子，文字表达上不能居高临下，充满教训的腔调；

诚意原则：双方坦率真挚地表达心声，不绕弯、不挖苦、不贬损，平和理性；

扼要原则：不东拉西扯，不啰里吧嗦，不翻旧账，就事论事；

共情原则：家长要有能力读懂孩子行为的内在合理性（不是正确性），懂得孩子真实需求背后的逻辑，孩子也要理解家长的苦心；

客观原则：家长的要求、对孩子行为的判断，都要有充分的真实数据作为支撑，不能以家长的主观臆断来判定；

亲缘原则：双方是亲子关系，不是敌对关系，家长要牢牢把握血缘、亲缘的特殊性，不能搞得六亲不认，陷入对峙。

本文中用“谈判”一词，意在将亲子间关于手机的沟通具体化。

家长问：我字写得好，可以手写吗？答：当然可以！但身处互联网时代，用手机更方便！

写信无法实时发送，得想好了再落笔；写信可以把距离拉开，可以立体全面地观察对方；写信可以表达一些难以启齿的事；写信可以让人冷静。

试一试吧，让文字成为亲子沟通的桥梁。

15 亲子共同制作视频作品

用手机制作视频作品，对孩子来说既是一次美育的历程，也能帮助孩子提高审美能力。

说来也巧，就在落笔写这篇文章的时候，我看到朋友圈里一个短视频，题目叫“线条骑士演绎肖斯塔科维奇《第二圆舞曲》”，3 分 12 秒的长度，画面里只有小如蝌蚪的骑手和细如发丝的线条，画面是黑白的。随着音乐旋律的起伏，不同乐器的音色，两位骑手（后来又有第三位骑手加入）沿着线条所代表的路途疾驰向前：时而分道竞速，时而同道追逐；时而翻滚跌落，时而无奈逆行；时而相伴同行，时而孤独跋涉……我的感受是：人生哪有坦途，原来哲理可以这样唯美，疗愈可以这样高雅。

我瞬间联想到了我的这篇小文。

没有短视频的流行，就不可能出现这样的作品；没有手机的普及，作品也不可能流传得这么广；没有丰富的想力，就不

可能用“名曲 + 骑手 + 线条”这么绝妙的创意来完成诠释。完成这个作品，需要娴熟的技术手段来呈现画面与音乐的完美融合。

那么，家长眼中成天抱着手机的孩子，有没有可能成为这样的创作者？当然！前提是孩子拥有家长的支持。大多数家长总是“一票否决”孩子使用手机，导致很多能够依靠手机来创作的路径也被堵塞。

从技术手段来看，多数家长是小白、菜鸟，反而孩子往往是能手、高手。因为很多家长不愿意学习新东西，不愿意钻研，也没有时间鼓捣。而孩子对新事物总是充满好奇，愿意去琢磨，这是孩子宝贵的品质。有家长总是狭隘地认为只有琢磨作业才叫钻研，琢磨其他就是不务正业。实质上这样的想法最终会磨灭掉孩子内心的向往，磨灭掉孩子向上的动力。

从创新能力来看，家长所受的束缚多，对这个世界缺乏新鲜的视角，因而无法把很多看似不相关的元素联系在一起——如果能把毫无关系的事物联系在一起，往往能产生意想不到的反应，展现前所未有的视听冲击。孩子天生无拘无束，正处在爱做梦的成长阶段，奇思妙想对于他们来说反而是简单的事，这也使得孩子最有可能以最淳朴的构图、最简洁的线条、最走心的音乐、最贴合的色彩来完成作品。

家长要去开发孩子这方面的潜能和热情。家庭生活中比

比皆是的主题都可以为其所用：家里有很多图片、视频资料可以用来生产作品；家庭生活的场景，例如妈妈种的花、爸爸养的鱼，乃至厨房盛景，都可以作为素材；家庭的旅行、游览或参观，都会产生诸多的趣味碎片，既可以是偶然发现的，也可以是预先策划好的；编辑爷爷奶奶、姥姥姥爷的故事，允许孩子以自己的视角去组织结构开展叙事……

用手机制作视频作品，对孩子来说既是一次美育的历程，也能帮助孩子提高审美能力。好多孩子小时候都学过钢琴和画画，现在这些技能正好有了用武之地。配字幕，可以促进孩子的语文学习和应用。若涉及一些资料的背景，就需要孩子去查阅和消化，不知不觉孩子又吸收了相关的历史地理的知识。

最后，我想强调，家长要与孩子共同制作，向孩子学习，给孩子助力。如此一来，建设温暖的亲子关系岂不水到渠成……

第五章

手机·价值

本章要着重说一说手机的价值。这在家长看来可能是“哈茬儿”，保不齐还会反感。但是我相信家长冷静下来还是能认同我的观点的，我的底气来自家长的务实和理性。只有认识到手机在使用过程中被严重忽视的价值，家长才能真正改变自己的想法，不再为孩子使用手机而烦恼。

01 手机是青春期的避险所

处于青春期阶段的个体，出现心理矛盾、情绪纠结、思维极端、情感脆弱等现象，都十分常见。

很有意思的是，多数人都会忘记自己的青春期经历。

在孩子青春期的那些日子里，家长的高频词是“逆反”，孩子的高频词是“絮叨”。如今又多了个“第三者”手机，孩子青春期的困境愈加复杂，有人戏称这是青春期遭遇更年期。

孩子在青春期遇到诸多难题，倾诉的需求极为迫切。20世纪80年代末，我有幸参加了北京市最早的咨询热线服务，成为志愿者，每周4小时，接听电话。热线的呼号是“4015043中小学生电话帮助你”“不愿意和父母老师说的话，电话这一端有我们倾听帮助你”。五年多的时间，我接听了3000多个来电。这段经历让我真切地感受到，青春期的孩子有多么渴求被倾听，也体会到这样的倾听以及一些交流，对孩子的情绪、心

理所带来的积极影响。后来这条热线更名为“雪绒花热线”，由北京师范大学心理学院的师生负责，并延续至今。

为什么说手机是孩子青春期的避险所？这是因为处于青春期阶段的个体，出现心理矛盾、情绪纠结、思维极端、情感脆弱等现象，都十分常见。找人聊聊天，转移注意力，接受外界的一些正向积极的干预，阶段性地沉浸在一个氛围里，都可以帮助个体舒缓情绪、释放压力。但所有这一切的进行都有前提——

理解。被倾听的首要前提是倾听者必须理解个体，可以从专业角度来理解，也可以以个人经验来理解。我采访过一位环卫工人，他是技术革新能手。在谈及职业环境的艰苦时，他露出了我不懂他工作环境恶劣的表情。这我能理解。他之前被采访的经验告诉他，一些媒体人有优越感。我就自然地转换了话题，告诉他，我是铸造专业毕业，曾在车间浇铸过铁水，清理过铸件。这句话瞬间拉近了我们之间的距离。他顿感亲切，还尊敬地说：“那我们环卫的工作环境可比你们铸造车间的好多了。”正是因为我理解他，所以这次采访顺利无比。手机的社交功能，可以提供更多倾听者的选择——可能是同学好友，也可能是亲戚，还可能是网友；不受时间限制（青春期孩子想倾诉，特别像看急诊，手机全天候全地域的畅通提供了“急诊”便利）；可以跨年龄、跨领域。孩子从中获得的认可与肯定是

多维的、陌生的、有趣的、值得思考的。

安全。处在青春期的孩子，会觉得和家长的沟通缺乏安全感，所以需要一个稍有距离、与自己的生活圈子鲜有交集的倾听者，这样就不必担心所倾诉的内容被泄露出去。羞耻心理也是安全感缺乏的原因之一——孩子会觉得面对熟悉的人，有些话难以启齿，无法面对自己的不堪。手机恰恰可以规避这些，隔着屏幕，就算可以看到对方面貌，也不用担心距离过近，不会产生压力，更能让自己敞开心扉。

扩展。狭义的倾听是他人听自己倾诉，广义的倾听是更多元的主体倾听自己无声的述说。手机里有大量的“倾听者”，都可以成为青春期孩子所需要的抚慰者。

本文避险所指的“险”，不单指自杀，也可能是自伤，也可能仅仅是小小的负面情绪。避险所都是一过性的使用，家长不必担心青春期的孩子会一直躲在手机里。

02 手机密码是门锁而非门帘

一把“门锁”可以让他们获得片刻的喘息和宁静，免受家长掀“门帘”闯入的打搅。

门帘在南方一般由珠子串成，轻薄灵动；在北方通常由棉布缝制，厚重沉稳。但南北方的门帘都能一掀即开，门锁就不一样，不管南方北方，都是用坚固的材料——古有顽石，今有锰钢——制成，要想打开靠蛮力可不行。那么，孩子手机的密码到底是“门帘”还是“门锁”？

这个比喻我很得意，门锁需要密钥，门帘只需掀一下就能打开。关于孩子手机的密码，其实在前几章已经有两篇涉及，之所以再写一篇，就是想表达，青春期孩子的手机密码，可以从价值视角来考察。

信任价值。孩子虽然有了自己的手机，但是不被允许设置密码。家长总是以监护人的身份强调：孩子手机有了密码，就不方便我监护；要设密码，也得告诉我，在我这里孩子的手

机密码只能是“门帘”。家长忌惮孩子手机设密码，根本原因是怕孩子学坏，对孩子的能力没有信心。那反过来说，若是家长允许孩子（尤其是正处于青春期的孩子）手机设密码，不就表达了对孩子的信任吗？

限制价值。孩子手机有密码，于家长就好比是护城河上有吊桥，孩子不放下吊桥，家长就无法进城。结合家庭生活的另一个场景，不少家长进孩子房间是没有敲门习惯的。推己及人，家长自己对老人不敲门“闯进”自己的卧室是否感到极度厌烦，是不是经常会吼一声“您敲一下门再进来”？孩子手机的密码，可以限制家长犯“错误”。

智慧价值。孩子手机有了密码，自然提高了家长掌握孩子手机内容的难度，需要家长通过别的途径或者与孩子商量来了解。这对家长的亲子沟通要求也大大提高了，用幼儿园那套话术——“今天吃什么？学了啥本领？去操场骑上车没？”肯定行不通。其实，孩子反感的并不是您的例行“检查”，而是您滔滔不绝的大段批评。家长生疑：那我不能批评了？当然不是。但是请先思考：您是不是只会批评？是不是一定要当即批评呢？是不是非得您来定性分是非呢？正逆反强烈的孩子，能吃您这套？

自主价值。允许孩子手机设置密码，如同孩子到了一定年龄要分屋睡觉一样，是成长独立的需要。一个几平方米的屋

子，就是一个独立环境，孩子可以在没有家长监督的状态下，自己安排学习、生活的节奏和游戏的内容。而手机密码相当于为孩子圈了一个线上的大广场。当孩子进去溜达时，家长不知道广场在何处，大门冲哪个方向开。在广场里，孩子的收获和磕碰是同时存在的，孩子将体验自主选择的欣喜和挫败。多数孩子会珍视这份自主，这也是孩子对自我成长的确认。

青春期虽然是明媚的时光，但也会有阴霾的存在。少男少女们会不由自主地沉浸在迷茫、烦躁、失落的情绪里，一把“门锁”可以让他们获得片刻的喘息和宁静，免受家长掀“门帘”闯入的打搅。正是在这样锁上、打开，再锁上、再打开的循环往复中，孩子经历了成长的磨砺，也逐渐学会了承受。

03 如果孩子有手机支付账户

既然给孩子配了智能手机，
理所当然要给孩子开通支付账户。

在咨询中，不少家长经常会提到手机支付的问题，犹豫要不要给孩子的手机开通支付账户。新闻里不时有孩子冲动消费的报道，要么给游戏账户大额充值，要么给主播打赏。这让家长担心不已。

现今中国的家庭经济条件得到了极大的改善，不像家长们青少年的时候，几块钱的零花钱都是巨资。今天很多家长坚守勤俭节约的观念——这点值得肯定，但对孩子财务支配的权限仍旧奉行从紧原则，是与当下孩子所处的真实社会环境严重脱节的。

基于互联网的移动支付，在手机的支持下，实现了大范围的应用，就连很多老年人买菜都扫码支付。想象一下，若初中生买瓶水喝还在掏现金，有些违和吧？现金不卫生，携带不方便，需要找零，还可能遇到假币，装在钱包里还可能招

贼……以前用现金是没办法，如今有了先进的支付手段，不让孩子用，可就太守旧了。

家长不愿给孩子开通手机支付账户的原因还包括后悔给孩子配了智能手机。确有家长说，学校也不允许带手机（但实际上是“学生不能带手机等电子产品进课堂，手机等电子产品进校园必须统一保管”），如果需要联系，给孩子买一个能打电话的手表就行。如果家长真的这样干，想没想过孩子被同学反讽：“你好萌啊！现在还用手表打电话！”

有社会新闻报道：孩子用妈妈开小卖部挣来的准备用来给父亲看病的钱去打赏主播，数额达到 7 万元之巨；孩子动用家长的支付账户，花好几万元给自己的游戏账户充值来购买装备；孩子和同学搞生日聚会，一笔就刷掉几千元……其实，问题的根源都不在手机，更不在支付账户，而是在于孩子没有建立金钱概念，在于家长对自身的财物管理不善。家长们在年少的时候，难道就没有悄悄拿过爸妈的钱？反正我承认，在上小学的时候，我曾悄悄从外婆的零钱盒里拿过钢镚；我女儿小学的时候，也把我夹在书里的十元钱悄悄抽走过好几张。我认为，造成这类情形发生的主因还是成人的财物管理有漏洞，而孩子对此类行为的性质还没有概念。现今，几乎所有的孩子都经历过共用家长手机的阶段，很多孩子知道家长的支付密码，熟悉家长的支付流程。

既然给孩子配了智能手机，理所当然要给孩子开通支付账户，专门办一张属于孩子自己的借记卡来绑定手机（家长绝不能偷懒，把自己的借记卡绑在孩子支付账户上，更不能给孩子绑家长的信用卡）。在此基础上，家长可以定期给孩子的借记卡转账——如今银行也不收手续费，且手机操作十分便捷。用现金的年代，你还会因为没有零钱给孩子而犯难，而到了移动支付时代，这都不是事。如遇极端情况，比如孩子恰好账户余额不足，又有合理的账单急需支付，只要跟您即时联系上，秒转。家长给孩子转账与原先往孩子兜里装钱并无不同。

曾经令家长十分头疼的孩子消费明细，过去家长费尽心机，孩子可能也就告诉您个大概，如今有了支付账户，孩子必然留下痕迹；家长也不必担心孩子胡乱用了。

04 朋友圈是孩子自我疗愈的晒台

一盘西红柿炒鸡蛋，一幅随手的速写，一张简笔漫画，一个随手拍的短视频，都能成为孩子内心最直白的叙述。

如今，朋友圈好比一日三餐，不可或缺。成年人对朋友圈的理解和使用很多元，有晒日程的，有炫耀的，有“鸡汤”打卡的，有销售推销的，当然也有发牢骚骂人的。在我的眼里，朋友圈就是一个晒台，晒不是为了晾，而是为了亮，让他人看到。对于孩子们，朋友圈有其独特的价值，那就是疗愈的作用。

在这里，疗愈是指对情绪的抚慰。

处在青春期的孩子，内心有很多需要释放的情绪，需要对象来倾诉。最亲近的父母，固然是最好的对象，但现实情况是有多少孩子愿意跟家长说心里话？回想一下，家长在青春期的时候，大多也不愿意和自己的父母说心里话，因为不确定会

有什么后果。孩子的情绪常常是一过性的，没有具体指向，甚至有些“无病呻吟”。选择对家长、老师、同学讲，都有可能被夸大化，宣泄情绪的孩子，就会产生比之前更大的压力，得不偿失。

而朋友圈就完全不同了。无须特定对象，可以全然陌生，在哪里，是谁——男女老少幼、工农兵学商，都不重要。孩子会因为对象陌生，更加放松地表达自己的所思所想。这也是为什么很多成年人愿意走进心理咨询机构，对心理咨询员敞开心扉。记得那些年在北京市首条中小学生帮助热线接听电话时，电话那端的孩子们，都非常坦诚地讲述自己的烦恼。

朋友圈提供了非接触、多元化表达的环境。例如，面对面咨询，就空间而言，尽管隔着一两米距离，但还是有眼神的接触、表情的接触、气味的接触，是双向即时互动的。朋友圈就没有这些接触，可以评论互动，也可以无视评论。咨询主要依靠语言，也附加有限的肢体语言。朋友圈可以使用语言、文字、图片、音频、视频，以及各种能够传递信息的元素，有助于孩子们对自己的保护和掩饰。孩子们很享受别人来猜自己此时此刻的心境是什么。

朋友圈为孩子们随时爆发的情绪提供了舒缓的可能，此刻不爽就晒一晒，全天候全时段皆可晒（除去上学不能发）。

朋友圈允许孩子们“悔棋”，发出去的可以撤回，撤回来

可以修改后再发，留存时间可以选择，比如保留 3 小时或 30 小时。这在以往是不可能发生的。

对孩子们来说，朋友圈的展示分享功能是最积极的疗愈方法之一。一盘西红柿炒鸡蛋，一幅随手的速写，一张简笔漫画，一个随手拍的短视频，都能成为孩子内心最直白的叙述。

要实现上述的可能，有手机是前提，孩子有时间用手机是条件，孩子不因为朋友圈内容被家长指责是基础。

家长要感谢互联网带来的朋友圈，变成了孩子心灵的一扇窗户。

05 手机游戏有团队合作的价值

手机游戏没这么危险，三人篮球也没这么保险。关键的问题在于家长能否和孩子一起，客观理性地对待它们。

家长抱怨孩子玩游戏，特别不喜欢听到孩子说“队友等着我呢”“我好不容易约上伙伴”“我不能撤，不能拖累大家”“再等一下！再等一下！打完这局我就停”这些话。家长讨厌这些“狐朋狗友”，认为孩子们凑在一起不学习就知道玩手机。可若是换成孩子和同学打三人篮球，家长的反应就不会这么激烈。家长的逻辑是，打游戏是浪费时间，打篮球是强身健体。但我要对家长说，您忽略了玩游戏和三人篮球的共通之处——团队合作。

若对篮球这项运动进行仔细分析就会发现，三人篮球也同样存在风险。激烈对抗引发的扭伤、骨折，运动过量诱发的心脑疾病，因身体对抗引发的冲突……那是不是因此就否定这

些体育运动？显然不会。

家长习惯于整体性地下判断，所以就有手机游戏很糟糕、三人篮球很健康的成见。实际上，手机游戏没这么危险，三人篮球也没这么保险。关键的问题在于家长能否和孩子一起，客观理性地对待它们。

手机游戏有很多类，其中团队游戏需要参与者加入一个战队中，不鼓励散兵游勇、独自作战。孩子要想玩这类游戏，就需要找到自己喜欢、也愿意接纳自己的团队。这很像在一个集体中，你有要好的伙伴，可以一起组队去完成任务；也同三人篮球一样，你能成为其中一个位置的选手，又认可其他两位选手，彼此之间有默契，就可以去比赛。孩子在经历了最初的新手阶段之后，游戏能力也有了一定的提高，原来团队是否还适合就需要重新考虑。若继续留在原战队，就要考虑如何同队友切磋，共同进步；要转新战队，就要考虑如何与旧队友道别，到了新战队怎样去适应新的队友。不管新战队还是旧战队，如何在其中找准自己的位置，都是对孩子们的考验。

团队游戏和三人篮球都需要高度默契配合，不单是技术层面，还包括战略战术、随机应变能力等。比如，约好一个时间上线，到点了其中一位没来，队友能否有耐心去了解情况？其中一位在战斗中出现失误，队友是包容还是怒骂？其中一位屡次出现低级错误，队友要不要直言不讳地批评？队友之

间若出现一些经济往来，是“大方计粗账，还是计较算小账”？诸如此类的种种问题在团队合作中都有可能遇到，孩子要学会处理。

家长会质疑，既然是培养团队精神，学习合作本领，那打三人篮球就行了，为何还打手机团队游戏？

我的回答是，凡事都有前提，若孩子根本不打三人篮球，只打手机团队游戏呢？若孩子只打一小会儿三人篮球，更多时间在打手机团队游戏呢？若孩子主要打三人篮球，偶尔打打手机团队游戏呢？无论哪种情况，只要家长有能力与孩子一起找到团队游戏与三人篮球的共通之处，游戏的积极因素就会让孩子受益。家长要修正对手机团队游戏的片面认识，发现其价值。

06 早恋?

孩子之间的早恋多数是家长的想象，不是客观事实。

家长对孩子早恋的警惕性，几乎与涉火警情同等级别。然而，孩子之间的早恋多数是家长的想象，不是客观事实。

一位初一男生，在开学两个多月后见到我，和我聊了很多与手机相关的话题。其中就提及，某一个周五下午最后一节自习课，老师不在教室，同学们纷纷掏出手机（几年前学校还没严格实行“手机等电子产品进校园必须统一保管”的规定）——有的打游戏，有的刷视频，有的追网络小说……只有这位男生，戴上耳机听音乐。未承想，班主任突然进教室，其他同学经验老到，早有准备。或在老师进来的一瞬间把手机揣回书包，或是冲老师做个鬼脸忙不迭地收起手机。只有这位男生陶醉在自己的音乐世界里，完全不知周边已形势巨变！毫无意外地，老师拍拍男生的肩膀，伸手要他的手机；男生摘下耳机，乖乖地、很不情愿地交出手机。老师说，等月考（事发时

距离月考还有一个月）后看你的成绩，再决定是否还给你手机。男生一听，浑身颤抖，眼泪顷刻夺眶而出，一再地向老师告饶。看到老师转身离去，孩子不顾一切地追到办公室，苦苦哀求老师把手机还给自己。直到晚上六点钟，家长来接孩子，老师还是没还手机。家长认为老师要求严格，表示支持。

孩子在讲这件事的时候已经平静多了。其实他并不抵触老师没收手机，他不能接受的是老师没有给他确切的发还日期，这对于这位男生来说是近乎绝望的感觉。家长当晚也给了他一部旧手机暂用，但是男生对我说："我只想要我的手机。"

原来这背后还有一个故事。自从告别小学来到中学，男生的身心有许多不适：对小学生活依依不舍；莫名烦躁，关起房门不想与家长交流；小升初一键式切换，对学习的急切要求和初中课业负担陡增叠加在一起。男生不堪重负，急需倾诉。

手机，这个让家长厌恶透顶的东西，此时发挥着支柱性的作用。男生对我说，小学毕业后的整个暑假，以及初中开学后至今，他一直和一位小学同年级的女同学微信聊天。这件事家长有了解，很反对，无非是担心所谓的早恋。男生的口吻很平静，面对我的目光很坦然。他说，他们就只是聊天，暑假里谈对中学生活的想象，开学后谈对中学生活的感受，多数情况是自己烦恼焦虑多一些，那位女生给他安慰、帮他分析多一些。男生对我说："老师您不知道，这个聊天对我有多重要。

进入初中以来，正是在这位女同学的帮助下，我终于觉得心里轻松了，也适应了。结果，手机被老师收掉，我又跌入深谷。现在用家长的手机，我怎么可能敞开心扉地畅聊？”

在没有手机的年代，少男少女这样纯真的谈心，不具备条件。窄窄的纸条写不下太多内容，写信的话目标太大，直接见面谈既怕家长盯上，又怕同学取笑。而现在手机提供了方便、及时的谈心条件。手机因为能留下痕迹（聊天记录），还可以帮助孩子洗脱早恋之嫌。家长们回忆一下，当年你们是不是也希望爸妈不要掺和自己和异性同学的健康交往？

07 网络流行语

一个班、一个年级、一个学校，就可能是一个流行的旋涡，身处其中的孩子，会不由自主地被裹挟，兴奋和失落同在。

某天，刷朋友圈时看到“emo”，我一愣，赶紧去搜了一下，才知道这又是一个网络用语，“我 emo 了”大致意思是“我的负面情绪上来了”“我颓废了”“我傻了”“我非主流了”……这就是网络时代的一大特征——网络用语层出不穷。

孩子在日常交往的时候，会娴熟地使用这些网络用语，前提是他们有手机，常常在使用手机。

与成人世界的时尚不同，孩子们的流行语、流行话题、流行物品、流行游戏、流行读物，更新的速度都非常快，而且不像时尚有很多商业利益的驱动，不需要成体系。孩子们流行传播的内容群落效应非常突出，一个班、一个年级、一个学校，就可能是一个流行的旋涡，身处其中的孩子，会不由自主

地被裹挟，兴奋和失落同在。

一个非常常见的场景。早晨到了学校，教室里同学们叽叽喳喳地在聊一个新闻。这位同学说：“哇！真是太不可思议了！”那位同学说：“是，是，一双鞋居然能拍出天价！”同学们七嘴八舌地都在说：“对对对，我也看了这个新闻。”若仅仅是到此为止，有没有手机，并不重要。按照以前的方式，找一份都市报就能对新闻了解个八九不离十。这时，第三位同学接着说：“你们看了那条新闻的评论没？”大家纷纷跟进：“看了，看了。”这下，在场的没有手机的同学，面对同学们热火朝天的关于评论的谈论，基本就蒙了，完全不知道他们在说什么！

小时候看过的很多电影，都有关于口令的桥段。长江对黄河，地瓜对山药，口令答不上，对方是会直接开枪的。这说明口令的重要性，口令就是通行证。

上面举的那个例子，不是说孩子必须要知道所有的流行。会有家长抬杠：“我家孩子上知天文下知地理，功课门门优秀。你说的这些肤浅的流行，不知道也罢了，不稀罕！”问题是，您可以不稀罕，您家孩子也这么想？

在属于少男少女的群落里，通行口令堪比护照，远比家长以为的重要得多。最轻微的是孩子听不懂，最严重的是融不进。孩子知道所有的口令显然不可能，可有了手机，就可以去

了解同学们关注的口令究竟是什么。

我之所以夸张地说手机是这个时代学生交往的口令，是想强调，手机本身就是口令的载体，是口令的化身，是口令的源泉。有家长跟我讨论，让孩子一直用平板电脑可以吗？我说不行。试想这样一个画面：同学们掏出手机，您家孩子摸出一个 pad。同学的目光会让您家孩子如芒刺背。那种异样的感觉，还不如什么都不拿出来。如今中国家庭给孩子配这类电子产品，基本就是小学一二年级配平板电脑，之后配手机。若孩子都上初中了，还用平板电脑聊微信、拍视频，尴尬是不可避免的。

若是家长认为流行不重要，那“共同”“共通”重要吗？“共同”就是同龄伙伴都在用的“语言”，“共通”就是同伴们都用手机中的 APP 聊天。

家长应该更多地去重视孩子在互联网时代对集体的融入，以及因为互联网受到的冷落。

08 孩子一不小心成了主播

但在热情制作的那些日子里，她感受到的快乐价值无限。

获得这个案例非常偶然。一场 30 个家庭参加的团体咨询，接近尾声的时候，一位妈妈开始讲述她女儿（五年级小学生）使用手机的情况：“孩子每天都要弄手机，不分春夏秋冬，不分开学、放假。如今孩子已经成了网络小主播，粉丝量达到 5 万多，所在平台因为小姑娘制作的短视频流量不错，会给予她每天约 50 元钱的奖励。”月收入过千啊！当天，这位小姑娘也跟着妈妈来参加团体咨询，近 3 个小时的时间，安静专注地听大人们在说话。我窃喜，要不是这位妈妈主动讲，我差点儿错过一个经典个案，错过一位小小网红主播。

我问小姑娘：“你每天需要花多少时间制作这些短视频？”

她说：“十几分钟。”

我说：“那都拍点啥？”

她说：“都是我放学后的一些平常的事，写作业、做家务、

弄手工、读书、玩。”

我问：“都是你自己后期制作？”

她说：“是呀，背景音乐、文字、配音、剪辑，做一些小包装，都是我自己。”

这时她反过来问我：“您不知道有小程序等软件工具的帮助？”

我说：“关于制作短视频，我是小白。”

小姑娘脸上泛起开心的笑容，小小的羞涩，小小的得意。

这位妈妈接着跟我讲，孩子的成绩很好，学习习惯不错，性格开朗，也没有因为成了小小的网红而骄傲自满。不过，家长心里还是犯嘀咕，孩子毕竟才11岁，忙乎这个闲事，对学习也没有直接帮助，还可能存在着挣了钱消费意愿增长的风险。她很想知道，要不要干预、限制，甚至叫停。

当天在场的其余家长，神情很复杂。有眼红的，也有担忧的，有疑惑的，也有反感的。这个案例成了一个测试剂，对家长们关于手机的心理，是一次真实、猝不及防、难以回避的检测。

这个案例证明，手机于学习、生活都是有价值的。这个小姑娘，在粉丝的点赞下，收获了一份其余同龄孩子都没有的认可，一份来自陌生人的认可，这带给小姑娘的愉悦是巨大的。这类小主播收获的不是我们常见的童星光环，而是日常生

活的点滴被更广泛欣赏的成就感。小姑娘不用刻意做作，只需自然地记录，适度地修饰。修饰又是一个非常好的美育过程，需要懂一点音乐，懂一点色彩，懂一点文字风格，懂一点画面构图，懂一点镜头应用。每天只需要十几分钟的时间，不需要雕琢，朴素自然地展现自己就可以。

这个案例也证明，天天抱着手机干一件事，不一定是沉迷，也可能是做事有常性的表现。家长不是总在担心孩子，做事没常性，东一榔头西一棒槌。也许过一阵子，新奇感过去了，孩子觉得分享的内容没有新意，就不更新了，也无妨。但在热情制作的那些日子里，她感受到的快乐价值无限。

这个案例也证明，物质刺激并没有让小姑娘陷入“逐利”的泥坑。看着她平静的样子，就知道做个小主播不过是她成长中的小插曲。或许她觉得，这不过是我在过家家扮演一个童话人物而已，一个寻常人家小公主的课余生活。

能成为小主播的孩子不多见，只要不是家长刻意为之，大可顺其自然，毕竟这也是孩子宝贵的人生体验。

09 碎片化阅读的拼图价值

碎片越多，拼合起来的图案细节就越精细，色彩就越丰富，构成就越复杂，因而每个碎片都不可或缺。

关于阅读，我们经常看到这样的调查——一年人均阅读纸质书多少本。对此，我颇有微词。在今天，书不管是阅读载体，还是行文风格，都发生了巨变，文字信息的生产方式、路径、用时等都出现了新的变化。如今纸质书出版规模海量，一本书的生产周期短，就像白羽鸡几十天出笼。但这并不等于粗制滥造，而是排版印刷技术智能化、高效率的结果。非印刷的自媒体传播就更迅速了，一篇上万字的公号文章经过写作、编辑、配图、版面包装，不过几小时，就能与读者见面。如此情势下，坚持认为手机等移动终端的阅读就是碎片化，否定其价值，无疑是片面的。

农耕时代，节奏缓慢，一切靠日月轮转作为参照，厚厚

的竹简，厚厚的线装读本，在烛光油灯摇曳的火苗照耀下，供人细读。那时候，不是每个人都有机会读书的。20 世纪 80 年代初，我大学班级里有同学找来一套《基度山伯爵》，全班 45 位男生 24 小时轮流阅读。同寝室的班长风格高，排在午夜，借着走廊的路灯，一直读到东方欲晓。

现今，人们的生活节奏加快，人们的阅读也从报纸杂志转移到手机屏幕，转移到各类信息平台上。在地铁上，只要网速给力，随时随地读上一小段已成为人们的常态。我在地铁上就见到过中学生在手机上读文章。

碎片化阅读是不是就不成体系？

碎片化阅读是不是就浅显？

碎片化阅读是不是就快餐化？

碎片化阅读是不是就不利于思考？

这些问题让家长的焦虑成倍增加。不少家长理解的阅读就是读经典，读可以涨分的书，出发点是非常功利的。他们的想法是，没用的书读来干吗？中国老话里有一句经典“书到用时方恨少”，还是透着功利的思维。读书杂、读杂书，是一个境界，多数人难以企及。

手机为阅读提供了便利，人们可以随时随地读书。飘落

的是碎片，捡拾拼合起来就是一幅蓝图。

有的幼儿从两岁起就开始玩拼图，有的成人一辈子都沉迷拼图——看上去相同的游戏，效果完全不同。幼儿拼图的碎片数量少，拼的时候，靠色彩，靠图案记忆，靠猜；成人玩的拼图有上千片，这时候对每一片特点的记忆就成了关键，还需要运用逻辑关联能力。

对于孩子的手机阅读，若家长可以对照拼图的原理来理解，就会发现碎片化不是问题。碎片越多，拼合起来的图案细节就越精细，色彩就越丰富，构成就越复杂，因而每个碎片都不可或缺。

手机碎片化阅读，不是纸质阅读的对立面，家长对于孩子会因此而读不进纸质书的担心有些多余。事实上，手机碎片化阅读没有改变个体的阅读习惯，反而提供了海量阅读的可能性。毕竟多数人的阅读不是为了做研究，而做研究的人也不太会去碎片化阅读。

如今大势所趋，碎片在变厚、变大，上万字的公号文章并不鲜见。请问，您还认为这是一般的碎片化阅读吗？

10 孩子在手机的帮助下对自己小屋再布置

让孩子自己布置房间，你会发现，孩子的想象力与行动力，将远超家长的预料。

家长都知道，手机就是一部百科全书，比《十万个为什么》还全。

家长除了对孩子用手机围追堵截，可曾试着想过，让手机成为队友，跟孩子一起做有趣的事？

改革开放四十多年，中国家庭的居住环境得到了极大改善，曾经祖孙三代挤一间屋子的日子一去不复返。城市家庭的孩子，大多从上小学开始就拥有了属于自己的房间。基本配置有床、床头柜、书桌、椅子、书架、衣柜等。房间装修的风格、功能、布局，大都是家长布置好了，孩子直接用。家长可能会问，既然是司空见惯的事，为何要专门写一篇文章？

请先回答我，这是谁的房间？家长会说，当然是孩子的房间。

既然是孩子房间，家长进去会先敲门吗？房间的卫生保洁是不是由家长全部包揽？物品是否按照家长的心思来摆放？房间里有孩子独有的标识符号吗？孩子房间锁着的小盒子，家长会悄悄去打开吗？孩子能否在自己房间的墙上涂鸦？……看到大多数家长摇头，可以想见，多数孩子不过是有了一间酒店客房，不过是借宿。

请再回答，孩子会自己布置房间吗？这个问题，不能笼统回答。一年级小学生确实不太会，可高中一年级的孩子，不是不会，而是没机会。就算不会布置，可否让他提创意，给设想，选色调？显然孩子可以完成一部分或全部。家长可能要问，这么小的孩子，哪来的概念、灵感？我的回答是，用手机学习。家长可以在手机上查装修建材，对比家具家电的价格，那么孩子为何不能在手机上搜样板间、墙纸颜色和图案、台灯款式呢？有些初中生甚至能用软件做出房间的三维效果图，用软件编制装修造价预算表了。小到房间电源开关盒的外形颜色、布局位置，大到窗帘的智能自动化程度；粗到卧具的色彩，细到一个杯垫的造型和材质，以及孩子床头海报的选择，书桌摆件的陈设……孩子的想象力与行动力，将远超家长的预料。孩子会自觉缩短玩手机游戏的时间，腾出时间来忙装修的查询。就算是刷短视频，也会刷与房间布置相关的内容。

最后请回答，由孩子主导的价值何在？很多家长会说，

孩子肯定懒得弄。事实上，是孩子打心里不相信家长会让他们来主导。孩子若可以主导，第一个价值——信任价值就突显出来了。第二个是确立自我的价值——我的房间我做主，布置房间是对自我空间的确认。第三个是自我管理的价值。自己的房间保洁不好，乱得东西找不到，落脚的地儿都没有。家长应扮演助手的角色，不要主动请战、过度担当，可以按约定，每天定时拍一张图，记录上一年，以图片日记的方式，客观反映孩子房间的变化，让孩子换一个视角看看与自己朝夕相处的小窝，证明孩子有能力打理好自己的房间。第四个是炫耀的价值。据我了解，在今天的中国，即使在城市，孩子能主导自己房间布置的也是很罕见的。所以，您家孩子能做到，自然也就有了在同学们面前炫耀的资本。拍个视频，搞个直播，请同学们到家开个现场展示会。到那时候，就是班上学霸来参观，也会惊掉下巴，自叹不如。

家长会说，不就是个查手机学装修吗，说得这么热闹。那您说，学装修跟玩游戏，您挑哪个？

11 手机助力孩子兴趣爱好的记录

就算孩子长大了，家长也要拿起手机继续记录孩子的成果，继续记录孩子的尝试，记录孩子的试验过程。

说到用手机拍摄记录孩子的成长，做各种图片、视频作品等，在孩子0—3岁这个阶段最密集。以我自己为例，手机里存储的外孙从出生到3岁的内容可以说有成千上万条，最逗的是有好多张便便的特写，因为全家人都关心他的身体状况，从来不觉得有违和感。自从上了幼儿园，早晨进园、下午出园，必有1分钟以上视频记录。全家人，包括亲戚，都想第一时间知道他今天表现得怎么样。在孩子3—6岁这个阶段，家长记录的数量就呈现几何量级下降；等孩子上了小学，家长的记录就变成周拍或月拍了。

这倒也是好理解。孩子从刚出生到3岁，家长肯定会精细呵护，怎么也看不够，哪怕是坐在小马桶上用力的表情，都可

以看几十遍。孩子上了小学后，家长脑子里只剩下作业，哪里还有心情拍摄记录，不打就已经算不错了。

在孩子长大的过程中，“讨人嫌”是成长的组成部分，几乎没有例外。一、二年级的孩子，没有家庭作业，家长多是自己给“加餐”，搞得孩子不胜其烦。孩子想安安静静地玩一会儿手工制作，都没机会，因为家长总在边儿上絮叨。诸如，再听写 20 个生字吧，再做 40 道口算题吧，要不再背背英语单词吧……孩子超级无奈，发脾气呢，又会被家长指责态度不好。

那咱们来换一个思路。当孩子跟着短视频做手工游戏，家长可否拿起手机拍几张图片、拍几段视频呢？孩子喜欢琢磨，把家里的闹钟给拆了，却装不回去了。家长可否提醒孩子，下一次拆开闹钟前，先用手机（前提是孩子有手机）拍几张清晰图片，以备索引？孩子涂鸦了几幅小画，家长可否拍一下，打印成照片，做一个相册，或选一幅出来配个相框？孩子学做西红柿炒蛋，从备料到炒制，家长可否全程拍摄记录？反过来，家长做蛋炒饭的时候，从开始备料到炒制完成，能否请孩子录像呢？孩子做的西红柿炒鸡蛋和家长做的蛋炒饭有了图片记录，是不是可以放家族群里，请大家猜猜厨师是谁？

我想表达的是，就算孩子长大了，家长也要拿起手机继续记录孩子的成果，继续记录孩子的尝试，记录孩子的试验过程；也要鼓励孩子，用手机记录生活的点滴，发现生活的秘密。

这样既会弱化家长对手机的厌恶，也会分散孩子使用手机玩游戏、刷短视频的时间，让手机回归工具属性。

家长普遍关心孩子的课业成绩，对孩子课业之外的很多活动和作品都缺少关注，鲜有欣赏，更多的是不耐烦、轻视。在没有手机的时代，家长即使想欣赏，也只能停留在口头，想拍照留念，还心疼买胶卷、洗印照片的钱；现在有了手机，随手就能记录，而且手机存储量大，手机拍的图片和视频可以编辑、加工、包装，形成作品，同时也传递家长对孩子探究世界、充满好奇、勤于习练的赞赏。

反过来，孩子也可以用手机来观察、发现、记录家庭生活的点点滴滴，以积极的心态和父母相处。

小作文变成印刷体就成了一本读物，照片放入相框挂在墙上就成了一幅作品，一幅幅涂鸦装订起来就是一本画册。所有这些，家长都可以和孩子一起用手机来完成。

12 带着手机去旅行

旅行的起点并非拖着行李箱出家门的那一刻，而是心头那一份向往萌发的瞬间。

对于今天的中国家庭来说，带着孩子去旅游非常常见；而带着孩子去旅行，尚有较大的空白。旅游和旅行，一字之差，区别在哪里？

旅游的重点在于到达，目的地以大众公认的打卡地（风景名胜、主题公园等）居多；旅行对目的地没有特别限定，多是个性偏好的选择，旅行的重点在于过程，甚至在于旅途。

不少家长跟我抱怨，孩子大了后（小学高年级、初中、高中），就不愿跟父母去旅游。原因非常简单，孩子有了自己的主见和偏好，厌倦上车睡觉、下车拍照、摊上购物、夜市小吃这种套路式旅游。这种旅游，满足的不过是紧缺时代“到此一游”的初级需求，孩子自然会抵触。

家长会疑问，那旅行是啥呢？孩子们需要什么样的旅

行？为什么说让孩子带着手机去旅行？

人们都有一个梦想，来一场说走就走的旅行。这说明旅行的属性偏重于精神层面的体验，这也决定了旅行有较强的个体属性。

旅行的起点并非拖着行李箱出家门的那一刻，而是心头那一份向往萌发的瞬间。旅行由三个要素构成其价值。

第一要素是功课。参加过自驾游的朋友都知道，路书很重要。旅行的功课有点像路书，不过侧重点不在吃住行。路书的核心是为了解决吃住行这些实际问题，别走错路、吃不上饭、住不上店、加不着油，甚至车辆出状况无法救援。旅行的功课也包括一些类似内容，所不同的是，旅行的功课要备足关于目的地、旅途相关的人文资料，更偏向精神层面。举个例子，回乡祭祖旅行，祖上的生平总要略知一二，家族中在世亲人的关系不能糊涂，家族典型的旧居、器物尚存哪些，以及家乡所在地的风土人情概貌都需要有所了解。不然，到了祖籍地，不懂乡音只会磕头，食物吃到嘴里却不知为何物，对家族亲人的关系云里雾里，显然是不妥当的。旅行目的地虽然可能极为普通，但对于家庭，对于孩子，其意义是不可替代的。要做好这份功课，离不开手机的帮助。

第二要素是旅途。如今的旅途环境与过往的可谓是天壤之别，时间缩短了，条件改善了。孩子在旅途中与陌生人的攀

谈是一笔人生财富，也是对孩子的极大锻炼，没有一个课堂可以替代它，这点多数家长都领会不到。旅途中可能会遇到很多不测，不时有突发状况，会引发孩子思考，这又是人生路途的真实写照。与新结识的朋友加个微信、合个影，随手记录一下旅途中的所见所闻，这时候手机就发挥作用了。

第三要素是笔记。手机有一个笔记功能，有别于传统意义上只能用文字记录的笔记，手机笔记可以存储各种类型的内容样态。旅行的诸多感悟，就不用等归来后坐在书桌前再整理，在旅途中就能随想随写，灵感闪现，落笔成章。我见过一本小册子，记录的是一对父子（孩子小学四年级）去青海湖骑行，4 天 300 多公里历程的对话、图片。这份旅行笔记在我眼里十分珍贵，我相信，它将影响孩子的一生。没有手机的技术支持，这能实现吗？

确实，纸质笔记本、笔、照相机、录音笔、电脑，加在一起也可以完成上述的任务。那为何不直接使用手机，而要舍简求繁、舍近求远呢？

13 保护孩子的好奇心

好奇心是人与生俱来的本能，为激发孩子的好奇心创造更多的条件，是每位家长的天职。

小学生玩手机很多是出于好奇心。

家长都希望自己的孩子爱学习（语数英），有浓厚的学习兴趣，有强烈的阅读欲望，可兴趣、欲望从何而来？靠上天所赐？对孩子讲几句“你长大后要有好工作有好生活”，孩子就变得爱学习了？其实，孩子的兴趣、欲望只可能来自好奇心。

好奇心是人与生俱来的本能，为激发孩子的好奇心创造更多的条件，是每位家长的天职。这事，家长完全可以请手机来帮忙。手机的内容涵盖面很广，声光电的特点又非常吸引孩子的注意力。手机的天然友好性，导致孩子跟手机的沟通远比和家长的沟通畅快。

例如手机中很多短视频、微课程，兴趣各异的孩子就可以各取所需。爱动手的孩子，可以跟着学手工制作，在胶水的

协助下用一张 A4 纸成就一张弯弓；爱画画的孩子，依靠软件，实现多层复合涂色;爱宠物的孩子，可以通过查阅中外文资料，掌握宠物的习性和口味；喜欢研究天体的孩子，可以尝试制作行星运动图；小吃货吃腻了家长做的菜，可以跟着手机里的厨艺达人，过一把大厨瘾。

以上例子不过是冰山一角。孩子们可能被手机里的内容激发的好奇心，无穷无尽。

家长最担心的是，小孩子在手机里看到了什么不该看的。然后，家长又担心孩子的兴趣过于单一，盯着一件事沉迷进去——这就高估了孩子，孩子的专注力没有那么持久，“见异思迁”“风一阵雨一阵”“朝三暮四”是很常见的。若孩子对一个志趣很着迷，那就要恭喜您了，发现了孩子的天分。也许他能坚守一个喜好持续一生，孩子很有潜力，将在某个领域走得很深、很高、很远。我认识一位小朋友——现在已经是清华大学的学生，从上小学就喜欢琢磨一件事：公交地铁的线路走向、站点布局。到了报考大学选专业时，他希望读城市设计专业，梦想成为一名城市公共交通线路布局的设计者。这个孩子的家长从小支持他的喜好，努力满足他的好奇心。新的公交线路一开通，孩子就会从头至尾坐几个来回；家长还陪孩子体验了北京到拉萨的火车旅程。

家长担心孩子对没用的东西产生好奇心，比如降水量、

天体运转、兵器、娃娃的衣服配饰、白垩纪等。家长会说这些“无厘头”“无聊”。这类语言对孩子伤害很大，家长使用要格外谨慎。

孩子的好奇心是非常宝贵的。好奇心获得满足的条件、场景在非信息时代很受限制。如今，只要点开短视频，看什么没有！家长能够理解孩子的好奇天性，择其善者而取之，也将助力孩子的成长。

14 用手机收藏知识

手机提供的平台与功能让摘录知识易如反掌，再配合云上存储，真可谓是天下第一藏书楼。

家长对孩子的课堂笔记高度重视，老师也会不时联系家长，指出孩子的课堂笔记存在的问题。可如果是孩子对其他事情的记录或收藏，家长就未必重视了，甚至还会反感厌恶。

一名初一的男生在咨询中对我说："老师，我用手机从来不玩游戏。"我很惊讶，于是问他："那你用手机干啥？"他说："我用手机做得最多的两件事，第一件是和同学微信聊天，第二件是收集资料，我是学校辩论社团的成员。"

我暗自思量，可不是嘛，"好记性不如烂笔头"，不要仗着年轻记性好，就疏于对自己记笔记能力的培养。回想我自己最笨拙的方面，就是在记笔记这方面了，都年逾花甲了，还只会记单词。可谓苦头吃尽，悔之晚矣。

这名男生相对于大多爱玩游戏的同龄人，属于少数人，

可这个例子也说明手机有帮助孩子们收藏知识的作用。

此时我又联想到我爷爷的剪报，他用一本旧的杂志或用过的本子或旧报纸裁剪装订成本子，然后把报纸上自己喜欢的文章、图片剪裁下来，粘贴在本子上，还在边上做标注。余下的报纸可以卖钱，还节省了家中的储物空间。翻开这一本本剪报册子，我能读到当年的新闻，读到有趣的知识；看到泛黄的图片，特别是看到旁边爷爷用苍劲有力的字迹写下的标注，我顿生敬意，这些剪报无疑体现了爷爷的知识趣味与价值取向。

手机提供的平台与功能让摘录知识易如反掌，再配合云上存储，真可谓是天下第一藏书楼。

回到那名初一男生的案例，男生使用手机时间不短，强度不低，可区别于其孩子用手机玩游戏，他主要用手机聊天。但家长依旧不能接受，认为孩子用手机聊天就是不好。可见，家长忽略了孩子在聊天过程中对信息的提取，以及对知识的交流和分享。

男生还对我说，用手机可以一边查阅资料，一边做心得笔记。作为辩论社团的成员，日常的积累十分重要。其实他聊天时也不单是闲聊，还会围绕辩论的观点、背景、分歧，与队友探讨切磋。

在“双减”政策的背景下，学校课后服务的比重前所未有地提高。从时间上看，课后服务每天 2 小时，每周 5 天，每

学期 20 周，全年约 400 小时；若按照每节课 40 分钟，一年就是 600 个课时，而全年日常总课时为 1200 个。也就是说，日常课时与课后服务课时成 2∶1 的比例。此外，课后服务的内容也更加丰富了。在原有音体美的基础上，诸多原来因为没时间投入、没资源投入、没师资课程投入的内容都纳入课后服务中。例如，一个初中新闻评论社团，每周会邀请资深媒体人来讲课 2 小时，带着同学们进行新闻评论的基础训练，尝试写小评论，开展一些社会新闻的辩论。

不管是在手机上收藏资料，还是在新闻评论社团参加活动，若没有互联网的支撑，若没有手机的帮助，单靠用笔写、用纸记，那又能记多少呢？

15 如果遇到意外紧急情况

孩子遇到意外紧急情况时，难免会手忙脚乱，平日里家长要与孩子多多演练，以防万一。

在生活中，大多数中学生都是自己上下学，乘坐公共交通或骑车；周末有时也会独自去上课，参加课外活动、同学聚会。在此过程中，孩子偶然遭遇意外紧急情况是不可避免的。那应如何处置应对？手机的作用不容轻视。

二十多年前，我女儿（当时上初中）和女同学骑车在放学路上，被两个同龄女孩拦停，强行“借走”了自行车。女儿找到公用电话打给我，我赶忙冲过去处理。放在今天，即使最发达的城市，也罕见公用电话亭；遇到这种情况，孩子只能借用路人的手机，或者靠吼了。

如今手机除了通话之外，还有定位、录音、拍摄等功能，还可以记录备忘录。这些都可以在紧急情况发生时，起到保护孩子的作用。

例如，孩子用手机一键发出位置信息，家长就能知道孩子是否偏离了常规路线，从而推测是否有异常发生。

例如，孩子突然无来由地发了一张图片或一段视频，内容是一个陌生人，家长至少可以马上打电话过去，询问发生了什么。

若在上下学路上，看到了车祸，孩子就可以用随身携带的手机，快速地拍摄现场，并及时开展对伤者的救护，联系急救，通知伤者家人；及时通知家长，获得必要的帮助。等警察叔叔来了，也可以实事求是地出示记录道明原委，厘清责任。

虽然有些情形发生概率极低，但是赶上一回也是够家长担惊受怕的。例如，孩子在独自打车的过程中，若司机言语不善，孩子就可以开启手机录音功能，也可以悄悄拨通家长电话或开启语音视频，把听筒音量调到最低。孩子不用出声，家长也能从音频视频内容中判断出现了什么状况。这样的操作，家长最好在平日找机会跟孩子一起演练，模拟操作。

可能出现的紧急情况还有很多。处在初高中阶段的孩子，爱心善心满满。搀扶跌倒的老人，照顾迷路的幼童，为不熟悉道路的行人指路，热心地帮助他人看管物品……有家长说，我可以嘱咐孩子莫管闲事。但实际情况是，孩子出于善良的本能，还是会按照自己的意愿去做。由于缺乏社会经验，孩子可能会遇到一些复杂的情况，这也是家长的顾虑，担心摊上事。

这个时候，依靠手机来做一些保障就显得尤为重要。家长可以这样告诉孩子，帮助老人之前，可以用手机拍一两张背影（强调一定不要拍正面，只需拍背影的全轮廓即可，周边的参照物也要拍进来），避免其家人来了现场提出异议。若是指路，最好借助手机上的导航来讲，会更清楚直观。帮助看管物品最好先拍图片和视频进行确认，要看得清数量、样貌，免得过后有争议。再有就是嘱咐孩子，帮助他人是善举，值得鼓励，但是帮助他人需量力而行，不妨相邀路过的成年人一起行善。

孩子遇到意外紧急情况时，难免会手忙脚乱，平日里家长要与孩子多多演练，以防万一。成长的内容不单包括考试成绩，生活能力的历练也是成长中重要的一项。既要盯住手机的弊，也不要错失手机的利。家长贵在有广阔视野，能够理性地捕捉到手机价值的点点滴滴。

第六章

手机·风险

读到这章，家长终于觉得我是自己人，而不是孩子们派来的说客了。但是，我想说的风险，其实还是来自家长，而不是手机。只要是风险，咱们就要齐心协力找到原因，分析、预防，降低危害程度。因此，家长一定要仔细瞅一瞅，看看有没有您疏漏的风险，有没有您没有注意到的隐患……

01 手机“宵禁”是绝不能失守的底线

守住底线，保护好视力、睡眠，手机就闹不出大事。

这些年来，只要有机会，我就会跟家长朋友们讲，孩子使用手机的主要问题不是在白天，而是在深夜。每当这个时候，多数家长会露出将信将疑的神情，所以在此我再重点说一说手机“宵禁”。

为什么说孩子使用手机的主要问题在深夜？简单分析一下便一目了然。

平日，孩子使用手机的主要时段有三个：上学时，晚间时，夜间时。上学时，教育部、国家卫生健康委员会等八部门，于 2018 年 8 月 30 日印发的《综合防控儿童青少年近视实施方案》明确规定：“严禁学生将个人手机、平板电脑等电子产品带入课堂，带入学校的要进行统一保管。”之后教育部、各地教委也纷纷出台文件，细化学校关于学生手机管理的规定。从执行情况来看，每天在校园的 9 小时，孩子是不能使用

手机的。

晚间时，大约有 5 小时（从放学到睡觉），包含了回家路上、晚餐、洗漱、做作业，在家长的监督下，孩子能够使用手机的时间很有限。至于早间起床后至到校的这段时间，不会超过两小时，包含早饭、路途等，孩子使用手机的时间更有限。

夜间时，有 8—10 小时。按照目前多数家庭的条件，很多孩子拥有独立房间。关上门灭了灯，等家长呼呼大睡，孩子若是戴上耳机，撒欢儿地玩起来，家长几乎察觉不到。孩子夜里不睡觉玩手机所导致的后果不堪设想，家长未必能第一时间发现。好几位家长跟我说，是班主任老师联系家长，说孩子上课总睡觉，家长再去问孩子才知道缘由。麻烦的是，等家长发现时，孩子的这类行为往往已经持续了一段时间，改起来很不容易。因此，对孩子手机实行“宵禁”就非常重要。一年 365 天，到了夜间睡眠时间，必须人机分屋。不论孩子是否自觉，不论是以学习还是充电为由，不论是在家还是在外旅行，统统执行“宵禁”。这必须作为孩子拥有自己手机的先决条件，在孩子拥有手机的第一天就开始执行。上述八部门文件的要求也非常具体——“保障孩子睡眠时间，确保小学生每天睡眠 10 个小时、初中生 9 个小时、高中阶段学生 8 个小时”，足以说明睡眠对于学生来说是头等大事。“宵禁”至少要执行到中考结束，多数孩子通过数年手机“宵禁”，能够养成手机与自己分屋睡

的习惯，进入高中就可以学习自己管理手机了。

有两个问题会困扰家长：

一是过去没有实行“宵禁”，现在要如何开始？这要看孩子多大了。小学生相对好做工作，在不能用手机和夜里不能用手机之间，他们肯定选择后者；初中生难度相对大点，家长要耐心，可以对一些别的要求妥协，换取守住底线。

二是孩子对“宵禁”抵触情绪强烈，怎么办？孩子强烈抵触，多是因为家长不仅“宵禁”，还“昼禁”，结果白天黑夜都没禁住！尤其是对于过去一直没有“宵禁”的孩子，可以先放宽对白天使用手机的限制。家长要掌握好平衡，不可一味“堵”。

守住底线，保护好视力、睡眠，手机就闹不出大事。

02 聊天比游戏风险更大

若个体在未成年阶段时思想偏差严重，将会导致其一生都无法客观地正视自己所处的社会，无法接受可能遇到的挫折与困难。

孩子用手机做什么最让家长担心？若按照家长的担心程度进行排序，首先是玩游戏，其次就是刷短视频，排在第三的应该就是聊天了。对于聊天，家长最紧张的是孩子和异性频繁聊天。殊不知，某些容易被家长忽视的聊天，才隐藏着巨大风险。

玩游戏和刷短视频大多是单向的，孩子组团打游戏多数情况下是和同学、熟人一起。聊天就不一样，聊天对象越陌生，越有神秘感。一些初中生很着迷用手机与天南海北的陌生人聊天。

聊天对象身份不明是家长的一个痛点。是男是女，光看头像可看不出，提示性别的红蓝颜色完全可以随心设置；所在

地区更没准儿；年龄完全靠猜，一般用户间的交往全靠眼力。孩子对聊天对象身份并不敏感，他们在意的是聊天内容，如果顺耳、对脾气，聊的又恰好是自己最关注的热点，孩子就会放下所有警惕，沉浸其中，有点酒逢知己千杯少的感觉。

与身份不明的人聊天有风险，但风险更大的是加入某些聊天群，这些群包括主题讨论群、意见分享群等。比如以“无聊”为主题的群，聚集的尽是“闲人”，不上班、不上学、不出屋、不下炕。群里聊得最起劲的就是如何打发时光，如何跟家人耗，如何躲避人际交往。再比如以讨论社会问题为主的群，群里各色人等，怨气冲天，戾气横生，偏激地针砭时弊，提出各种非理性的主张观点。试想，一个初中生深陷其中会得到什么？对社会的失望、对家庭的疏离、对公序良俗的质疑、对社会问题不切实际的幻想？

这两个例子都有一个共同点，即未成年人误入成人的社交群落，陷入不健康、不理性，甚至有些扭曲的沼泽。这类社交群很封闭，别看成天议论的是社会中正在发生的事，但思维是刻板的，逻辑是混乱的，影响是消极的；披着“深刻”的大氅，让一些孩子觉得自己好像也变得深刻了。在那些社交群落里混久了的孩子，对家长的口头禅就是：“您不懂！”“跟您说不明白！”“我们对社会是保持警惕的！”

家长会奇怪，这有什么风险？怎么会比玩游戏更恐怖？

如果说家长担心孩子沉迷游戏，那就更该担心孩子迷失在那样的聊天群里。迷失的下一步就是消沉、偏执，再下一步可能就是极端。若个体在未成年阶段时思想偏差严重，将会导致其一生都无法客观地正视自己所处的社会，无法接受可能遇到的挫折与困难。

读到这里，家长准会拍大腿说："我说吧，就不该给孩子手机！"家长若是抱着这个思维，那馒头都不能给孩子吃了，会被噎着。

本文提出这个要点，意在提醒家长留心孩子是否有这类风险，应提早进行干预。经常有家长跟我说："也不知道孩子从哪里听来的观点，还振振有词地和我辩论，我也懒得搭理。"结果，孩子误以为自己成了有高度、有深度的"智者"，有了思辨能力，实则是被群里的人给洗脑了。

若是家长有学习能力，能同孩子一起辨析，用他们听得懂的语言去交流，成长中的孩子是能够信服的。

03 切勿粗暴夺走手机！

冲动是魔鬼，一般后果尚能承受，若酿成悲剧，那可是追悔莫及。

家长一怒之下，摔了、砸了孩子的手机，是家长与孩子关于手机最激烈的冲突场景。毫不夸张地说，这是性命攸关的事。

11 岁的男孩在家不做作业，只顾着玩手机；家长屡次劝说无果后，就把孩子的手机拿起来给砸了。孩子一气之下就从 12 楼跳下去，最终抢救无效离世。类似的新闻绝不罕见。退一步讲，就算只是爬到高层的空调室外机上坐个 10 分钟，也极有可能酿成悲剧。

悲剧的引爆点是简单粗暴地夺走手机。

这大概率是家长一贯的教育风格所致，家长坚信“棍棒底下出孝子”“不严厉不成器”。亲子之间不单是因为手机会发生激烈冲突，就算做个作业、写个大字，也可能会硝烟弥漫。家长音量大，不讲理，只要结果不问过程，没有从一开始就商

定手机使用规则。注意，是商定不是规定！商定是要有协商过程，各自申明理由依据，规则详细，内容具有操作性，而不是严重背离各自的愿望。规则中，关于罚则的内容要细致准确，不能有歧义。例如，规则约定孩子每天使用手机总时长为 40 分钟，那查资料要不要计入？计入，孩子认为使用手机的时间就打了折扣；若是不计入，家长又会觉得这可不行，我怎么分得清你是玩游戏还是查资料。比较合理的解决方案是，根据每天查资料可能用到的时间，再加上本身考虑给到孩子的玩手机时间，给一个总时长。例如每天 60 分钟，资料查得快就多玩会儿，资料查得慢就少玩会儿，由孩子自行调节掌握。

首先，家长之所以暴怒是因为觉得孩子玩手机的时间太长了。我向家长了解时长，家长又说不出孩子玩手机的确切时间长度。可见长短与否，大多是家长的主观判断。其次，家长的暴怒常常是临时起意，往往是自己情绪烦躁迁怒到孩子，这也会影响家长对孩子玩手机行为的判断，会夸大孩子行为的“恶性”。最后，家长被孩子的言语所刺激，被孩子的无视所激怒，因而骤然暴怒，冲动地摔手机、砸手机。

想避免悲剧发生，家长就要注意：

不可临时起意，说一出是一出。若事先没有约定，就回到起点，双方先商议规则，彼此约定。

不可让手机消失。摔坏手机、砸坏手机、没收手机，都

形同消灭手机，会让孩子陷入绝望。不破坏手机，让孩子知道手机回到自己手里的时间及条件是关键。

不跟孩子正面冲突。家长在即将暴怒的那一刻，试着给自己按下暂停键，不执着于即刻获得想要的结果，也避免继续被孩子的态度和言行激怒。当然，若是家长觉得这样很没面子，就更不应该在此刻发怒，应该找一个房间自我反省。您早干吗去了？如果这样的被顶撞在日常生活中时常发生，那您还有啥可怒的呢？

冲动是魔鬼，一般后果尚能承受，若酿成悲剧，那可是追悔莫及。

我来给一个良方吧。家长看到孩子玩手机火冒三丈的时候，自己先面壁 10 分钟。

04 用大人手机不经意闲逛成人世界

家长们特别在意图书、影视作品的分级，但是千万别忘记，给自己手机里的内容也分个级。

孩子还没有手机的时候，大部分家长允许孩子用大人的手机，一是确有一些作业需要线上完成，二是家长也不担心，认为尽在掌握中。孩子虽然觉得很不方便，但聊胜于无。这样共用手机的状态，各个家庭持续时间不一，短则半年，长则数年。我见过一个家庭，孩子都初三了，还维持这个状态。

在这个过程中，家长很容易疏忽或没有察觉到，孩子不经意间闲逛了成人世界……

家长手机里是成人的世界，孩子在里面会好奇地东看看西看看。有的家长很自信，说这不可能发生。那请问，家长您的微信每次都用密码登录，用完就退出？您能保证每次给孩子手机使用时，微信以及其他社交账户都处于未登录状态？我在工作电脑上遇见过，前一位没有退出账号，我接着使用是可以

直接进去的（当然我没有那样做）。若孩子能进到家长的社交账号里看一眼大人在聊什么，家长您会觉得尴尬吗？

家长在网上浏览，看看文章，刷刷短视频，追个剧，读一段网络小说，听个段子，在群里和群友逗个闷子……家长的话语、文字，是否会有少儿不宜的内容？家长的购物行为，有时也会涉及成人需求，内衣、计生用品，都是非常正常的。可是孩子看了合适吗？会不会好奇地多看几眼呢？

家长很警惕，不让孩子接触网上一些暴力色情、趣味低级的内容。可是成人的标准与未成年人的标准会是一样的？

成人的手机世界还包括正常的人际交往。可能是与办公室同事，可能是与客户，也可能是与失联很久的发小同窗，但恰好是异性怎么办呢？会不会产生不必要的误解或麻烦？明明是老友之间的打趣逗乐，被孩子理解成暧昧怎么办？

还有家长关于家庭的一些关系和事项的处理，牵涉亲戚，牵涉家庭的重大财务支出，这些是否都有必要让孩子知道得十分详尽？

我本身很赞成家长在孩子进入初中阶段的时候，告知孩子一些家庭信息。例如家长的年收入状况，家庭一般性支出和定期支出（赡养老人），家庭储蓄和主要资产的概况，家庭财务能力的水平。目的是为了让孩子在有一定理解和认知能力的时候，对自己的家庭有所了解，知道家里的经济条件。传统观

念主张，孩子小，没必要让他知道。这其实是不对的。适度的告知，是对孩子的尊重，是帮助孩子对家庭有真实的了解，使孩子不发生误判，不提出不适合家庭的支出要求。

说完这段题外话，回到成人世界这个话题。其实我是想和家长朋友沟通，凡事要顾及利弊双面。不给孩子买手机，让孩子有需要时用家长的手机，是限制了孩子使用手机的便利性。孩子无法理直气壮地说“我的手机我做主”，孩子没有手机所有权。但是，不能低估孩子在共用家长手机期间闲逛成人世界的风险。

对于未成年人的保护，家长们特别在意图书、影视作品的分级，但是千万别忘记，给自己手机里的内容也分个级。

05 家庭生活贫乏是孩子迷恋手机的主因

家庭生活贫乏指的是，孩子的生活除了睡觉吃饭上学，就是与作业成绩相关的内容，再无其他。

很多文章都在分析孩子迷恋手机的根源，比较一致的看法是，根源在于孩子不能从家庭获得自己需要的情感呼应和情绪支持。通俗地说，就是家庭生活贫乏、单一，导致孩子被手机“抓走”。可不是嘛，孩子家庭生活的内容单调到只剩下作业和手机。一边是作业、卷子、考试、补习，一边是绚丽多彩的丰富世界，大部分人都会选后者。

先讲一个像段子的真事。一年级男生冬瓜，吵着闹着要家长给他买手机。冬瓜爸妈非常给力，不光买了智能手机，还办了卡（手机实名卡），加配智能手表，手机上注册微信，下载各种应用。家长的意思，既然给你买了，敞开玩吧！我迫不及待地问，后来呢？家长回答，手机、手表都吃灰啦。就买回

来头几天冬瓜玩了玩，觉得完全没有真实世界好玩，就没兴趣了。

我承认这是一个孤例，但却道出了某些真理，即家庭生活的丰富度与孩子对手机的迷恋程度成反比。

冬瓜的真实世界是丰富多彩的，上小学前已经国内外旅游数十次，拍摄了好多趣味背古诗的实景视频，可以独自完成乐高泰坦尼克号的拼搭，还经常和妈妈一起视频直播练习钢琴。冬瓜还打趣妈妈，你不可要把直播练钢琴变成直播打小孩！上小学这几个月，冬瓜可忙坏啦，不是忙作业，而是其他各种事情，小学生活太丰富了，已经溢出到家里。

而多数孩子一天的日程是什么呢？早起匆忙赶着去上学，保不齐还被家长要求路上背几个单词；在校上学一整天，包括课后服务，放学后家长问的第一句话准是"作业做完没"，做完了就再加点练习；然后还有网课、阅读。等孩子再抬起头，就该洗洗睡了。周末安排至少两个半天的课，就算"双减"了，家长还是会想办法给孩子找课外班上；周末另外两个半天，家长也会监督着孩子预习功课、整理笔记，完成老师布置的作业，完成家长附加的作业。这样的内容和流程，从小学一年级持续到中考、高考结束，孩子特别像流水线上的卓别林，只做一个动作——拧螺丝。若是卓别林下了班可以有手机解闷儿，我想他也会抱着手机玩个不停。

家庭生活贫乏指的是，孩子的生活除了睡觉吃饭上学，就是与作业成绩相关的内容，再无其他。并不是说孩子的生活没有内容，而是说内容太单一。贫血中有一个类别是缺铁性贫血，需要补铁。孩子的成长若是只剩下作业一件事，那缺的就不只是铁，还缺许多微量元素。

家长恨手机的魔力大，却不知道家长所营造的贫乏的成长环境是更大的力量，把孩子推向了手机。

要想改变孩子玩手机没完没了的状态，重点不是拿走手机，而是改变家庭生活的贫乏状态。家长说太忙，也想不出别的内容，而且自己当年不就是做作业长大的，怎么到孩子这儿就不成了？我要说，您当年没有这么神奇的手机，您当年吃顿饺子穿个新衣服，就是最大的满足了。今天孩子对美好生活的向往是丰富多彩的、个性突出的。若是您只会监督作业，手机就会“上位”。

06 手机使用时间的管控

家长在孩子手机使用时间的管控上，应保持平衡，适可而止。

一名初二男生，平日做完作业会打60分钟手机游戏，周末会打90分钟。无论平日、周末，到了约定时间都能停下，不会耍赖延长时间。男生学习成绩中等，对需要背的课程不重视，能懒就懒。家长向我咨询的要点是：要不要进一步减少孩子使用手机的时间，比如，平日减到每天40分钟，周末减到每天60分钟？

一名初一女生，家长用未成年人手机管理程序管控，每天允许她累计使用30分钟，不分平日周末假期。家长向我咨询，可不可以再收紧一点，比如每天20分钟？

这两个例子，家长都是想“得寸进尺”——这也是家长的普遍心理，心愿就是孩子使用手机的时间趋近于零！案例中的两个孩子都属于比较听话的，接受家长的约束，尽管是被动的，可也做到了。这就会让家长生出进一步挤压的心思，那接

下来会发生什么呢?

首先，现有的平衡被打破了。每个孩子使用手机的需求都是不同的，时长要求不一；对家长约束的接受能力也是不同的，或痛快，或勉强，或抵触，或对抗。一个核心指标就是，能不能遵守约定，能不能到点就停，且保持稳定。若是能够达到这个指标，说明家长的约束与孩子的期许达成平衡；反之，家长的约束与孩子的期许严重不符，孩子便会使出浑身解数同家长周旋博弈，有时还会上升为对抗。最终的结果往往是孩子使用手机的实际时间更长了，家长得不偿失。

其次，从上述案例来看，孩子可能会有勉强的心理，但尚处在一个可接受范围内，心理上没有更多的不满、烦躁。持续一定的时间，有可能就习惯了，也可以说是一个稳定状态。反之，家长改变现状，会使孩子从一个勉强可以接受的状态变成完全不能接受的状态。孩子在心理上会产生极大的抵触情绪，叠加在青春期、学业、小升初不适应等压力上，孩子会不堪重负。家长让孩子做一道算术题，占用了孩子使用手机的10—20分钟时间，孩子却因此多花40—60分钟时间来消解内心的郁闷。是赚是赔，一目了然。

最后，家长与孩子在手机使用时间上达成一致，会让亲子沟通平和顺畅。否则，硝烟四起，不是孩子摔桌子踢板凳，就是家长被气得叫120。

家长会发愁，怎么把握这个平衡点呢？太宽了家长不干，太紧了孩子不认。我给的建议是，在充分协商的基础之上，能落实的就是平衡点，尤其是到点就停概率超过 95% 时，就不要轻易调整。若执行得不好，可稍做微调放宽，5—10 分钟的幅度，实行一个月，再确认。第一个平衡点，我称之为基础平衡点，非常重要，上述两个案例就符合这个要求。案例中的男生非常喜欢机器人课，每周学 8 小时也不觉得累，适度地打游戏就成了休息调整。案例中的女生学习成绩好，又是班长、学校公众号的骨干编辑，体育全年级第一。有这样的支撑，再缩短手机使用时间，显然是家长过分。

家长在孩子手机使用时间的管控上，应保持平衡，适可而止。

07 亲子“谈判”

双方用手机做筹码来解扣只是权宜之计，结成死结的风险会不断上升。

很多孩子从1岁开始就和父母“谈判”，到了2岁可以三个字、五个字地谈，3岁后基本能完整表达自己的诉求，陈述明确的条件。例如，跟家长谈，可以洗澡，条件是喝奶的时候要看1集动画片；再比如，可以剪头发，条件是午餐吃炸猪排。孩子的谈判能力是与生俱来的。从小到大，孩子和家长之间凭借各自的能力和阅历进行谈判。双方握有的谈判筹码不规律、不确定，但数量差不多，否则就失去谈判的均势，也失去了谈判的迂回空间，亲子之间就极易陷入僵局。

我了解到一些家庭正处于这种状态：家长提出的除手机之外的所有谈判内容（比如学习、运动、课外阅读），孩子都不予考虑；孩子想要争取手机的使用权，家长没兴趣谈。家长与孩子此前一定发生过很多次交锋，从棒棒糖、游乐场、飞机，

到拼音听写、背单词，再到补课、练钢琴，甚至到能不能和小伙伴打一场电子游戏。总的来说，家长孩子各有优势，没有哪一方占据绝对优势。

随着孩子进入小学五、六年级，进入初一、初二，家长手中的筹码越来越少——不是家长智力衰减，而是因为临近小升初或中考，家长认为没有什么比学习成绩更重要。少睡一会儿觉，视力付出一点成本，都无所谓，只要能提分。家长被这个执念紧紧束缚，变得只谈学习。孩子与家长恰恰相反，认为青春期有太多的内容要关注，很多内容都可以变成筹码用来和家长交涉。这一多一少的错位，使得家长陷入只要孩子答应认真学习，什么条件都可以谈的境地，包括手机。孩子会答应多做一道题，多看一页书，争取到多玩一会儿手机。孩子会权衡，利用家长的痛点来谈，减少一点使用手机的时间，换得管控放松。

看似用手机作为谈判筹码的局面平衡了，其实很难长久维持。过不了多久，双方都会觉得不满足，又会发起新一轮交涉。家长的根本诉求是孩子不玩手机，全身心回到学习；孩子的根本想法是，学习仅仅是作为生活的一部分而非全部，还需要其他的兴趣、乐趣，包括使用手机等。双方用手机做筹码来解扣只是权宜之计，结成死结的风险会不断上升。

我给家长建议是，单独谈手机问题，不与其他事情交叉，

包括学习。无论成绩好坏，不论用功与否，也不分初一、高一还是初三、高三。手机的使用，只区分平日与假期，严禁夜间使用。家长与孩子约定好的规则，双方都要遵守，不可未经协商擅自改动。这样做的目的是让手机的使用处于稳定状态，家长不用担心孩子增加手机使用时间，孩子也不必提防家长减少自己使用手机的时间。

至于学习、锻炼、家务、纪律、社团活动、文明礼貌等诸多内容，家长、孩子可以随时展开沟通，合理协商，友好谈判。

亲子之间最怕只谈学习，也最怕只谈手机。家长会疑惑，不谈学习、不谈手机，那还能谈什么？可谈的太多了。可以谈谈家长小时候的糗事，可以谈谈家长曾经的烦恼，可以谈谈西红柿炒鸡蛋的秘诀，可以谈谈乡愁的故事。

08 家庭特殊事件

未成年人幼小的心灵，要守着这些秘密，是何等痛苦，势必在心里留下挥之不去的阴影。

家庭的特殊事件，家长总想对孩子守口如瓶。可能是爸爸妈妈离婚了，可能是亲人去世，可能是家长得了重病，可能是家长去服刑……

家长守口如瓶的理由非常一致，孩子太小了！家长可以在很长的时间里，用各种能够想到的谎言瞒着孩子。我们无法确认的是，孩子是真的被瞒住了，还是家长以为孩子被瞒住了。若是前者，孩子会在知道真相的那一刻崩溃，不知所措；若是后者，就更可怕了。

孩子在成长的过程中，很多事情连蒙带猜都能够弄明白，知道得八九不离十。现在 9 岁的孩子，会熟练地使用小三、备胎等词。孩子知道了爸妈离婚的真相，又不能在爸爸或妈妈面前正式谈及，只能闷在心里，装作啥都不知道。很多家长对此

没有给予足够的重视。孩子知道而不告诉家长，内心将承受不可想象的压力。每个成年人可能都体验过这种隐而不发的感觉，是非常痛苦的；而未成年人幼小的心灵，要守着这些秘密，是何等痛苦，势必在心里留下挥之不去的阴影。

再比如家长去服刑，亲人可能会用出差、出国来骗孩子。刚开始还能瞒过去，但是时间久了，一方面孩子可能会提出打电话、通视频的要求，另一方面周边可能会有风言风语，真相暴露的风险越来越大，编故事圆谎的难度倍增。我建议，可以延迟告诉孩子真相，但是延迟的期限不要超过一年，越短越好；最好还是说明实情——服刑的家长做了违法的事情，必须受到惩罚，会有很长时间不能回家。服刑的家长很后悔，决心好好改正。这时候要对孩子讲，服刑的家长永远是我们的亲人，我们可以每个月去探望，给服刑的家长加油，一起盼望服刑的家长早日回家。

家庭特殊事件不及时告诉孩子，很容易发生孩子沉迷手机的情况。这是因为，孩子对家长隐瞒真相这点很难接受，认为自己也有知情权。孩了可以接受自己六七岁时家长隐瞒不说，但绝不能接受都上中学了家长还不跟自己说。这表明家长把自己当作小孩子对待，不信任自己。孩子会以同等的不信任回馈家长，会以更强烈的情绪对抗家长的正常监护。你让我往东，我就偏往西；你想在人前有面子夸耀孩子学习不错，我就

故意成绩差让你难以启齿；你觉得用手机利大于弊，我就成宿地玩让你欲哭无泪。

家长会慨叹，手机这点事，怎么和孩子就是沟通不了？孩子也会说，你们遇到事情，怎么就不能和我这个息息相关的人说明白。要知道，孩子在面对家庭特殊事件时，手机有疗愈、转移注意力的作用，这也是很多孩子沉迷手机的原因所在。

因此，家长不要总是盯着玩手机这个表面现象，而是要去寻找孩子沉迷手机的深层原因。如果是因为家庭特殊事件，那么不妨在适当的时候，和孩子开诚布公地交流。

09 长子内心的失落

弟弟妹妹来了，爱的转移是那样地急促，爱的分流是那样地强劲，失落、失助成了老大内心的主旋律。

从只生一个娃到可以生三个娃，父母顿感压力倍增，二娃、三娃抚养中的老大问题也成了新挑战。以 2010 之后出生的老大为例，他们大多经历了 5 年以上的独生子女生活。要求这一届长子该如何如何，是把问题简单化了。

长子（也包括长女），在我们的文化中有担当、隐忍的要义，俗话说长子如父。二三十年前，长子尚未体会万千恩宠，小小年纪就要肩负起看着弟弟妹妹、烹制简单饭食的大任。

而现在的老大就完全不同。作为家里的唯一，备受父母宠爱，老大幼小的心灵也刻下唯我独大的印迹。始料不及的是弟弟妹妹来了，爱的转移是那样地急促，爱的分流是那样地强劲，失落、失助成了老大内心的主旋律。

而此时，父母却浑然不知。自以为对老大的爱仍旧饱满，会强调给老大买的礼物价值是老二的数倍，会强调用在老大身上的精力是 80%！老大真的关心礼物的价值？老大只关心礼物是不是父母用心选的。老大害怕父母把更多时间给自己，因为这 80% 全是盯着作业，而给弟弟妹妹的 20% 都是玩游戏。所以，老大最想要的是父母像过去一样陪伴；老大会熬着不睡，等妈妈哄睡完弟弟妹妹再过来陪自己，最好整夜都不离开。

对这一届老大，讲长子的担当奉献是苍白无力的。老大会有这样的疑问：是我要当老大吗？你们跟我商量了吗？委婉一点，老大会故意说，自己很喜欢弟弟妹妹；直接一点，老大就会厌烦弟弟妹妹靠近，甚至有推搡、掐捏弟弟妹妹的行为发生。这一届老大享有过父母的独宠的确是客观事实，否认的话，不利于帮助老大找到身为长子的骄傲。

在老大适应长子角色的过程中，会出现暴躁、寡言、厌学、自理能力退化等情况。老大也许会更加依赖手机里的游戏、短视频，会觉得手机里的世界比自己的爸妈友好，能让自己快乐，能让自己暂时忘掉失落——我把这种心理称之为“找齐”。父母若是没有意识到这是老大因为老二到来的心理变化，以为仅仅是老大贪玩、迷恋手机，那就是找错了原因，会加剧老大对父母的抵触和疏远。反之，父母若是给到老大更多的理解，倾听老大的心声，老大也就不会因弟弟妹妹的到来而

感到失落，所谓玩手机的问题就自然化解了。

父母在帮助老大适应这个转变的过程中，首先要清楚，这不是道德问题；其次要用相当的耐心陪伴老大调适心理、情绪，不能一键切换；再次就是紧抓课业的同时，兼顾老大已经受伤的心灵，不要雪上加霜；最后就是在肢体接触、言语温度、容错度上倾斜，让老大感受到父母的爱与关怀。

这一届的老大不想当长子是一个阶段性的现象。父母要有心理准备，不要信心不足，不要过度焦虑，不要束手无策，不要自以为是。老大很有可能在照顾弟弟妹妹的学习、生活中找到快乐，在先于弟弟妹妹的成长中找到自豪，在弟弟妹妹的仰慕中发现自己的魅力，在与手机健康相处上为弟弟妹妹做出榜样。

10 孩子使用手机大额消费

若未经征询，一分钱也是大问题；若已征得同意，一万元也不是问题。

近些年，媒体报道的孩子使用手机大额消费的新闻还真是不少。

仅 2020 年第一季度，某省消保委系统受理涉及未成年人网游类投诉就达 425 件，与去年同期相比增加了 460%。其中，未成年充值群体中年龄最小的仅 3 岁，充值金额最高达 7 万元。

再来看个案。市民王女士发现银行账户余额只剩 3000 多元，而银行卡上本来应该有 4 万多元。后经当地派出所民警查明，原来是 10 岁的女儿通过微信转账，悄悄转走了父母卡里的 3.7 万多元，为游戏充值。为防父母发现，每次转款后还删除了银行的短信。村民张某带着 11 岁的外孙女到派出所报警称，外孙女在手机上打游戏，花光了张某绑在手机银行里的 3 万余元。询问之初，女孩并不愿意说出钱的去向，在民警的心

理疏导下，女孩告诉民警，3 万多元中一部分用于打赏一位自己心仪的网络主播，另一部分钱款用于一款自己特别喜欢玩的网络游戏充值。市民易女士发现，自己信用卡 3 万多元的透支额度，竟然都被 12 岁的女儿在“某 K 歌”手机 APP 唱歌游戏里“打赏”花掉了。女儿说，她先是充值 50 元购买虚拟礼物“打赏”粉丝，想不到，粉丝们一起哄，她就控制不住地往里充钱送礼，不到 3 个小时，3 万多元全部被花光。另有 11 岁女孩在某直播平台上购买虚拟物品“打赏”主播，用妈妈的支付宝陆续花掉了 4 万多元。9 岁男孩进入一个直播房间，在主播不停地“点名感谢”下，先后“打赏”这位主播 2.1 万多元……

上述种种，见诸媒体的往往是讨论孩子的消费行为是否依法成立，如何依法讨回孩子的打赏、充值，以及谴责平台、机构、主播、产品诱导未成年人消费。这都是对的，也是必要的。对于那些有类似事情发生的家庭而言，孩子的行为不光造成了数额巨大的财产损失，而且也给这类家庭留下难以驱散的阴影。

孩子能够悄悄动用家庭大额资产，有可能是家长对于支付密钥没有妥善保管，比如为了方便设置了免密支付。家长只是盯着玩游戏这个行为，自信自己的手机支付账户固若金汤，也深信自己的孩子，不可能吃了熊心豹子胆。而每每这样的事

件发生之后，家长的第一个念头是挽回损失，等腾得出手再把孩子收拾一顿，然后就是跳着脚骂游戏企业、直播平台无良。

对孩子的这类行为，家长不应该盯着数额大小，而是要厘清是否通过正当渠道，即是否征得钱物所有人的同意才动用他人钱物。若未经征询，一分钱也是大问题；若已征得同意，一万元也不是问题。

家长要做的事情很简单，就像牢牢盯着孩子用手机打游戏一样，捂牢自己的账户，有意识地对自己的账号进行保护，避免孩子刷卡，发生大额消费的情况。

11 不买手机 = 不信任孩子

给孩子机会尝试自己管理手机，是对孩子最大的信任。

一名初一女生对我讲，直到今天她还只有 pad，里面除了微信，什么应用都没有，不能下载 APP，使用网络要靠家长的热点——家里的 Wi-Fi 对她设限。过去两三年，她几乎每个月都试图和家长讨论买手机，表示可以用班级前五名的成绩来换取。家长每次都说不行，还明确表达，上大学的时候才能买手机。这位女生还想多说几句，但家长脸上露出了些许不悦之色，这名乖乖女孩就闭嘴了。坐她边上的女同学还宽慰她：“没事，你不是还有 pad 嘛。”我忍不住就问：“你会带个 pad 和同学一块玩？人家都用手机。再说你的 pad 带着上网卡吗？不然你准备蹭谁的热点？”那名宽慰同学的女生不好意地笑笑。她对我说：“我四年级就有自己的手机了，家长让我自己管理，我不玩游戏，可特别爱聊天，也挺费时间的。我的解决办法是把手机交给妈妈，让她替我保管，这种情况最长的时候是一

年。上初中的头三个月，我也主动交出手机，现在学习适应了，我又拿回手机试着自己管理，每天大约10—20分钟，还是聊天，嘿嘿。”听到这位小伙伴的话，旁边那名苦求手机不得的女生羡慕得不得了！她后来说了实话，她要手机的目的是想玩游戏……

再看看家长们，有的云淡风轻地说：“孩子三年级了，我们没有考虑在小学阶段给孩子买智能手机。”有的斩钉截铁地说：“我周边的朋友都告诫我，可不能给孩子买手机。”我问：“那您周边的朋友都给孩子买手机了？”家长略有不解地回答：“多数都买了。”家长还帮他们找理由，说他们都缠不过孩子，是被迫的。我故意说反话：“那您可是够坚定的。”家长脸上顿时洋溢着骄傲的神情，内心在说：“我们家熊孩子我还治不了吗？”自家还是小学生的孩子问起同学们都在刷的各种短视频，家长就会骄傲地拿出自己的手机给孩子看，说自己手机上面根本没有这些无聊的东西。孩子呆呆地望着家长，家长以为孩子的神情是在说懂了。那，孩子懂什么了？是同学们都太俗气，还是爸爸妈妈太高雅？

上述内容给我们留下了一些思考。

上初中了，孩子的装备还处在学龄前水平，家长不觉得孩子跟不上同龄孩子吗？客观对待孩子的成长并给予信任很重要，否则孩子会自我怀疑，变得不自信。

给孩子机会尝试自己管理手机，是对孩子最大的信任。还有另外一个案例，女生小学一年级就有自己的手机，当她发现控制不住自己的时候，就会把手机交给家长管控。那至少说明，更多家庭可以考虑先让孩子学着自己管理。

孩子面对的成长环境是，同龄伙伴大都有手机，玩游戏、刷短视频、聊天……家长一句“无聊”的评价，会不会显得太苍白？孩子会不会有一天对家长说，您说的无聊是通俗吧，大俗即大雅。到那时，家长抱怨孩子不愿意和自己说心里话，而孩子会不会平静地反问家长：那您信任我吗？说心里话的基础是彼此互信。

12 孩子不出门，除了手机，还有其他风险根源

家长需理性地接受孩子出了问题，能够科学地求助，而不是继续按照常规出牌，死盯着手机不放。

一位家长在咨询中对我讲，孩子（初二学生）特别懒，不爱动，坐着都嫌累，最喜欢躺在床上玩手机。家长坚持认为，都怪手机，缠着孩子连床都不肯下。

这让我联想到另一个案例。家长跟自己的老友说，儿子30岁了，大学早就毕业，不愿意找工作，不愿意出门，不想见人，也没有其他的物质欲求。更别提，男大当婚。

这两个案例都是孩子不愿出门。一个14岁，家长担心他手机沉迷；一个30岁，家长担心他成家立业遇到问题。家长们都没深挖这背后的根源。孩子不一定是价值观出了问题，也可能是心理健康出了状况。

不去工作的30岁大男孩，15岁的时候还没有智能手机，

15 年之后却连家门都不愿出。14 岁的男生，现在就不下床，背后的原因，绝不仅仅是手机。家长可以试着拿走手机，看看孩子愿意下床出门吗？

家长要回想，14 岁孩子从小学到初中是不是一直都这样不愿出门？其间孩子是否和其他同龄孩子一样欢快和活泼？孩子的好奇心如何？孩子喜欢大声和同学、老师、邻居说话吗？孩子最喜欢吃什么食物？孩子最喜欢看什么动画片？孩子最喜欢读什么书？等等。若孩子离群索居早有迹象，家长就需要回想那个阶段，是因为孩子接触了手机，还是根本没有手机这个因素。若孩子各方面一直正常，只是上了初中，有了智能手机才开始不愿“下炕”就要考虑是否还存在其他因素，诸如初中课程太难了，与同学、老师的关系处理不好，青春期的情绪不稳定，小升初不适应，与家长沟通困难，有轻微的情绪障碍，有轻度的精神病学症状……上述这些与手机都没有关系，手机只是一个表象。家长归因的简单化，会让孩子更加抵触。孩子内心的渴求是家长发自内心的理解。

接下来要进一步要评估，对于这些不愿“下炕”的孩子，拿走手机会发生什么？这涉及家长的风险评估能力。孩子会不会连手机都没兴趣玩了，不下床，也不吃饭、不说话、不睡觉……

若真的到了这个程度，家长会不会觉得，还是让孩子玩

手机吧，好歹是有欲望的表现。

啰唆了这么多，我是想说，孩子要是真到了 30 岁都不想出门的程度，家长就会明白，能保持现状，实际上已经是最理想的结果了，不能再奢求更多。如果孩子在 14 岁就露出一些端倪，家长需理性地接受孩子出了问题，能够科学地求助，而不是继续按照常规出牌，死盯着手机不放。

解决困局的顺序，应该是以保持睡眠饮食常态、改善亲子沟通为基础，依次实现孩子下床，孩子出门，适量运动，孩子到校，校园人际关系改善，参与校园活动（包括课业、课后服务、社团等内容），成绩及格，与手机健康相处。全过程都要保证手机一直陪伴着孩子。

家长会存疑，孩子会不会一玩手机就啥都不干了。我想，孩子这样做是因为孩子不知道下一刻还能不能玩手机。当孩子确认手机一直可以留在自己手里，渐渐地，下床出门都是可能发生的。说得严重一点，这个阶段，孩子玩不玩手机真不重要，不出大问题才是最重要的。

13 家长无暇陪伴，还围追堵截手机

阅读、游戏、手工，收集、欣赏、分享，给予孩子最丰富的陪伴，也最大限度地避免孩子沉迷手机。

家长都知道孩子需要陪伴，但做得最好的阶段是月子里。随着娃长大，家长的陪伴呈直线递减；进入小学之后，可以说几乎没有陪伴了。我这样说可能过于绝对。可满眼望去，孩子进入小学后，家长的陪伴是不是就剩下辅导作业呢？那若是刨去了辅导作业，还有陪伴吗？

之所以来来回回地来说这件事，是想强调亲子陪伴不是可有可无的——家长陪的时候就让孩子无休无止地做作业，不想陪伴的时候就各种推三推四——陪伴是孩子的刚性需求，且要求内容丰富。

不少家长在咨询中都会提及，工作忙、常加班、通勤远、时常出差，客观上没有陪伴的条件；就算到家了，也会因为忙

不过来的家务活和带回家的工作，累得筋疲力尽。仅剩的一点精气神，不得不全部投入到火花四溅的辅导作业中。在“双减”之前，周末、寒暑假，家长或许有一点时间可以陪伴，但是由于各类补习班的挤占，陪伴仍旧多半落空。

然而，家长无论多忙，无论是在孩子身边还是在遥远的外地，无论是白天还是夜晚，无论是平日还是节假日，也许没有时间陪伴孩子，但却一定会抽出时间严控孩子使用手机。在程序的帮助下，家长还可以远程遥控设定孩子使用手机的时间，屏蔽一些内容。

家长们终于明白我想说什么了。在孩子需要陪伴的时候，家长非但没有陪伴，还封堵手机。结果就是，在家长盯防的缝隙中，孩子更无节制地使用手机。

最早代替家长陪伴孩子的是 pad 和电视，然后才是手机。亲子陪伴的核心不是物理存在，而是精神交流。家长大都认为，物理存在都没条件，精神交流如何实现？

若是家长在外地出差，打开视频的第一句话是什么呢？对于小学阶段的孩子，可以是最近玩得开心吗，而不是最近作业卷子做得好吗，而不是你又没完没了地玩手机啦，这样孩子立马就能感受到家长的亲近。对初中阶段的孩子，可以是最近的烦恼是啥，而不是又跟大人顶嘴啦，而不是上课时还惦记着手机，这样孩子立马能感受到家长的关心。对高中阶段的孩

子，可以是有没有跟同学讨论过大学志向，而不是距离高考还有多少天，而不是你的手机在高考前是不是得交出来，这样孩子立马能感受到家长对自己成长的认可。

若物理存在不能到位，精神交流方向错误，那孩子的陪伴需求必然无法得到满足，很有可能在手机里寻求慰藉。这就导致，家长越狠狠地争夺手机，孩子就越牢牢地抱紧手机。

从某种意义上来说，手机的陪伴作用强过太多家长。所以家长最务实的做法是，与手机做队友，共同陪伴孩子。阅读、游戏、手工，收集、欣赏、分享，给予孩子最丰富的陪伴，也最大限度地避免孩子沉迷手机。

家长加班深夜回家，早晨再困，也要起来和孩子说几句话，煎个蛋、倒杯奶，切一片苹果给孩子吃。家长出差很久回家休息几天，记得翻几页孩子床头正读的书，和孩子聊几句心得。家长在远方用微信写几行字、配张图片、做个视频，表达对孩子的想念。这些陪伴都可占位孩子对手机的依恋。

14 亲子冲突，不宜当街处理

妈妈完全没有体会到女儿的复杂心理，以及被羞辱的感觉。在这样的僵持中，女儿失控了……

据报道，在江苏常州，一名 15 岁的女孩当街推搡妈妈，还用手掌敲打妈妈的头盔，引发路人围观，还惊动了警察。

事情的起因是，女孩的手机坏了，妈妈也答应给买新手机了。女孩拿出自己积攒的 4000 元钱（应该是压岁钱），妈妈拿出了 2000 元。可到了手机店，妈妈跟孩子舅舅通了电话就变卦了。孩子舅舅说，没必要买新的，手机修一修可以接着用。面对妈妈的突然反悔，女孩很生气，当场和妈妈吵起来。随着围观的路人越来越多，女孩就不提买不买手机这事，而是希望赶紧离开这里。女儿反反复复“走不走？走不走？走不走”地催促，这位母亲坐在电瓶车上就是岿然不动。女孩失控了，就出现了本文开头提到的情形。后来，在警察的调解下，母亲

最终给女儿买了新手机，母女一起回家了。

网友对这件事的评论基本都是：女孩太粗暴，怎么能因为妈妈不给买手机就打妈妈；无德无孝，被手机摄了魂魄，板子还是要打在手机头上。毫无疑问，没有任何一个理由支持女儿动手，女儿动手是严重的错误，必须教育。

可仔细分析事情的细节可以发现，除了女儿的绝对错误，还有一些内容值得家长们深思。

女儿动手其实并不是为了买手机，这点可以从现场的视频中清楚地看到。当妈妈表示不买了，把手机拿去修修，孩子并未暴怒，仅仅是和妈妈争吵。从店内吵到店外，女儿已经放弃了当天一定要买手机的要求，只希望和妈妈赶紧离开，逃离被围观的窘迫。也不知道这位妈妈是怎么想的，就是不愿离开，对被围观视若无睹，完全没有体会到女儿的复杂心理，以及被羞辱的感觉。在这样的僵持中，女儿失控了……

女儿的 4000 元并没有人关注。对于一个 15 岁的女孩而言，积攒这么多钱并不是易事。相比较大多同龄人要么赖着爹妈给买，要么哄着祖辈给买，这个女孩的行为是值得肯定的。这里还可能涉及 15 岁的孩子该不该买 6000 元这么贵的手机的问题，对于不同家庭不可一概而论。

本文关注这件事，重点是要讨论，家长遇到与手机相关的问题，要不要当街解决。这个女孩伤害的对象是妈妈，用手

打妈妈的头盔。若是女孩伤害的对象是自己呢？自伤，冲撞行驶中的交通工具，甚至更极端的行为……那家长还可能坐在电动车上纹丝不动？家长从电动车上跳起来去拦，来得及吗？

这位妈妈给孩子舅舅的电话应该在出家门前就打，这样和女儿的分歧，就可以在家庭内部解决。就算到了店里要变卦，也可以和孩子商量，先看好手机品牌规格，回家再好好比价，第二天再来店里。就算在店里已经开吵，女儿已经放弃买手机的要求，妈妈就应该速速离开现场。到家后等双方冷静下来，再耐心充分地沟通。

女孩打妈妈怎么说都是严重错误，女孩应反省。家长应多想一些办法解决手机问题，养成不当街（公共场合）履行监护人职责的习惯，方是明智之举。

后记

说实话，我仍旧处在将信将疑之中，不敢相信我可以完成这本小册子的写作，让我的想法以铅字的形式与家长朋友见面、谈心，成全我关于孩子使用手机的一些心得和思考。

孩子“玩”手机是信息化时代家庭教育中的现实问题，包含了很多现代化、全新样貌的元素。我这个年逾花甲的小老头儿，来挑战这个内容，也不知道是哪来的勇气！可能因为我是个年轻的老头儿吧。我要庆幸自己因为一直涉足媒体工作，有机会与年轻人为伍，所以总能接触正在发生的新鲜事；或因为时事评论工作带给我的压力，让我不得不理性思考，尊重时代的规律。

孩子、手机、家长，这三方涉及的问题，归根结底都要以言行的方式产生交汇。可操作性，成为解决问题的核心。所有的理念也必须放在方法上来传达，不然就成了纸上谈兵，说得热闹，做起来却一头雾水。以千字文独立成篇，就是要聚焦一个个看似很小的具体问题点，以碎片拼图的路径，与家长朋友达成共识，并转化成家长朋友与自家孩子在手机使用诸多方面实践的参考和启发。我的愿望很朴素，只要有一个问题能真

正帮到一位家长，我就十分欣慰了。

我要感谢我的老朋友刘丹博士为本书作序。28 年前，我和刘丹一起在北京人民广播电台主持《人生热线》节目中的《细语人生》栏目，留下了十分难忘的记忆。作为心理学的专业人士，刘丹对我的努力给予了充分的理解和全力的支持。刘丹在序中高屋建瓴地指出：手机的频繁使用，极大地改善和丰富了生活、工作，给个人成长、家庭生活、亲子教育都带来了资源和机会；同时，也带来了意想不到的巨大挑战。没有正确答案，没有教科书，但又要去应对困扰。所以，刘丹认为我的努力是有意义、有价值的。

我要感谢我的小朋友周劼人为本书作序。作为“80 后”，周劼人是清华传媒的高才生，历经国社洗礼，又作为合伙创始人投身黑科技开发，现今又入行混合所有制企业，重回传媒领域，从事传媒智能化产品的开发应用，可谓是久经沙场。请周劼人作序是因为她是一位普通家长，正陪伴儿子踏上小学的征程，我十分在意她作为家长对孩子使用手机问题的见地。感谢她在百忙之中，答应我的请求。

在这里我还要感谢漓江出版社对我的信任，感谢漓江出版社多年来在教育领域的耕耘，感谢漓江出版社对“孩子—手机—家长”这个家庭教育中的重要内容的敏锐捕捉，为我和家长朋友的分享提供了最好的机缘。

要感谢的朋友还很多很多……

我有些惶恐，更多的是期待与兴奋，盼望着这本小册子能与更多的家长朋友见面，也期待着大家给我宝贵的建议，帮助我在这个领域继续努力、发现、思考、实践。

谢谢大家！